冰峰——主编
作家网 选编

20
中国年度作品

微型小说

中国出版集团 现代出版社

图书在版编目（CIP）数据
2019中国年度作品. 微型小说 / 冰峰主编；作家网选编. —北京：现代出版社，2020.6
ISBN 978-7-5143-8322-5

Ⅰ. ①2… Ⅱ. ①冰… ②作… Ⅲ. ①中国文学—当代文学—作品综合集②小小说—小说集—中国—当代 Ⅳ. ①I217.1
中国版本图书馆CIP数据核字（2020）第051279号

2019中国年度作品. 微型小说

主　　编：冰　峰
选　　编：作家网
组稿编辑：庞俭克
责任编辑：申　晶　朱文婷
出版发行：现代出版社
地　　址：北京市安定门外安华里504号
邮政编码：100011
电　　话：010-64267325　64245264（兼传真）
网　　址：www.1980xd.com
电子邮箱：xiandai@cnpitc.com.cn
印　　刷：三河市宏盛印务有限公司

开　　本：710mm×1000mm　1/16　　字　　数：269千字　　印　　张：16.5
版　　次：2020年6月第1版　　印　　次：2020年6月第1次印刷
书　　号：ISBN 978-7-5143-8322-5
定　　价：39.80元

目 录

语言的乡愁（代序）

冰 峰

我们每个人都有自己的母语，说大了，母语就是所在国家的语言、民族的语言；说小了，母语就是家乡话。对我来说，家乡话，更为具体、准确，也更容易理解。

我的家乡在内蒙古包头。这是一座移民城市，市内原来有三个区。三个区有三种不同的方言。东河区，多数人源于山西，“走西口”而来，说的是改良过的山西话。因为迁徙时代久远，已变为“土著”。青山区，多数都是新中国成立初期的援边知识分子和工人，来自祖国的五湖四海，所以口音接近普通话。昆区，主要以新中国成立初期的包钢为主，援建包钢的工人多数来自鞍钢，所以昆区的口音是鞍山话。一座城市，三种口音，也算稀有了。

我出生在包头市的土右旗，之后相继在东河区、青山区、昆区工作、生活，语言遭遇了多次“移民”。2001 年，我又来到北京，语言环境再一次发生巨大变迁。离开家乡的语言，漂泊着，没有根，同时也被多种文化侵略着，融合着。我虽然号称“乡音未改”，但对于家乡的人来说，我的乡音早已是“跑调的”“不正宗的”乡音了。

背井离乡的语言，渐渐地，有了乡愁。于是我想到了诗歌语言的乡愁，小说语言的乡愁。

是啊，新文化运动，是一场声势浩大的语言改良运动，开创了白话文，拆除了书面语言高高在上的围墙。老百姓和作家处在了同一语境，作家不需要“子乎者也”也可以写文章了。

客观来说，汉语除了自身的涅槃外，还受到了很多外来语的影响，比如英语、法语、俄语。这样一来，汉语变成了一个复杂的新的语种。有些词汇出现了不同程度的变异，也长出了不同感觉的“乡愁”。加之当下全球化大语境及网络语言等对汉语白话文的冲击，现代汉语更显得一片混乱。

面对众多的语言乱象，语言的“乡愁”开始迅速生长。有的作家在反省、回归，并对语言进行过滤、消毒。有的作家在自己的文化空间里，开发自己的个性产品，突破种种复杂的挑战，让语言的乡愁散发出人性的魅力。

作家总是先觉先知的，对于民族语言的异化和衰败总是警觉的。语言在不断变化的环境中生长，各种各样的考验和挑战潜伏在语言的周围。这些挑战，有来自语言外部的意识形态和资本、科技、生产、市场所构成的秩序，也有来自排斥、遮蔽和误解所构成的文化差异。而对于作家来说，摆脱外部的干扰才是语言回归的方向。小说家更是如此，写偏僻、落后、贫穷的农村，总不能用时尚的城市化的语言来写吧。

泥土的气息，好像变得越来越稀缺、珍贵。人们生存和居住的房子越来越高了，干净的马路也已经将泥土驱赶得十分遥远。小说，要写出准确的人物命运，找到泥土，找到合适的语境，找到语境中自然、质朴、可靠的语言，已经十分困难。人类社会发展了几千年，一直没有离开过泥土，充满养分的土壤，曾经长出了人类的智慧、勤劳和文明。而如今，泥土已被工业文明所遮蔽，农耕文明已经退缩到偏远的地区。在城市，商业和工业的硝烟正在肆意弥漫。

当然，一切都已经发生。作家是有人性良知的，虽然不能改变什么，但我们可以寻找“乡愁”，抒发对土地的怀念。城市的语言已经被污染，我们还有广袤的乡村呢，还有更加偏僻的山村呢。从另一角度看，越是偏僻、落后、原始的地方，语言越是陌生、干净、纯洁，那些方言、土话、俚语也许更有文学的味道。

不久前，我去了山西吕梁，那里有一个伞头秧歌的演出团队，很受当地老百姓喜欢。我听了他们的演出，质朴、自然、干净的歌词一下子让我钦佩不已。我想，这些文白交融、天性淳朴的词汇，才是有根的语言啊。

当然，我们也不可能回到过去。我们的汉语，已经出现了很多新的语法、词汇和概念。就像一座城市，已经建筑了楼房，铺设了柏油马路，我们没有必要再回到过去的泥土时代，这是历史发展的必然。

但是，我们也不能麻木，任由外来语言、网络语言污染和异化我们的情感，淡化我们的乡愁。我们虽然已经站在高耸入云的大厦里，但我们的心中要有山脉、河流、泥土和草木的情怀，我们的语言和词汇虽然已经两鬓斑白，但我们更应该以长者的身份展示语言的风骨。

因为，乡愁，不是一个人情感的墓碑，而是一群人身后的高山、土地、河流与大海。语言是作家思维、交流与写作的自然工具。语言的乡愁，就是一个民族血脉的乡愁，就是一位作家情感和人性的乡愁。

2019年10月23日于北京

罚 戏 碑

凌鼎年

冒姓是小姓，但在古庙镇是大户人家。冒姓的祖上做过布政使，只是到了冒独秀这一代，冒家已家道中落，不复祖上的荣耀。

古庙镇坐落在弇山脚下，古木参天，绿树成荫。据说在明代万历年间古庙镇就有一条乡规民约：不准随便砍树，不经公议砍树者，重罚。由于这条祖上定的戒律，古庙镇的百年大树随处可见。

冒独秀在七十三岁这一年，天天叨念着“七十三、八十四，阎王不请自己去”。他感觉自己的阳寿将尽，关于身后事，他说过：“人死如灯灭，子孙的事管不了那么多了，儿孙自有儿孙福。”

他唯一牵挂的是他的寿材。说得更具体些，冒独秀看中了镇西头的那棵老柏树。说起来，那柏树是长在冒家的私有土地上，属于冒家的私产，但考虑到祖上定的规矩，冒独秀的儿子冒东来不敢胡来，准备在冒家祠堂召集乡里乡亲公议。

冒独秀知道后，竭力反对，说：“不成，不成，万万不成。必须先斩后奏，造成既成事实。重罚，重重罚，我都认了。我一辈子最后一点要求，万望成全。否则，我死不瞑目。”

老爷子都怎么说了，冒东来决定豁出去，冒回险。他叫上了冒家的几个身强力壮的子侄，在一个人人蜷缩在被窝里的冬夜，把树砍了。

等镇上的人发现，那棵两个人合抱不过来的柏木主干已运到了冒家的后院。为了以防万一，冒家连夜高价请了做寿材的师傅，就在后院开工制作。

柏木寿材做好后，冒独秀围着转了好几圈，咋看咋喜，越看越爱。他干脆爬进了柏木寿材，躺了下去，闻着柏木的清香，他竟舒坦地睡着了，做起了从未有过的美梦。

再说，冒东来发现不见了老爷子，到处找，找不见。冒东来突然意识到了什么，带着家人到了后院，往柏木寿材里一瞧，好家伙，老爷子睡得真香呢。大家哭笑不得。

正这时，镇上几个德高望重的前辈来到冒家，说要组织一场“吃讲聚”，来解决冒家私砍柏树的公案。那些老前辈的到来，惊醒了冒独秀。他一脸笑容地从寿材里坐了起来，向各位拱拱手说：“罪过罪过。老朽这辈子值了！”

说实在的，那些镇上的前辈，从内心来说，还是很羡慕冒独秀的，只是他们都不敢造次。

最后，冒东来在镇上的饭店摆了一桌，前辈们边吃边议，最后达成共识，决定：罚冒家请戏班子唱三天大戏。

冒独秀知道后，说：“认罚，认罚！”

前辈们说：“为了引以为戒，下不为例，还要立一块罚戏碑，把来龙去脉记录在碑，以儆效尤。”

冒独秀一听，连忙说：“不行，不行！那不是把我冒家钉在历史的耻辱柱上了嘛。”

可前辈们说，这是公议，改不得。

就这样，在被砍伐的柏树原址，竖了一块青石碑，用隶书镌刻着“罚戏碑”三个大字。下面详细地记录了清宣统二年，冒独秀违反祖规，私砍百年古柏树做寿材的事实，以及罚戏的史实……

这块碑竖立后，冒独秀耿耿于怀。认为这是冒家的奇耻大辱。不知是否与这块碑有关，反正不久，冒独秀就郁郁寡欢，两脚一伸，驾鹤西去了。他临终前，关照冒东来，一定要想法推倒罚戏碑，一定！

抗日战争时期，日本人为了在古庙镇的西头修炮楼，下令砍伐大树。古庙镇的老百姓知道后，群情激愤，去跟日本人理论，结果带头的几个人被打得头破血流。镇上几个老前辈一商量，决定有木料的出木料，没木料的出现钱，就算从外地采买木料，也不能砍伐树木。老前辈们还让日本人看了罚戏碑，侵华日军里有个中国通田上中佐，他对罚戏碑大感兴趣，竟然同意了以钱代砍，总算保下了那些古树古木。冒东来想毁碑，没有机会，只好作罢。

到了1958年大炼钢铁时，古庙镇也不例外，镇里镇外都建起了土炼钢炉，没有煤炭烧火咋办？砍树呗。于是，镇里镇外的大树都被砍了，那些遗老遗少痛哭流涕，悲恸欲绝，可大势所趋，个人的力量实在太渺小了，简直就是螳臂当车。

新中国成立后，由于冒东来家定的是小业主成分，同城市工人与农村的贫下中农不是一个阶层，不属依靠对象，冒东来有自知之明，夹紧尾巴做人。砸碑的事，只能埋在心底。

“文革”时期，号召砸烂一个旧世界，打倒一切封资修的东西。冒东来轧轧苗头，辨辨形势，觉得机会来了。他鼓动儿子冒建国参加了红卫兵，以“破四旧”的名义，把罚戏碑一砸两段，埋到了土里，总算了却了一桩心事。

去年，古庙镇来了位台商，在镇西头建厂房，在挖地基时，挖到了罚戏碑残碑，台商一看，这不是文物吗？决定修复后，再竖起来，作为一个景点。

不知这消息谁透露给了冒建国，这时的冒建国已经是省文化厅的副厅长了。他决心制止这件事。

谁知晚了一步，台商把这消息捅给了媒体，电视台来拍摄了，报社记者来采访了，报道很快都出来了。

后来，省文化厅一个电话，当地的博物馆去收了这碑，到现在一年多了，还躺在博物馆仓库了，是不是展出，还要看上头的意思。

（原载《大洋日报》2019 年 6 月 29 日）

你怎么知道

刘国芳

那时候宋江还是我的朋友。有一天他请我吃饭，我去了，到的时候看见已经来了两个人。见我来了，宋江向我介绍他们，宋江说：“我的好朋友董平。”

董平跟我点点头。

宋江又介绍另一位说：“我的好朋友张清。”

我说：“宋江、董平、张清，都是水浒里的人物呀。”

宋江笑笑，跟他们介绍我说：“这位是刘作家。”

董平听了，就说："作家呀，可别把我们写进你的小说哟。"

我说："有这种可能。"

宋江这天喝了不少酒，也一直在那儿说话。说着说着，他忽然看着我说："刘作家，你女儿现在结婚了吗？"

我说："对象都没有。"

宋江说："她今年多大？"

我说："二十八岁了。"

宋江说："不小了。"说着，他看着在座的人说，"刘作家女儿很优秀的，也是作家，你们有合适的，可以帮着介绍一个。"

那个张清，这时候就指着董平说："董平，你儿子也没找呀。"

董平就看着我说："你女儿二十八岁？"

我点头。

董平说："我儿子三十岁了，一直没找，我都愁死了。"

宋江说："对呀，董平的儿子就没有对象，我怎么没想到，我看行。"说过，宋江又看着我说，"董平很有钱的，是个大老板，开一百多万的卡宴。"

我说："有钱没钱不是主要的，主要是要有缘分。"

这时候，张清却看着宋江说："宋江，你不也有个女儿吗？"

宋江说："我女儿才二十岁，小了。"

董平说："二十岁不合适，还是刘作家的女儿合适。"

说过，董平走了过来，他说："刘作家，我们留个号码吧。到时我来约个时间，让我儿子和你女儿见一面。"

我说："好。"

然后，我们互换了号码。

这个话题就过了，大家继续说说笑笑，然后散场。

这天之后，我就在等那位董平的电话，毕竟女儿都二十八岁了，她迟迟不找对象，的确让人发愁。但还没等董平打我电话，宋江倒先打了我电话，接通后他开口就说："你女儿最好莫找董平的儿子。"

我说："为什么？"

宋江说："董平这人在外面口碑不是很好。"

我说："怎么不好？"

宋江说：“跟你说两件事吧，今年初，因为他拖欠农民工的工资，导致几个农民工要跳楼。其实他并不是没有钱，你知道他开什么车吗，一百多万的卡宴，他自己过着有钱人的生活，却不愿把工钱给人家。”

我说：“这不像话。”

宋江又说：“还有，去年他开车撞了人，受伤的人在医院住了好几个月，他自始至终都没去看过人家，只让人家找保险公司。从人道主义出发，你撞伤了人，提点儿东西去看一下无论如何都应该，对吧。”

我说：“听你这么说，董平这个人确实不是个好人。”

宋江说：“还有好多事，我都不想说。总而言之言而总之，这个人除了有钱，什么都没有。”

我说：“这我就不明白了，既然董平是这样一个人，你怎么还跟他做朋友呢，而且还是好朋友。”

宋江说：“那只是喝酒的时候逢场作戏，反正做朋友也没什么，但你要结亲家就不同了，所以我打这个电话提醒你。”

我说：“谢谢啊！”

我后来也去打听过那个董平，口碑的确不怎么好。于是当后来董平打我电话让他儿子和我女儿见面时，我直接就推掉了。

这事儿到这里就结束了，按说这也没什么值得写，但后来的事儿，却很有意思了，值得写出来。这事儿就是宋江的女儿和董平的儿子好上了。这天，我在外面碰到了张清，他老远就和我打招呼，近了，还跟我说：“你也是去喝喜酒的吗？”

我说：“喝谁的喜酒？”

张清说：“宋江呀，他女儿和董平的儿子今天结婚。”

我很惊讶：“宋江的女儿和董平的儿子结婚，不会吧？”

张清说：“宋江没请你？”

我摇头。

张清有些不解：“他为什么不请你？”

我说：“我也不知道为什么。”

这个张清，后来我倒是常常碰到。倒是宋江，我一直没碰到过，从他打我那个电话后，我们就再没来往。

这天又碰到张清，老远他就喊着我说："刘作家，告诉你一件事儿。"

我说："宋江的女儿和董平的儿子离婚了。"

张清说："你怎么知道？"

（原载《微型小说选刊》2019年第11期）

不为鱼肉

张爱国

月黑风高，大将军在帅帐里读书，忽然钻进一个人。大将军一看是大皇子，不由得大惊失色。大皇子神色惶遽，气喘吁吁："大将军，奉父皇旨意，即刻调北山大营进京。"

大将军暗叫"不好"——北山大营是拱卫京师的最精锐部队，直属于皇上。一旦调用，意味着皇上危急。大将军急忙吩咐副将准备行军，又低声问大皇子："殿下，发生了什么？"

"父皇并未说明。"大皇子端起桌上一杯茶一饮而尽。

"末将明白！请殿下出示金虎符。"

"父皇口授旨意，并未授符。"大皇子向大将军一抱拳，"事关紧急，请大将军速速率军，随我入京。"

"殿下，我朝早有定制——北山大营，听命陛下，却不识陛下，唯识金虎。不见金虎，末将万不敢出营一步！请殿下速速回京，请来金虎！"大将军语气焦急，但十分坚定。

"唉！大将军，我就实话和你说吧……"大皇子附到大将军耳边一番低语，又深深一鞠躬，"请大将军成全！大将军之恩，本王将来定当回报！"

"北山大营，识金虎不识陛下！"大将军大步走向侧帐，"送客！"

"孙崇岳，此中利害关系本王已然言明，你就不能……"一看大将军都不见了影子，大皇子勃然大怒，"你等着，孙崇岳！本王不会饶你！"

大皇子离开后，大将军命令全营加强戒备，但很快，营门方向就传来了吵闹声。大将军一面命令全军准备迎战，一面火速披挂整齐，策马而出。

来的是一队人马，四五十人，全副武装，已冲进了营门，正与守营的兵士对峙。“闪开！”大将军一声喝令，兵士们让开一条道。

“来人可是孙崇岳？”对方声震如雷。

大将军听出来了，说话的是二皇子。“正是末将！末将铠甲在身，不能见礼，殿下恕罪！”

“孙崇岳听令！”二皇子策马上前，“奉陛下旨意，即刻调北山大营进京。”

“末将得令！”大将军不再吃惊，“请殿下出示金虎符。”

“快！请金虎符！”二皇子向身旁的人一挥手，一个人手捧一个方盒向前。大将军暗暗一惊，不由得倾身向前，不料二皇子和捧盒的人饿虎扑食一般将他从马上扑下来。与此同时，其他人也一拥而上，将大将军死死压在地上。

“得罪了，孙大将军，本王知道你的脾性，知道你不吃我大哥那套阴谋诡计！”二皇子拍了拍被五花大绑的大将军，又对围上来的北山大营将士们说，“大家放心，本王只是请大将军帮个忙！”

“殿下，北山大营，识金虎而不识陛下，何况殿下？”大将军笔直站立，“不见金虎，北山大营绝不会出营一步！”

“孙大将军，你是聪明人，本王就不和你绕弯子了。父皇年高，但本朝之所以至今未立太子，是因为父皇一直在本王和大哥之间徘徊不定。这一年来，父皇已千般试计考验我们，此次不授金虎符而令我们调兵也不例外，且是最后一次。好了！该说不该说的，本王都说了。现在，你必须率军随本王进京！否则，这把剑可不认人！”二皇子抽出宝剑，直抵大将军的咽喉。

“保护大将军！”大将军的副将刚冲到近前，被二皇子一剑刺上胸膛，倒地身亡。又一个将军冲上来，二皇子又举剑刺去。大将军大叫“住手”，横身拦下：“殿下，此事实在太大，请容末将进帐与众将商议后定夺。”

二皇子轻轻一笑：“好！给你一盏茶工夫。”

片刻，大将军和众将从帅帐里出来。二皇子策马上前：“孙大将军，可商议好了？”话音未落，二皇子被大将军飞起一脚踢下马来。

“绑起来！”大将军命令道。

二皇子的人叫嚷着冲上来。大将军一声令下，北山大营瞬间将他们全部歼灭。

二皇子愣了好一会儿才说话："孙、孙崇岳，你要造反啊！你就不怕父皇杀了你们吗？"

"不见金虎符，北山大营移营一步，全营上下灭门九族。这是本朝——不！这是你父皇、你们家的祖制。然，你父皇仅仅为了考验你们就置我全营于死地。顺应你们，你父皇明日必大开杀戒；不顺应，你现在就要动手；还有你刚刚被我得罪的大哥，也随时要取我等性命。请问，我们怎么才能活？"大将军声音不高，但沉郁有力。

二皇子破口大骂："逆贼！父皇待你不薄……"

"我本非逆贼。我一直忠心于你父子，小心于你父子，可是还是祸从天来！为什么？人为刀俎，我为鱼肉！"大将军面向北山大营全体将士说，"兄弟们，今天起，我们不做鱼肉！"

"谨听大将军命令！不做鱼肉！不做鱼肉！"北山大营声震云霄。

大将军走向浑身颤抖的二皇子，举刀砍下他的头颅。又一声令下，北山大营浩浩荡荡开向京城。

（原载《小小说月刊（上）》2019年第5期）

老师喊你去上课

万　芊

小鹏十五岁时不想去上学了。那年，他爹过世，他娘走了。他开始跟自己的叔叔过日子。小鹏的叔叔是阳澄湖上养蟹的，不缺钱，缺的是人手。小鹏说不想上学了，他叔叔没说同意也没说不同意，只是说，你以后长大了可不要怪我。小鹏说，我已经长大了。我的好几个同学都不想上学了。

不上学的小鹏，随着叔叔进湖养蟹。叔叔家睡大船，小鹏睡小船。那小船是小鹏爹爹留下来的，已经很旧，修了修，仍是很旧。叔叔让小鹏睡在大船上，小鹏不愿意。刮大风的时候，叔叔总担心小船会沉掉，半夜里常常起身看看小船，加固加固船缆。

小鹏在湖上的时候，需划着小舢板巡查围网、加固围网、给蟹喂食。在湖上的时候也不是很忙，空闲时，小鹏便躺在船头上打发时光，挺无聊的。

叔叔时常开着小快艇去镇上筹办些物品，有时见小鹏无聊便带上小鹏。

以前，小鹏在镇上初中里上学，有好些同学，同进同出，很是热闹。不上学了，小鹏再来到镇上，同学们都在学校里上课，见不到一个同学，镇上的街道也显得冷冷清清的。其实，小鹏也怕见同学。见了同学，他不知自己如何面对。因为，他属于不辞而别，就像部队里的逃兵。他知道，周末会遇上同学。然每逢周末，他都选择留在湖上。其实，他很想周末到镇上看看。

秋风刮了，湖面上随着一阵阵的西北风渐渐地寒冷了下来，然而一年一度大闸蟹旺季也随之到来了。大闸蟹是个好东西，尤其阳澄湖上的大闸蟹更是好东西。每年到了大闸蟹上市的旺季，有一批批的客人，老老少少的，喜欢赶到湖边直接从湖里捞蟹煮了吃个新鲜，甚至赶到湖中间在渔船上吃。小鹏也开始忙碌起来，跟着叔叔一起接送客人、扎蟹、杀鱼洗菜。

到了周末，客人更多，有上海、苏州、昆山赶来的，也有镇上过来的。客人多了，也遇上了同学。遇上同学，小鹏常常一愣，不知说什么，继而回避。同学总是惊喜中大声喊，小鹏，老师叫你去上课。

时间长了，常有同学遇上，总跟他说，小鹏，老师喊你去上课。

奇怪的是，有一回，有个跟他年龄相仿的初中女生，冲着他说，小鹏，老师喊你去上课。

小鹏说，我不认识你。

那女初中生说，我可认识你，你叫小鹏，我的老师也是你的老师。老师知道你在湖中船上，老师喊你去上课。

其实，小鹏读书时的功课也不差。他喜欢英语、语文、地理，这几门功课挺好的，尤其是英语。他以前一直想当一名导游，可以走遍世界。小鹏读英语特别刻苦。教英语的盛老师特别看重他。他想，也许是盛老师喊他去上课吧。

盛老师是位年长的女老师，英语说得好，人也和气。他也知道盛老师住在哪儿。一日，小鹏跟着叔叔到了镇上。小鹏跟叔叔说，他要去看看自己的老师，给老师送几只大闸蟹。叔叔自然答应，给他挑了一篓最壮实的大闸蟹。小鹏去了，然没有找到盛老师。邻居说，盛老师住院了。

小鹏找到了医院，见盛老师躺在病床上，腿上和下半身裹满了绷带。小鹏迟疑着不敢进病房。徘徊中，小鹏听过道里的人在说，病房里的老师，去乡下喊学生到学校去上课，不熟悉乡下的小路，从桥上骑车下坡，结果直接从拐弯的桥墩上摔下去，把大腿骨、大髋骨全摔断了，在医院里已经躺了整整两个多月了。

小鹏听了，像做贼一样，从医院里逃了出来。回到湖上后，小鹏跟叔叔说，老师喊他去上课。叔叔说，想通了就好，我以前没有机会好好读书，现在做啥都吃力。你是得好好读书。

然而小鹏第二天仍然没有去上课，他只是骑着自己的旧自行车一个个村子转悠，看见年龄差不多的同学，不管认识不认识的，就喊，老师喊你去上课。尤其是那几个说好一起辍学的同学，他都找到了，跟他们说，老师喊他们去上课。

半个月后，小鹏回到了学校。回到学校的小鹏，私下里听校长在跟老师们说，奇怪了，前段时间派了那么多老师下乡劝辍学同学返校，没几人返校。最近几天，没老师下乡，反而有好几个学生自己返校了。

小鹏听了，内心有一点点小小的安慰。

（原载《小说月刊》2019年第2期）

帮 把 手

蒋先平

刚六十多岁的父母似乎一下子就老了。

去年，得了脑血栓的父亲再也下不了楼。他整天窝在楼上，不是坐在客厅椅子上淌着口水看电视，就是在卧室里扶着墙，一点一点地哆哆嗦嗦挪动着笨拙的双腿。

年初，母亲左腿无名地痛了起来，看了多次大夫，也没有见效。住在五楼的母亲很少下楼遛弯儿了，她也和父亲一样，每天大多数时间都是在楼上度过。

我想把父母接到我家，可他俩说什么也不同意。好在我家离父母家就隔几条街，骑自行车也就十多分钟的路程。

白天我要上班，只能双休日放假或早晚抽空去照顾一下他们。平时父母用的米面油，打个电话，粮店会直接给送上楼。我去父母家多半是送些菜或手纸等生活用品。

父母家住在五楼，房子是父亲上班时单位分的老楼，没有电梯。体重超标的我每次爬上父母家，累得都要先站在门口喘上一会儿，再敲门进屋。

后来，我想出了一个招儿，再给父母送东西时，让母亲把事先准备好的一根下面拴着小塑料筐的绳子，从五楼阳台窗户慢慢地放下来。我站在地上，把买好的东西放在小筐里，放好后抬头大声喊着："妈，拽上去啊。"

毕竟是六十多岁的人了，母亲站在阳台窗户里，笨手笨脚地往上拽着小筐，可小筐不是刮到窗户或墙壁，就是在空中打转转，害得我在下面大声地指挥着。

五一那天，父母家对门的年轻人听到我在楼下又大声地指挥着母亲往上拽小筐，他从自家窗户上探出头，告诉母亲先把悬在空中的小筐放到地面，再打开房门，让他进来帮忙把小筐拽上去。

来到父母家的年轻人三下五除二就把小筐拽了上去。小伙子从窗口探头冲我大声说，大姐，我是大娘家对门邻居吴林，你记下我的电话，再往楼上拽东西时，先给我打个电话，我给大娘帮把手。

隔了三四天，我来到父母家楼下，给小吴打了电话请他帮把手。小吴放下电话就到了母亲家，打开窗户，放下小筐，把东西拽了上去。

从那以后，我给父母家送东西不想上楼时，就给对门的小吴打个电话，不是他来父母家，就是他媳妇过来，我站在楼下，三五分钟东西就上了楼，我也可以轻轻松松回家了。

十一这天早上，我来到父母家楼下，又给小吴打去了电话。等了足足有七八分钟，小吴才从母亲家窗户探出头，把小筐小心地拽上去。

自从这次以后，每次给小吴打电话，他都客气地让我等上七八分钟。

我心里明白了，麻烦小吴快半年了，人家是不愿意帮把手了啊。

一天，我上楼时跟母亲说起了这事，母亲把头摇得像拨浪鼓。她信誓旦旦地说，小吴这两口子不是那种人，每次不是小吴来帮把手，就是他媳妇来，人家从来没有说过一句抱怨的话啊。要是不愿意帮把手，人家出门时还会帮我把门口的垃圾捎走吗？

可能是人家忙吧，是我多虑了。我心里这么想着。再让小吴帮把手时，我会提前给他打个电话，这样我在楼下就不用多等了。

一晃要过春节了。这天，我特意买了两瓶好酒和两条好烟，爬到了母亲家的五楼，敲开了对门小吴家的门。

开门的是一个陌生的中年人，我疑惑地问道，这是小吴家吗？小吴半年前把房子卖给我了，他搬到对面小区了，说是照顾他父亲方便。中年人说。

我愣了一会儿，眼睛湿漉漉的。我明白小吴为什么七八分钟才到母亲家帮把手了。

当我把小吴已经搬走了半年的消息告诉母亲时，母亲和我一样，眼睛也湿漉漉的。

（原载《羊城晚报》2019年5月27日）

金 枪 猴

叶 孤

董英像杆枪一样站在城外的熙攘闹市。董英手中握着一杆枪，枪通体金黄，竟是纯金锻造。此时金枪一如董英的身体，笔直挺拔，太阳照射下，发出耀眼的金光。

枪头挂一半尺见方的白纸，写着：卖枪！一开始，围观众人议论纷纷，但是董英站在那儿，人和枪纹丝不动，众人觉得无趣，也就逐渐散开。

董英边上有一耍猴艺人，正在指挥几只猴子表演。其中一只瘦瘦的小猴子几次表演都砸了，围观众人纷纷喝倒彩。耍猴艺人面子挂不住，手中皮鞭一拧，重重抽打在小猴子身上。小猴子竟十分倔强，不躲不闪，目光盯着不远处金光闪闪的金枪。

耍猴艺人几鞭抽打下来，小猴子凄惨的叫声越发弱了，奄奄一息，甚为可怜。

站在边上一直稳如泰山的董英，此刻竟然动了，走到耍猴艺人身边，一把抓住耍猴艺人的皮鞭，说道：“别打了，这只小猴子我买下了。”耍猴艺人早就想把这只难以驯服的小猴子给处理掉，见有人要买，当然高兴应允。

董英给小猴子上了金疮药，不一会儿，小猴子竟然爬到了董英肩上，和董英亲昵嬉闹起来。

董英望了望太阳，示意小猴子老实点。小猴子果然乖巧，老实立于董英肩头。董英抖擞精神，身板更加挺拔，而金枪更加耀眼。

不多时，一队兵马疾驰而至。领头的将军在策马奔至董英面前时，戛然停住。

好一杆金枪！好一个青年！

将军不是别人，正是进京述职的大明燕王朱棣。董英自此得朱棣垂青，效命燕王军中。事后，董英感叹，多亏算命先生点拨，说只要今日立于闹市，必遇贵人，果然不假。

董英勇猛，一杆金枪无人能敌。不久，便在燕王军中立足。

建文元年，朱棣起兵，靖难之役拉开大幕。董英跟着燕王大部队四处征战，累功升为千总。

建文二年，初夏。董英率部围攻济南，山东参政铁铉固守。铁铉乃悍将，且以逸待劳，董英千里奔波而至，久攻不下。双方混乱激战中，铁铉见燕军中有一猛将，耍一杆金枪，异常勇猛，所向披靡。铁铉冷笑，令手下取来金弓银箭。拈弓搭箭，一道白光射向金枪猛将。

激战中的董英哪里料到危险陡至，铁铉银箭如闪电般追面而来，闪躲已然不及。千钧一发之际，形影不离立于董英肩头的小猴子发出嘶吼，一拍董英脑袋，猴爪抓着银箭擦耳而过。董英惊出一身冷汗，将受伤的小猴子救起。数月后，铁铉仍坚守济南城岿然不动，久攻不破的董英败还。不过，捡回一条命的董英，将小猴子视为救命恩公，百般照顾，从未离肩。

八月中旬，铁铉升为山东布政使。董英得到消息，再度卷土而来，大败接替铁铉的李景隆。董英连升三级，为参将。

建文三年，董英率部破扬州。建文四年六月，董英挥师渡江，下镇江，直逼南京……

朱棣即位后，对靖难之役中的功臣封赏。董英官至正二品都督佥事，爵封金枪侯。

董英高官厚禄后，日渐骄纵。不败金枪，也逐渐蒙灰。

一日，董英和两个小妾在房中鸳鸯戏水。欢声浪语，非常快活。小猴子突然蹿了进来，对着董英做着亲昵举动。如今天下初定，偶有局部小规模战斗，身居高位的董英已经不需要亲赴战场前线。而曾经被董英视为救命恩公的小猴子也不再形影不离，而是交由手下士兵看养。小猴子多日不见主人，循声而来，乍见主人，小猴子一时特别兴奋，抓耳挠腮，挤眉弄眼，显现亲昵。

但是小猴子的陡然出现，却把金枪侯董英刚纳的两个娇嫩小妾吓得花容失色，水花四溅。董英勃然大怒，刀光一闪，竟一刀劈了小猴子。小猴子哀鸣一声，幽怨地死去。

永乐十年，鞑靼鬼力赤起兵造反。金枪侯董英封威勇大将军，讨伐鞑靼。鬼力赤是草原第一勇士，尤擅骑射。董英战绩辉煌，从军十数年，鲜有败绩，十数年间只败过一次，就是建文二年围攻济南城，败于铁铉的金弓银箭。

董英率军和鬼力赤激战于草原，董英一杆金枪，依旧勇猛无敌，所向披靡。但是不知怎的，董英总感觉自己的肩头少了点什么。董英这才想起自己曾经奉为救命恩公的小猴子，可惜数年前被自己一刀给劈死了。

恍惚中，一道银光急射而来。董英双目圆睁，惊恐至极，眼睁睁地看着一支银箭插入自己脑门。董英后悔不已，多么相似的一幕啊！如果小猴子没有被自己一刀劈死，会不会还能救我一命？

朱棣登基，铁铉被诛。铁铉的贴身兵器金弓银箭流落北方草原，被鞑靼第一勇士鬼力赤所得。

远处，鬼力赤冷笑着收起金弓银箭。

（原载《小小说大世界》2019 年第 4 期）

白雪公主的苹果

董知远

她最喜欢吃苹果，每次他都为她削了皮，再放到她手上，看着她用扇贝般的两排细齿，清脆地咬上一口，一股芳香的气息弥漫开来。

她叫白雪，一个有几分娇憨慵懒的女孩，吃苹果常常懒得削皮。

“你是过敏体质，吃苹果千万记得要削皮，农药残留百分之九十都在皮上，吃了会生病的。”他告诉她。

“白雪公主吃苹果千万要小心哦。”

他叫她白雪公主，尽管生长在南方小城的她没见过真正的雪。

相恋几年，他们已经到了谈婚论嫁的地步。

休息日，他们去收拾刚刚装修完的婚房，打扫卫生、搬家具，忙了一上午，他们累得倒在沙发上。

她从茶几上拿起苹果要吃，他让她削皮，她撒娇说：“吃了又不会死。”尽管他很累，还是抢下苹果，去厨房洗净削了皮，放到她手上。

她很满足于小城的生活，安静、悠闲、舒适，有一份轻松而稳定的工作，有小桥流水的景致，花前月下的爱情，还有何所求呢？

她希望他也喜欢这样的生活，虽然有时她发觉他并不开心。

初冬的阳光从落地窗照进屋子，给阴冷天气带来一丝暖意，他抓住她的小巧的手，握在自己的手中。每当寒潮来袭的日子，他都为她暖手暖脚。

今天，他的话很少，仿佛有心事。

“我想跟你商量一件事。”他开口了。

“嗯，什么事？”

“我想出去闯一闯，干点儿事业，再结婚。”

白雪愣了一下，想不到他会有这样的想法。

白雪不知道，他通过同学的关系，已经成功应聘到北方一家大报社当记者，正可以发挥他的专业。

“白雪，你等着我，就以一年为期，到时候我就回来娶你。”

白雪明亮的眼睛蒙上了一层雾霭，她知道他一直不甘心过平淡的生活，她看着他，不知说什么好，她真心不希望她走。

“我一定会开创一番天地，到时候，我带你去北方去看雪，我会在那个童话的世界里，向我的白雪公主求婚。”

白雪明白，爱一个人，不能奢望每时每刻都把他留在身边，她不愿看到他不开心。

她终于点头。

“别忘了，白雪公主在等着白马王子回来哦。”

她为他收拾好行囊，在一个凄冷的冬日，与他依依不舍地告别。

“每天吃苹果记得削皮哦。”他叮嘱她。

北上的火车，带走她的思念，从此，他们相隔千山万水，只有电话线路相连。

她在小城里安静地等待，想他时，就去他们的婚房看看，那里有他们美好的回忆和对未来的憧憬。

他在外面努力打拼，随着事业的发展，他越来越忙。他们联系的时候越来越少，白雪知道记者的行业是如何拼命的。

时光如白驹过隙，白雪一想到一年之期越来越近，他就要回来了，心里就有一种甜蜜。

又一个冬天来临了，南方小城也变得很冷，她几天没有得到他的消息，心里不由得开始焦急。

他来了电话，说就要回去，有些事跟她商量，她的心里又欢喜起来。

她将他们的婚房收拾得一尘不染，还买了一堆苹果，洗干净放到果盘中。

她终于又见到了他，北方的风霜让他面色深了些，她扑过去，抱住他，她的白马王子回来了。

她没有注意到他脸上带着的忧郁，他轻轻地推开她：“这次我回来，想跟你说件事。”

白雪看着他的眼睛。

他低下头，似乎鼓起了很大的勇气：“我们分手吧。”

她愣住了。

“对不起，白雪，我爱上了别人，是和我一起工作的记者。”他的声音生涩无力。

她的眼中，起了蒙蒙的雾。

“你骗我的，你说你会回来娶我，你说我是你的白雪公主。”

“求求你，不要再相信童话了。”

说完这句话，他垂下头。

“不，你爱我的，我还要你给我削苹果。”

他低声说：“别这样，我们都不是小孩子了。”

她从茶几上拿起一只苹果，递给他，他轻轻地推开了，他回来之前就想好了，当断则断，不能有一丝犹豫。

“那我就这样吃了！我真的吃了！！”她看着他，他无动于衷，她咬了一口苹果，还是那个味道，她眼中的雾，化成了淋漓的雨……

她病了，她不肯相信，一个曾经百般呵护她的人，怎么可能那么绝情。

她什么都做不了，不停地给他打电话，可是，怎么打也无人接听。

晚上，她挣扎着起来，去了他们的新房，也许他会在那里。她带着一身寒气上了楼，敲门，无人应，她拿出钥匙开门，打不开，他连锁芯都换了。

在楼道里，她颓然倚在墙上，全身冷得发抖，她真希望有个地方能让她暖一暖，她真希望这是一场梦，可这都是真的。这个他们亲手构筑的爱巢，她再也进不去了……

她拿起电话发了一个短信：白雪公主吃了有毒的苹果，等着白马王子来救她。

没有回应，不知过了多久，她又拨打电话，这次接通了，她心里升起了些微的希望。

她多希望听到他说，对不起，这只是一场误会。

可是，她听到的却是：“你不要再打电话来了，我们不可能了，这个世界没有童话。”

说完，他挂断电话，再打，关机。

原来曾经最美丽的，都是童话，现在连童话也没有了。

白雪从十一层楼纵身跃下。

那天夜里，南方罕有地下了一场纷纷扬扬的大雪。

（原载《小说月刊》2019 年第 3 期）

3号别墅里的女人

马贵明

不知什么时候，对面的3号别墅搬进了人家。但不久我就发现，这户人家只有一个人，一个漂亮的女人。

女人三十多岁，总喜欢穿着白纱睡衣在屋子里走来走去。长长的披发在她面前荡来荡去，有时候用一条红色的带子把长发束在脑后。她个子很高，丰满的体形在白纱的睡衣里若隐若现，使人想入非非。

有一天黄昏，她坐在二楼阳台上，静静地读一本书。一把木椅，白纱睡衣轻轻地裹着她美丽的身体，红色的胸衣浅浅地露着，她斜着头，长发从一侧倾泻下来。夕阳轻轻打在她的身上，漂亮极了。我情不自禁地拿起相机，把这幅美丽的画面定格在富士底片上。

照片洗出来了，我把背景处理成暗色，美轮美奂，一幅绝对的精品。我把照片放大了，在屋子里欣赏了两天。我决定送给她，连同底片。

我走过去，敲响了她的门。

门打开了。她一脸微笑地站在门口，说：你好。

我说：你好，我是对面的邻居，那天我给你照了张照片，我觉得挺美的，送给你。

她接过照片，看了看说：真的挺美，谢谢你。进来坐吧。

我说：不啦。

她说：客气什么，进来喝一杯咖啡好吗？她的眼神令你不能不进去。

一楼的客厅很素雅，以粉色调为主。她今天穿了一套粉白色的款装。她给我端了一杯咖啡之后，就坐在我对面的沙发里，静静地瞅着我。我竟一时找不到话题，假装四处张望。

她突然笑了，说：你是专业摄影的吗？

我说：你怎么知道？

她说：都什么年代了，除了专业的，谁还玩胶片。再说，拍得也不错呀。

我有些得意地说：是你长得漂亮。

她轻轻地笑了，很甜，又有点狡黠。

她说：你偷拍过多少女人？

我愣了，脸迅速涨红了。

她说：你那天给我拍照时我就知道，并且知道你还会把照片送给我。

我笑着说：我第一次偷拍女人，因为那天你实在太美了。你怎么知道我会把照片送给你？

她还那么狡黠地笑着说：因为你渴望认识我。

我一下子像被人扒光了衣服似的，有点无地自容的感觉。说真的，在进这个屋子之前，我真没有想认识她。也可能是潜意识吧，我只觉得这幅照片应该属于她。

她说：哪个男人不渴望认识漂亮女人，尤其是年轻的漂亮女人，开个玩笑。我真的很高兴认识你。我在这个城市没有亲人，没有朋友。你是我这个城市里的第一个朋友。

她真的很漂亮，黑亮的大眼睛，小巧的鼻子，微翘的下巴，长长的黑发，白皙的皮肤，丰满而匀称的身材，真的太完美了。

我们聊了很久。我们成了朋友。

她来自北方的一座城市，毕业于一所很有名的艺术院校，她的专业是民族舞蹈。工作以后，单位很不景气，她不甘于那种平淡而寂寞的生活，就孤身一人来到这个海滨城市。后来，她认识了一个男人，一个可以改变她一生命运的男人。她很不习惯于随他出入各种社交场合，男人真的很喜欢她，就给她买了这栋别墅，把她养在这里。

她很寂寞，男人常常不在这个城市，她就一个人守在这里。她常常喜欢一个人静静地坐在阳台，看院子里的草坪，看夕阳一点点遁去。她还喜欢只穿一件薄薄的睡衣在屋子里走来走去。当然，这个爱好是她后来告诉我的。

我说：你们能结婚吗？

她说：怎么可能，他有老婆，也在这座城市。

我说：你这么漂亮，应该有自己的事业。

她说：你不懂吗，女人越漂亮，越没有好结果。你成功了，人家说你靠脸蛋；你失败了，人家说你是花瓶。漂亮和美丽对女人来说是一种灾难。

我说：你可不要消极啊，你还年轻。

她说：我挺乐观的，我会生活得很好。

从此，我们经常在一起聊聊，偶尔去去轻音乐厅，听我们都喜欢的凯丽·金，萨克斯《回家》，民乐《二泉映月》……

我们去郊外踏青，我们去漂流，我们去森林里……

我发现我们在一起是如此和谐，如此默契。我感觉我真的是爱上她了。

有一天，她突然对我说：我们不要再在一起了。

我说：为什么？

她说：对你没好处，你还小。

我说：凭什么，你才长我三岁。我什么都不怕。

她说：有一天你会明白的，和我在一起，我会害了你的。

我说：没那么可怕。

她说：听我的。然后，她轻轻把我搂进她的怀里，眼泪就流了出来。

我慌了，我们相识这么久，从来没有过肌肤之亲。

我问：你怎么啦？

她摇摇头说：什么也没发生。

第二天，她突然从这座楼里消失了。我打电话，关机，一遍又一遍，她仿佛从这个地球蒸发掉了。

我变得无精打采，常常望着她住过的屋子发呆。我想，说不定哪一天，她突然从我对面走来。

然而没有。

她轻轻地走了，正如她轻轻地来。

（原载《航空画报》2019 年第 5 期）

标　准

黄大刚

领导包点的贫困村黄家庄适宜种植福橙。近年，福橙市场走俏，供不应求，价格一年比一年高，卖到了十多块钱一斤。若引导贫困户种植成功，脱贫奔小康应不成问题。

农户由于没技术，领导费了不少口舌，还是没有一户行动。领导便让我去找个人来教一教农民怎么种植。

我想到了亚男。亚男的专业绝对是竖大拇指的。亚男读的是不起眼的中专学校，他那能力和水平，全是工作后利用业余时间钻研出来的。五十过头了，才从字母开始学英语，硬是通过了研究员水平考试。连家人都劝他不要过于逼迫自己，活了大半辈子，还那么折腾干啥。有人哂笑他不会享受生活，不会唱歌，不会抽烟喝酒，不会搓麻将，不会按摩……这些享受的事，他不会的有一箩筐。可他很知足，那种沉醉，外人是体会不到的。他的水平就在那里，不要说县里，就是省里的专家库，也有他的名字。单位想让他当个小头目，负责业务这一块工作，可他打死也不干。他到田间地头指导农民种植，不管日头多毒，从不戴草帽，脸晒得黑红黑红的，混在农民堆里，如不介绍，没人知道他是专家。同学聚会，我提醒他穿好点，他穿了一套最好的衣服，白衬衫，黑西裤。我记得五年前，他就是穿这套衣服上台领奖的。他把衣服抖了抖，说："这怎么不好，哪里破了？"就是这样对物质生活要求不高的人，请他讲课，他先要谈妥讲课费，而且必须在开讲前要交给他，他数过后才开讲。否则，谁叫他也不去，天王老子来了也是行不通的。

果然，我一张口，亚男便开门见山地说："讲课可以，但要收讲课费。"

"我知道，老规矩，五百块一堂课。"

"五百块，是高级园艺师那会儿。现在是研究员的课，一堂一千块。"亚男不容置疑地说道。

“老同学了，就不能打个折？”我开玩笑似的对他说。

“这和是不是同学没有关系。”

他认真的样子让我的心拔凉拔凉的。

领导知道后，气呼呼地说：“你那同学掉到钱眼里了吧，也不看看是给谁讲课。那都是贫困户，一穷二白，需要帮扶的。他要有点公德心，给他五百块，他都不要领。”

在领导那里碰了壁，我只好硬着头皮去做亚男的工作：“亚男，那是给贫困户讲的课，他们那么穷，五百块也讲算了，就当作公益，就当积德好了。”

亚男毫无商量的余地：“不要跟我讨价还价，讲课又不是去市场买菜。研究员就是这个标准，给谁讲课都是这个价。你要是觉得多，那就请别人吧。”

我夹在中间，左右不是人，咬了咬牙，单位出五百块，不足部分，我自个掏腰包，凑够了一千块钱。

亚男要求开一辆皮卡车去接他。在一家日杂店前，亚男叫司机把车停下来，让店主往车上搬大米和食用油。

那堂课讲得很成功，开讲前，亚男说课后还要提问，答对的奖励大米和食用油。贫困户听得很认真，亚男提的问题，贫困户抢着举手，并都答对了。

课讲完了，我的任务也就完成了。可亚男老惦着贫困户种橙了没有，一定要拉我去黄家庄看看。正如亚男担心的，还是没有一户在地里种一棵福橙。“市场价那么好，你们干吗不种呢？”亚男不解地问。“领导，我小学还没毕业，不懂管呀。”亚男把贫困户召集起来，掏出了研究员的证书：“你们知道研究员吗？相当于大学的教授，大家大胆种，有什么问题，我免费给大家指导，保证随叫随到。”他让贫困户把他手机号码记下来。

福橙终于上市了，村里的贫困户多次打来电话，邀请亚男和我去橙园尝橙。亚男却把我带到街上，找黄家庄的福橙买，同是橙子，黄家庄的橙子要比别的地方的贵两三块钱。“干吗卖那么贵？”我问道。“你看这果，多好！研究员指导种植出来的。”摊主把一个金黄的橙子举到我们面前。亚男乐呵呵地掏了钱，如得了便宜。

（原载《微型小说选刊》2019年第11期）

地 之 门

莫小谈

月亮高过树梢，挂在天上，几缕残云绕在月亮四周，映得原野上一片花白。

一只乌鸦在野槐上落脚，见树下有人就蹬枝起飞，啪嗒一声，半条枯枝掉在地上。

顺头一个激灵，停下镐铲，低声问：谁?！

抬眼见是一只独鸦远飞，便稍稍松了口气，随即内心暗骂：晦气，一动土就破劲儿。

倒斗者动土时看见乌鸦，行里人称“破劲儿”，意为大不吉利。顺头忙从黄陵布中取出一炷香火点上，敬各路夜仙游魂：今夜里我只与墓主人有关，各位仙家享尽香火后各自去吧。

顺头半月前出来踩盘子，一铲下去探出一处汉墓。惊喜间，他又周遭打了几处穴眼，取土一辨，心中大体有了尺寸——规模不小，墓主人至少士大夫级别。

按说，唐城不应参与这次活计。上个月他即满五十岁，行里有规矩“丁过天命不入墓”，倒斗者五十岁后就不可再蹚这道水，不然不利后人。再则，他早些年已经摘下摸金符，断了与行里的来往。祖师爷的规矩，摘下摸金符就表示金盆洗手，此后再不得入这一行当。

据说唐城摘摸金符是因为女人，但他不承认。唐城说，我唐大斗当年进秦墓，被一群秦军粽子追杀没摘符，进唐墓遇过七次鬼吹灯没摘符，怎会为一娘儿们金盆洗手?

顺头不关心这，他只向唐城请教开汉墓的规矩：大斗，你家历来吃祖师爷的饭，是望门泰斗，若肯示下，取回的明器我必孝敬您最响的那件。

唐城望着顺头绘出的图纸许久，最终一跺脚下了决心：成，看你诚意，我随你走一遭，但有言在先，我只取最响的一件，你也只许取五成物件，剩余五成留口饭给后人吃，这是规矩。

成。顺头应下，他早有算计，学了开汉墓，拿最贵的物件给唐城也无大碍。

之后，你我再无瓜葛，不必再见。唐城又补了一句话，这是规矩。

成。顺头又应下。顺头虽入行多年，也曾单独蹚过水，但终究还是个后生，特别是开汉墓，他更是一窍不通。如今，有唐大斗陪着，那当然好。

一炷香火星星而燃。顺头等待唐城之时，摸了摸腰间的盒子枪和仅剩的一颗子弹，都在。

倒斗者带枪，是坏规矩的。早些年有人在墓中见财起意，一枪毙了同行的人，从此下墓前，若有人提出搜身，所有人必须配合以证清白。

但顺头还是带了。

香火将尽时，唐城赶来。他对破劲儿并不在意，四处巡视一圈，又取出罗盘定位，然后指一个方位：开这里。

顺头以此下镐开穴。果不然，一袋烟工夫便碰到金刚墙，再将墓墙壁卸一个洞即可下人。但唐城却示意顺头停手：放放墓气再进。

顺头在洞口进一炷香，后与唐城对坐着抽烟。突然，唐城问顺头：顺头，死者为大，在死人面前我们说说真心话。

顺头趁着月光，眯着眼睛看唐城。

说实话，你今晚是不是带了手盒子来？唐城问道。

顺头一惊，继而又镇静下来：没，坏规矩的事儿，咱不干。

要不，相互搜个身，咱按道上的规矩办。

行，搜搜身，大家都安心。顺头故作平静。

不想唐城却哈哈笑起来：看把你吓的，我信你。

二人又平静地坐了一会儿，随后相继进了墓室。确为汉墓，但出乎意料的是墓室空空如也，没有一件陪葬物，连棺椁都没有，正室处只有一块石碑。拂去尘灰，上面隐约有字：莽篡政，天下乱，发冢者众，余修一虚冢，进者当羞，回头有岸。

原来，这是汉时一好事者修的虚冢，以劝倒斗者迷途知返。顺头悻悻然大呼中局，心中不免懊恼不已，一转头却见唐城目瞪神呆地盯着石碑看：顺头，你说这碑值多大价钱？

顺头转至碑后，这才发现背面密密麻麻刻着小字，仔细一看，都是历代倒斗者发冢时现场刻上的怨言，无不怪修虚冢者多事，戏耍后人。其中懊恼、谩骂、讥讽之言尽有，不一而足。有些甚至标注了纪年，留下姓名和门派。整个碑文就是一部盗墓者编年志。

顺头立即意识到，这块石碑的价值远高于任何一件汉时陶罐、玉器。于是，二人开始谋划运送的方法，却忽见那支白蜡火焰一闪，熄了芯。顺头大惊：大斗，撤吧，鸡鸣灯灭不摸金，墓主人警告我们后退呢。

不想，唐城把眼一瞪说：怕啥？虚冢里哪来的墓主人？灯灭再点上就是了，想当年走唐墓，七次鬼吹灯也没吓倒老子。

顺头一时无言以对。唐城又说：说实话，这块石碑文是我见过最响的一件明器。顺头突然想起他与唐城的约定——这最响的必定是唐大斗的。

顺头一边往白蜡处走，一边在内心打着准稿子。他终于决定，趁点燃白蜡之时悄悄将那一颗子弹压进枪膛。

一转身，顺头却见唐城立在身后。

乌鸦在野槐上歇脚，它真切地听到了两声枪响，循声望去，树下那口洞穴好似大地打开的一扇门窗。

（原载《小小说选刊》2019 年第 16 期）

恩 人

董儒敏

还没到六月，这天热得跟火似的。杨大头起床冲了个澡，同往常一样他来到街上溜达，打听村里昨天都有哪些新鲜事。

在街上就碰到卖菜的李三棒，他也是个话痨，人家来买菜硬要拉着人家说上半个时辰。

“狗子这人你们说贱不贱！昨天又去香莲地上干活了，人家都不理他躲着他，他还热脸贴着人家的冷屁股，不知道害臊。这可是我亲眼见到的……”杨大头一本正经地说。

“大头，那你去试试看，说不定人家更看不上你这老光棍呢？”李三棒插嘴。

杨大头很不服气。

“我才不跟他比呢，我就住在香莲隔壁，你们是不知道，这两年狗子越来越胆大，对香莲没安好心，今天送点儿肉明天送条鱼。前天晚上，人家都在洗澡，他还去敲门。你们说这人还要不要脸，真气人！”

“你怎知道香莲在里面洗澡？难道你在偷看……”李三棒说完，大家哈哈大笑合不拢嘴。

“她不就是个寡妇嘛！我才不稀罕。”杨大头说着气愤地离开。

走到半路，前面狗子正推着两袋稻谷去机米。

“狗子，你这人怎这么不地道，吃着碗面的还瞅着锅里的。你别以为我不知道你和香莲的那点儿破事，你要再去找她，我就把这事告诉你老婆去。”杨大头喊住狗子嚷道。

狗子知道他这张嘴臭得很，理都没理会就推车走了。

这让大头更来气，心想我杨大头虽然穷点，但在金岭村论辈分都能当你爷爷，他竟敢将我当空气，说着直接往狗子家奔去。

狗子媳妇正在喂猪食，看见杨大头气冲冲地朝家里跑来，吓得一大跳。

“狗子媳妇，你家的狗子可不是以前的狗子了，你真要管好他。一个不正经的东西，自从去年香莲老公被淹死后，他就开始打香莲的主意，背着你三天两头地往她家跑，我实在看不下去。你看他刚才去机米了吧，说不定又要送她些。”

没等狗子媳妇缓过神来，大头已不见了人影。

这天晚上，狗子媳妇没有早睡，看着少了半袋的米，心里憋着怒火。她并不是心疼那点米，原以为狗子送她家点东西，只是重情重义可怜她。没想到竟真打上了她的主意，难怪自香莲的男人淹死后，他就变了个人，连在家也不怎么和她说话，这一年多来的疑惑今晚终于解开。

这晚他们大吵了一架。

第二天，狗子脸上被她媳妇抓伤的消息在村里迅速传开，杨大头照常两手叉着个腰不停地说着狗子昨晚的事，像是亲眼看见似的。

“杨大头，你一个大男人，不务正业，成天找些闲事翻来覆去说，有意思吗？”

一个女人指着他说。

“是香莲呀！我说狗子你烦什么，我还想骂他狗东西呢。你就不应该指责我，你说我们邻居这些年，你家的大虎死后，我说过你半句闲话不？我就是看不惯那狗子！我见他就恶心！我是怕他欺负你，怕你吃亏——”

大头还想往下说，身旁的李三棒打断了他。

“你这四十岁的老光棍，连女人都没碰过，今天咋还知道心疼人哪！”说完捂着肚子笑。

香莲脸一红转身离去。

傍晚，香莲做完农活回来，没进门就听见家里吵闹声，狗子正在与他媳妇撕扯，看情形狗子是想拽她回家。

看到香莲进门，狗子媳妇骂道：

“今天你要不把话说清楚，我们这日子不过了，你们到底做了什么不要脸的事，今天不说明白，我就不走了……”

狗子正想解释，只见香莲放下锄头说：

“嫂子，你别急，狗子哥和我家短命的从小一起长大，大虎不在了，狗子哥对我们家有情有义，我一直把他当成家里的恩人，怕别人说闲话我也让狗子哥不要帮我们，这一年多来我打心眼里感激你们。嫂子，你可知道一个家没有了男人，日子真得不好过，我们娘儿仨不容易呀……”

说着说着，香莲失声痛哭起来。

站在一旁的狗子听着心如刀绞，羞愧难当，再也无法忍受内心的煎熬。

“香莲，我狗子不是你们家的恩人，我是个罪人！我对不起大虎兄弟，对不起你们全家。去年我和大老虎去后山砍柴，我浑身发热就跳进水库洗澡，没想到脚抽筋动弹不得，是大虎哥救了我……”

（原载《赣西文学》2019 年第 4 期）

对　门

张志明

玉峰嫂和留根家住胡家桥村北口，一个路东，一个路西。出门朝北走几步，过了小桥，就是大马路了。

这天晌午，玉峰嫂在街门口哄闺女睡。闺女已经在玉峰嫂怀里睡着了，她转身正要往家放，公社的邮递员过来了，他把绿自行车停在街边，敲留根家的门。

敲了半天没人应，邮递员就转过身问玉峰嫂。玉峰嫂脸上掠过一片不易察觉的阴影，说不知道。

邮递员就说是一封加急电报，山东发来的，说母亲病重，早上就到了，已让大队广播了几遍，也没人去领。看到事急，他正好顺路，就捎来了。

看着邮递员六神无主的样子，想着肯定是留根家的娘家母亲病了，确实是大事，玉峰嫂不忍心了，就说刚才看到留根家的扤着篮子往西走了，估计去西地给猪薅菜了，让邮递员快去找。

邮递员说还要给公社去送个急件，也是急事，求玉峰嫂代收。

玉峰嫂抱着孩子不由得退了两步，在那里怔了半分钟。

看到小邮递员手拿电报站在那里，满脸乞求、为难的样子，玉峰嫂犹豫再三，才勉强接了过来。

玉峰嫂拿过电报一瞧，上面写着：母病重，速回！

留根家的娘家是山东的。

玉峰嫂和留根家两家不说话。前两年留根身体一直不好，后来找人算卦，叫他们往街门上面放了一个镜子，正对着玉峰嫂家的门。两家因此结了怨，一直僵到现在。

玉峰嫂把闺女放回家，拿着电报先找了两边的邻居，求他们去找留根家的，但人家都不管，还怨她多管闲事。留根家的人缘不好。

站在胡同口太阳地里愣半天，想半天，玉峰嫂又回家瞧了瞧闺女，出来掩上门，匆匆往西走去。

玉峰嫂刚走，留根家的扤着一篮野菜从街里另一个胡同里回来了。她正要进门，瞧见玉峰嫂一岁多的小闺女从家哭着出来了，摇摇晃晃往马路边走。

留根家的放下篮，停在门前，站凉荫里瞧。

小闺女走到村口的小桥上，站在石栏边望着马路上哭。说是石栏，其实就是一溜尺把高的石头，门礅一样，没有小孩的腿高。

小闺女正哭着，桥下水里有鱼扑通一声跃出来又掉到了水里。小闺女便忘了哭，好奇地趴到石栏上，探出半个小身体看水里，两只小脚在后面一跷一跷，看得留根家的心里一揪一揪。

留根家的回头瞧瞧玉峰嫂家门口，再瞧瞧小闺女。瞧瞧小闺女，又回头瞧瞧玉峰嫂家门口，知道她家里可能没人。

瞧着趴在石栏上的小闺女，留根家的恨恨地想，掉里头都算了，不管。

小闺女瞧了一会儿水里，大概是又想起妈，先哭一声，又摇晃着站起来，还没站稳，就趔趄了一下，差点跌倒在那低低的石栏上，看得留根家的心底一悠，不由自主往前迈了一步。见没事，她又退回去。

小闺女哭着往马路上走，东边有两辆拖拉机正突突突地过来，后面还有两辆马车。

留根家的看看小孩看看车，瞧瞧车又瞧瞧小孩，满脸紧张的样子，犹豫了几下，还是飞快跑过去把哭着的小闺女抱了回来。

留根家的抱着小闺女刚转过身，玉峰嫂从西边匆匆回来了。

两人同时怔在那里。

然后，留根家的说，她往马路上跑，有车——

玉峰嫂拿电报的手伸过去，说，你娘家拍的电报，急事。

她们互相看了看，一个人接过电报，一个人接过小孩，都没说话。各自转过身，回家。

很快，留根家的又匆匆跑出去。不一会儿，跟着留根又飞快跑回来。

紧接着，留根两口急燎燎地锁了家门，上了马路，急急朝东一路小跑而去。

大约半个月后，玉峰嫂站在街门口，无意中抬头，发现留根家街门上的镜子不见了。

那是上午，阳光正好，玉峰嫂回头，那片总是照在自家墙上门上的亮晃晃的光影再也找不到了。

（原载《椰城》2019年第1期）

给土匪洗脚

林华玉

陈家屯的陈老蔫娶了个媳妇叫刘娇，刘娇五大三粗，干起活儿来像猛张飞，陈老蔫对刘娇言听计从，还经常给刘娇洗脚。有人问起刘娇是否有这事，刘娇把眼睛一瞪，说："你们知道个屁，俺家老蔫是为俺治病呢！"

原来，别看这刘娇的腿小时候受过伤寒，落下了病根，每到阴冷天，腿部关节处就像有千万根钢针在扎。刘娇进门时是深秋，没过多久，一场寒流就袭击了当地，刘娇的老寒腿犯了，在床上疼得哭爹喊娘下不来床。陈老蔫见状，也上了炕，拿起了刘娇的左脚。刘娇问他要干什么，陈老蔫没回答她的问题，按了按她足底的一个地方，问："这里麻不麻？"刘娇点头，陈老蔫就朝那个地方用了用力，刘娇先觉得那里酸麻胀痛，接着觉得一股热流从足底向上涌起，舒服极了。

这陈老蔫前几年曾经跟着外屯子一个老中医学过按摩，颇有一套手法，只不过老中医死后，他就把学医的事放下了。

陈老蔫给媳妇按摩了半个小时，又端来一盆泡着中药的温水，陈老蔫把刘娇的脚泡在里边。大约一刻钟后，刘娇觉得一点也不疼了，她又可以干活了。以后每次犯病，她就让陈老蔫给她按摩。

一九四六年夏天，刘娇得了急病，扔下陈老蔫和五岁的儿子小虎，走了。陈老蔫给妻子办完丧事后，带着儿子艰难度日。

妻子辞世后一个月，族长陈天七到他家里来了，说："老蔫哪，老人头山的刘结巴给我们派任务了，点名要你去呢！"

老人头山有土匪盘踞，匪首绰号叫刘结巴，他要老人头山周围的乡民定期向山寨供应粮草，如若不依，就要举兵下山攻打那个村子，乡民们敢怒不敢言。

陈老蔫说："叔，你看俺老婆刚死，你孙子小虎才五岁，他离不开俺。再说，咱屯里男人那么多，干吗非得让俺去呢？。"

"你不知道，那刘结巴的老婆王春梅有老寒腿，一旦犯病，疼得在地上打滚。别看刘结巴对咱百姓杀人不眨眼，可对他老婆是低眉顺目，言听计从。他看到老婆这么痛苦，十分着急，他不知道听谁说你会治这病，就特地让你去给他媳妇按摩。你放心去吧，小虎就让我家你婶帮着照看。"

第二天，陈老蔫就被陈天七送到了老人头山。匪首刘结巴对他说："你好好地为我老婆服务，干好了，大大有赏；不然，死路一条！"

躺在炕上正被病痛折磨的王春梅见了陈老蔫，痛苦的脸上挤出一个笑容，说："陈先生，要辛苦您了！"陈老蔫正傻怔之间，刘结巴从后边猛踹了他一脚，吼道："你还愣着干吗，还不快给我老婆按摩！"王春梅见状脸色一沉，呵斥刘结巴说："你怎么可以这么粗鲁，还不快向陈先生道歉！"刘结巴不情愿地朝陈老蔫抱了下拳，嘟哝了声："得罪！"就出去了。

王春梅忍着疼痛下了榻榻米，把陈老蔫扶起来，说："陈先生不要见怪，我男人行伍出身，太粗鲁！"

此后陈老蔫就为王春梅服务，每天为她洗脚、按摩，王春梅的病痛大大减轻，对陈老蔫感激不已，还送了他很多小礼物。

刘结巴见陈老蔫有此奇技，这天，也让陈老蔫给他洗脚、按摩。陈老蔫没法子，只好给他按摩，按摩完毕，他打来一盆水，让刘结巴把脚伸进去，刘结巴刚把脚伸进去，就嫌水太热，一脚把陈老蔫踢倒在地，接着命令身边的匪兵，端起那盆水浇在了陈老蔫的头上。那一刻，陈老蔫觉得屈辱极了。

第二天，刘结巴带领一队匪兵去山下抢掠，山寨空虚，陈老蔫瞅了个机会就逃出了老人头山。以后，他参加了共产党领导的解放军。

陈老蔫大大小小参加了三十多场战斗。一九四九年新中国成立，陈老蔫也因为伤病退伍回家了。他直接到陈天七家找儿子。一进门，陈老蔫愣住了，给他开门的竟然是刘结巴的老婆王春梅。

原来在解放前夕，刘结巴的队伍被解放军全歼，王春梅也中了枪，昏倒在山寨，解放军的医护兵见她还有气，把她救了回来，她一身伤病，是八路军给她治好了病。

因为王春梅是土匪头子的女人，八路军对她进行了审理，之后才知道，原来她也是被刘结巴抢到山寨的苦命女子，而且在山寨时，她还明里暗里救助了很多百姓，八路军就把她放了，因为她已经没有家人，八路军就把她暂时安排住在陈天七家。

陈天七对陈老蔫说："王春梅没有家人，你家里正好也没个女人，你把她带回家，帮你拉扯孩子吧！"他又把头转向王春梅，问："你愿意嫁给老蔫吧？"王春梅怯怯地点了点头，说："我……愿意！"接着她跑了出去，一会儿，她端着一盆热气腾腾的水，放在陈老蔫脚跟处，接着拿过一个凳子，让陈老蔫坐下，说："我给你洗脚！"说完就要扒拉陈老蔫的鞋。

陈老蔫将脚抽回来，说："趁火打劫，欺压百姓是土匪的行为，我们解放军不会！"他对陈天七说，"我可以把春梅带回家，但我不会娶她，我和她兄妹相称！"之后，陈老蔫就带着王春梅还有孩子回家了。

陈老蔫给王春梅专门收拾了一间房子让她生活，此后常来照顾她。村里一些人对陈老蔫说："当年你给这个土匪娘儿们洗过脚，还挨过她男人的踹，现在你也让她给你洗脚，也踹她！"陈老蔫把眼一瞪："土匪是畜生，我们是人！"

（原载《小说月刊》2019年第3期）

世　事

刘　浪

一

利小天和几个朋友喝到半酣，老婆电话来了，包间里太吵，他便握着手机到廊道上去接。

老婆劈头就是一句：又在哪里鬼混？马上要开学了，利益上学的事儿你搞定没？利小天不耐烦地说：记着呢，这不正和贾总在一起吃饭嘛，他和学校的人熟。利小天挂了电话，发现隔壁包间门半掩着，便好奇地一瞥，瞬间就看见廖志大那张喝得通红的脸。

廖志大在市政局当科长，以前利小天做工程时和他打过交道，私下也走动过几回，算是熟悉。于是他回到自己的包间，端起酒杯，对贾总等人说：隔壁有个认识的领导，我过去应酬一下。

二

利小天一进门，廖志大就先站了起来：哈，这么巧，利总也在这里？一桌的人也都跟着站起来。廖志大说：来，我介绍一下，这位是李局，这位是刘主任，这位是马工……后面的介绍，利小天已经记不住了。按照每个人坐的位置，他大致已经清楚这桌人的身份高低，于是便直接走到那位居中而坐，略显严肃的中年人身边：廖科，我先敬李局啊！廖志大赶紧说：不是李局，是利局，和你的“利”是一个字。啊，利小天张大嘴巴：这么有缘，遇到本家兄了。

利局也一扫刚才的矜持：你真是姓利？利小天笑：我和廖科认识好多年了，这个假不了。

利局说：利姓是小姓，据考证利姓始祖是道家老子的祖先，老子姓李，所以李、利都是一家人。利小天说：所以李连杰娶了利智。大家哄堂大笑。利小天又说：所谓无利不起早，说明我们利家人勤奋；所谓天下熙熙，皆为利来，天下攘攘，皆为利往，又说明我们利家人有号召力啊！众人都说：利总厉害！

利小天一饮而尽，对着利局亮了下杯。利局将酒杯举到唇前，张嘴，仰脖，那杯酒向前一抛，一道水柱便晃悠悠、炫亮亮进了喉间，一点没沾到唇。利小天竖起大拇指：利局高手！

利小天再敬廖志大时，便附耳问了句：利局哪个局？廖志大正啃一根羊排，支吾了一下说：教育局。

利小天打了一圈，脚下有点儿发飘，便说：我那边还有一帮子人，先过去了，改天再聚。

一桌人明显都对利小天有了好感，忙不迭地说：好，好，利总再聚。

三

利小天回到包间，显然这边的人也在等他。贾总说：利总，感谢你今天召集大家小聚。不过，你说的小利益上学的事有点儿难办。这些年我做校服生意，虽然和各个学校都有交道，但不瞒你说，今年的小学生入学全是电脑派位，没有本地户口的想弄个公办指标，校长都搞不定，除非是教育局的领导可能还可以做些手脚。

"教育局"三个字让利小天灵光一闪，他暗自兴奋起来，巧了，刚才隔壁那位本家兄不就是教育局的局长嘛。利小天没声张，他端起杯说：今天组这局只是叙旧，小利益那事只是顺便打听下，不要有压力。上不了公办，就上民办嘛。

接下来，大家说了什么，利小天都没在意。他想的是必须要抓住这机会，和利局熟络熟络，日后好联系。想到这，他站起来说：不好意思啊，隔壁那领导关照过我不少，我要再过去和他约个时间聚聚。大家便说：去吧，去吧，领导重要。

四

利小天第二次进到隔壁的包间，目标已经很明确是奔着利局而来。他一手拿酒，一手握酒杯，走到利局身边，一本正经地说：我人刚过去了，心还丢在这里。今天有幸遇到利局，就是遇到了家人。我要单独再敬本家兄几杯！利局说：好，利这个姓，我这辈子也没遇到几个，以后常来往。

利小天正中下怀，便及时拿出手机说：那就加个微信！利局爽快地说：好。利小天加了微信，立即将他的电子名片发给了利局，利局也很快回了一个握手的表情。

利小天又干了多少杯，他已经记不清了。不过，即便是喝得再多，他还是没忘记抢先将两间房的单全买了。众人都离去后，他才一身酒气地叫了个代驾回家。

进了门，利小天身子一歪，便倒在沙发上。蒙眬中就听到老婆在问，利益上学的事，今晚谈得怎样了？利小天伸出手，做了个"OK"的手势。

五

第二天上午，利小天一觉醒来，便想起昨晚的事。于是他赶紧在微信里找到利局，写道：本家兄，昨晚一晤，未尽心意，您这周哪天方便，我们两家人单独聚一下。利局那边很快回了两个字：谢谢！利小天又写：感觉有神助似的，这几天正为小孩儿的上学问题发愁，可巧就认识了本家兄。那边犹豫不决似的，只回了个“哦”。利小天心想，就直说吧。于是他又写：想请本家兄帮忙，给您小侄弄个小学公办学位如何？想了想，利小天又加了句：我是懂规矩的人。

利局半天没回应，利小天发现自己犯了常识错误，这种事，哪个领导会和你在微信里聊呢。于是他赶紧补救：现在方便电话吗？

利小天发送的时候，突然心头一凛，他发现自己的话已经发不出去，很显然，利局将他拉黑了。

六

利小天打通廖志大电话，廖志大先说了一通感谢昨晚买单的话。利小天没心思听这些，就说：廖科，昨晚那个教育局的利局……

没等他说下去，廖志大抢过话头：利总，利局以前是教育局局长，现在不是了。

利小天一愣：什么意思？廖志大说：他判了五年，上个月才出来。利小天头皮一紧：那你们还口口声声叫利局？廖志大呵呵一笑：我们那几个都曾是他以前的老下属，不叫利局，还能直呼其名吗？

利小天变得语无伦次起来：那，那他，现在和教育局还有关系不？廖志大说：一毛钱关系也没有。他现在失业呢。

利小天五味杂陈，说不出话来。那边廖志大却突然兴奋起来：对了，利总，你那公司要人不……

（原载《小说月刊》2019年第8期）

赎　当

孙毛伟

黄昏，郭宝贵走出一诺当铺，侧耳倾听城外阵阵枪声，脸色愈加凝重。

他很清楚城破是早晚的事，当铺肯定开不下去了。每天大批市民潮水般逃往江北。本来他也早该携家人随逃难大军去了，只因一件事放不下他才留在危城。

两天前一个下午，一瘦削的青年来到当铺。当他把一件东西放在柜台上，郭宝贵立刻眼前一亮。那是一只边缘呈莲花状的青色碗。郭宝贵叫出声来：“青瓷莲花碗。”青年点头：“正宗宋代汝窑货。”郭宝贵小心翼翼地捧着碗翻来覆去地看，那独一无二的天青色，纯净如玉温润古朴的釉面。他又喊来大徒弟阿宽来看，二人认定它就是宋代汝窑青瓷莲花碗。

“天下宋瓷，汝窑为魁”，汝窑只有二十年的烧制历史，能留存至今的很少，这种青瓷莲花碗的存世量不会超过十只。郭宝贵心里叫着“宝贝啊”，激动得手都颤抖了。

但想到这东西少说也值一千块大洋，按典当行规当金要四五百块大洋，心又冷下来，他对年轻人说：“货是好货，只不过本铺头寸短缺，一下拿不出这么多当金啊！”

年轻人却说；“我不多要。你给我一百块大洋就行。父亲病重，等着钱救命呢。再说日后我原价赎回就是。”

郭宝贵觉得有理就说：“那好。我给你一百五十块大洋，东西放这儿。”

当下，双方签下合约，约定典当人两月后即1937年12月13日前赎当。

年轻人一走就没音信了，战事却日趋吃紧，说不定哪天日本人就打进城来了，郭宝贵心急如焚。无奈，他只好先遣散了店里伙计，让家人做好逃难准备，他一人在店里苦苦等待，一旦了结了这事就立即离开。

眼看着日子到了12月12日，再等一天，过了13日当户不来赎当，当物就成了死当，当铺可以随意处置。也就是说他用一百五十块大洋买了价值一千大洋的宝物。这可是天大的好事啊！

13日凌晨。城内枪声骤起，街上杂沓的脚步声哭叫声乱成一团，侵华日军从东、南两个城门攻进城内。郭宝贵叫声不好，不容多想，带着家人随着逃难市民和溃军艰难地逃出城去。

五十年后。

一场电视台直播的鉴宝节目上，一位姓郭的中年人捧着一件青瓷莲花碗来到鉴宝台上，他的话引起全场一阵唏嘘："我是遵我父亲郭宝贵的嘱托来的。五十年前，父亲开的一诺当铺收了这件宋代汝瓷青瓷莲花碗的当物，可直到当期的前一天，当户仍没来赎当。而就在这天城市被侵华日军占领，父亲被迫弃店逃离。父亲说，虽然过去这么多年，但当期还差一天，它就不能算死当，这一天当期他一直为当户留着。几十年来父亲一直设法寻找当户无果，临终前嘱我一定要继续寻找。今天来这里虽说是鉴宝，实际上是想通过电视台寻找当户，让宝贝物归原主。"

场下一片赞叹声，坐在鉴宝台上的几位专家也频频点头。

青瓷莲花碗被放到专家面前，几位专家轮流仔细地验看许久，却露出了疑惑的神色，商量一会儿后，他们说出鉴定意见：这只青瓷莲花碗是一件近代高仿品。它仿造手法极高，即使是行家也可能难辨真伪。

立刻，全场哗然。郭先生愣住了，他不相信这个结果：这不可能？怎么会是仿品？慎重起见，专家们决定把物品拿到后台用仪器鉴定。

这时，台上的电话响了，是场外电视观众打来的。主持人按下免提键，一个苍老的声音响起："这确实是件仿品。我就是当年在一诺店铺典当此物的那个青年。说来惭愧啊！当时父亲病重没钱治，情急之下，我想出用这只仿真青瓷莲花碗以假充真，去当铺当出钱给父亲治病。果然骗过了郭掌柜，拿到一百五十块大洋。家父得知后又急又气，加重了病情。临终前严厉告诫我一定要赎回这只仿真货。万没想到一时糊涂，铸成大错，反害了父亲性命。我追悔莫及，赶忙四处筹钱，凑够赎金，准备在当期最后一天赎当。哪知那天鬼子打进城来，满城的人都在逃命，想赎当已不可能。五十多年了，这事一直像块石头压在我心上。我也想尽办法寻找郭掌柜，赎金我一直留着，再艰难也不敢动用。但寻找一直没有结果。老天有眼，让我终于能在有生之年偿还这笔心债，也能告慰父亲的在天之灵了。”

这时工作人员送上一张纸，主持人看过说：“仪器鉴定结果出来了，但是，我觉得没必要宣布这个结果了。它是真品还是仿品，估值多少已经不重要了，它所承载的诚实守信坚守诺言的德行才是无价之宝啊！”

全场一片沉寂，紧接着掌声四起，经久不息。

（原载《小小说大世界》2019年第4期）

胡杨树下

马学全

此地多胡杨，村子里到处是十余米高的胡杨树。文林家门口的这棵胡杨树，在他爷爷的爷爷小时候就有了，树枝婆娑，树皮皴裂，两个成年人才能合抱。每到夏季，洒下一地阴凉，大人们干活儿回来，常在树下乘凉聊天。到了秋天，满树金黄的叶子，十分好看。

文林和住在隔壁的玉琴从小就在这棵胡杨树下玩耍，玩着玩着，两人就长大了。文林高挑帅气，玉琴文静秀气。文林从小便喜欢木雕，一截粗糙的胡杨木，经他刀削斧凿，或人物，或动物，形象生动，惟妙惟肖。玉琴喜欢跟文林玩，也喜欢看他雕刻。文林总是把最好的木雕送给玉琴。

那年，一队商人路过村子，领头的商人看了文林的木雕赞叹不已，连称文林有天分，可惜留在村里就埋没了，建议文林随他们去南方学习雕刻技艺。文林父亲早逝，家里只有他和母亲。母亲也赞成他去学艺。商队走的时候，文林便带着行李上路了。文林走的时候，胡杨叶只有指甲盖大，他跟玉琴说，胡杨叶变黄的时候就回来。

可是，胡杨叶黄了又绿，文林却没有回来。玉琴想他的时候，就拿出文林送给她的那些木雕盯着看，她和文林在一起的一幕幕便浮现在眼前。“文林哥，你在哪里，怎么还不回来，你忘记说过的话了吗？”玉琴时常对着那些木雕自言自语。

玉琴十八岁了，出落得如花似玉，来提亲的媒人踏破门槛，玉琴一概拒绝，除了文林，她谁也不嫁。父母看着玉琴和文林一起长大，知道她和文林情投意合，也不强求。

转眼三年过去，文林还是没有回来。

文林走后，玉琴时常去文林家，帮他母亲干一些家务活。文林的母亲打心眼里喜欢玉琴，可是自己的儿子一去不回，让她觉得对不住眼前的姑娘。文林的母亲多次劝玉琴："闺女，别等了，有合适的人家就答应了吧。"玉琴把头摇得像拨浪鼓。

秋风一场接着一场，胡杨叶子像一只只金色的蝴蝶翩翩起舞。大雁们排着队嘎嘎叫着向南飞去，玉琴的思绪也随着雁阵飞向远方。虽然不知道文林身在何处，但她希望他能快些回来。

玉琴时常到村口张望，只要看到从南方过来的人，他就去打听，有没有文林的消息。后来，听说南方在打仗。玉琴每天都过得提心吊胆，更盼着他早日回来。

又过了两年，胡杨满树金黄的时候，文林终于回来了。但他早已不是离开时的那个文林，胡子拉碴的，蓬头垢面，跟乞丐没两样。文林最大的变化是少了一条腿，走路离不开拐杖，一条空空的裤腿左摇右摆。

事实上，两年前的秋天，文林就踏上了回家的路，可半路上被抓了壮丁，几次设法逃跑，都被抓回去打得半死。文林最后只能认命，盼着战争早日结束，回到日夜思念的玉琴身边。后来，他在战场上受了重伤，才得以回来。

文林的母亲已经病逝，家里的三间房子一半坍塌。文林能拿出手的，只有部队给的几枚银圆。

文林把自己关在屋里不愿见人。玉琴去看文林，任凭她巴掌拍肿嗓子喊哑，文林始终不肯露面，只隔着门板说了一句："玉琴，你另找人吧，我配不上你。"

玉琴哭得伤心欲绝，她说什么也想不通，自己朝思暮想，苦苦等了五年的文林，为何却变成了这样。

玉琴的父母心疼女儿，就去找文林，希望他打起精神，做一个真正的男子汉。

那个冬天，文林终于把玉琴娶回了家。

文林在南方跟木雕师傅学艺三年，虽然少了一条腿，但他的手艺还在。文林在家里开了一间木雕作坊，每天埋头雕琢，让一根根木头有了生命的气息。他雕工精湛，雕人像人，雕物像物，栩栩如生，惟妙惟肖，一件件雕刻作品被城里的商贩收购后，卖到天南海北，成了有钱人赏玩的珍品。文林成了远近闻名的木雕师，他家的日子也一天天好了起来。

文林和玉琴先后生了三个孩子：一个儿子，两个女儿。儿子天资聪慧，也喜欢木雕，文林把自己的手艺教给了儿子。

夏天来了，门口的胡杨树洒下一地阴凉，文林一家时常在胡杨树下乘凉。一天，孩子们缠着玉琴讲故事，玉琴便给孩子们讲了一对青梅竹马的恋人在胡杨树下的故事。

（原载《老爷山》2019年第1期）

神　　鞭

侯发山

“神鞭”是德福老汉的外号。德福老汉自小就爱玩陀螺。玩陀螺具有季节性，一般流行于春天。“杨柳儿青，放空钟；杨柳儿活，抽陀螺；杨柳儿死，踢毽子……”便是极好的证明。德福却不这样，一年三百六十五天，除了吃饭睡觉，时间都消磨在陀螺上了，即便到了二十啷当岁也如此。一个乡下人，不去侍弄庄稼，不去鼓捣点儿生意，这就有点不务正业了，也许是这个原因，没有一个女孩愿意嫁给他，一直光棍到老，真正的老顽童。德福老汉玩的陀螺花样百出，而且玩法创意多变：他玩的陀螺有木材的，有塑胶的，有金属的；他抽打陀螺时，可以倒立着打，可以转着圈打，可以翻着筋斗打……在整个河洛地区，玩陀螺的，还没有人能玩得过他。德福老汉打陀螺的鞭子也很特别，是用细麻绳捻搓而成，有大拇指头那么粗，结实，不会滑动，两米多长；端头是长菱形的剑钉，不但能抽打陀螺旋转，自身也转，当它抽打陀螺的时候，会发出响亮又清脆的声音。有不少人也想要德福老汉的鞭子，根本甩不起来，更别说抽打陀螺了，当地人称之为“神鞭”，久而久之，“神鞭”便成了德福老汉的外号。

1944 年，侵华日军窜到了巩县，其实只是一个小队，几十号人，领头的唤作野太郎，他本人也是个“陀螺迷”，听说“神鞭”德福老汉后，差人把他“请”到据点来，说要比试一番。德福老汉爽快地答应了，约定三天后。临走前，两人还有一番对话。

野太郎说：“老人家，你肯定恼恨我们日本人来中国。”

德福老汉盯着野太郎，一字一顿地说：“凡是中国人，没有一个不恨的！”

野太郎拿出一个小陀螺，一边玩一边说：“陀螺好比中国，鞭子好比大日本帝国。不抽打，陀螺就不会转动，换句话说，我们不来，你们就没有生机，就是僵尸一个。”

德福老汉不接野太郎的话茬，说：“比赛总得有个说法吧？”

野太郎说：“如果我输了，走人。如果你输了呢？”

“长这么大我还从未输过。”德福老汉不卑不亢地说。

“拿你们中国话说，骑驴看唱本——走着瞧。”野太郎的嘴角扯出一丝笑意。

从侵华日军据点回来后，大伙儿都劝德福老汉趁机逃走，毫无疑问，不管最终比赛结果如何，德福老汉都不会有好下场。德福老汉淡淡一笑，然后肃着脸说：“这里就是咱的家，往哪里走？该走的是小日本。”

约定的时间到了。德福老汉带去的陀螺是铁质的，个子大，看样子有两百多斤，呈倒圆锥形状。比试开始后，德福老汉双臂抱住陀螺，猛地一转，陀螺转动起来，却也摇摇欲坠。德福老汉忙挥起鞭子抽打陀螺，陀螺开始旋转起来，随着鞭子频率的加快，陀螺转的速度逐渐加快。野太郎这才把他的陀螺搬出来，他的陀螺没有德福老汉的陀螺大，但轴心是斧头状的——德福老汉见状，暗暗吃了一惊。围观的小鬼子也都嘿嘿奸笑着，他们心里明白，一旦野太郎的陀螺碰到德福老汉的陀螺，德福老汉的陀螺必被撞坏，再旋转已经不可能！如是这样，德福老汉必败无疑。

野太郎的用意也正是如此，他挥舞着鞭子驱赶自己的陀螺靠近德福老汉的陀螺，无奈，他的陀螺根本到不了跟前。一则是德福老汉挥舞的鞭子噼里啪啦，呼呼生风，无形中有股强大的力量；二则是德福老汉的陀螺的转速越来越快，本身就产生一种向外发散的力量，这两种力量合在一起，逼得野太郎的陀螺根本靠近不了。

野太郎心中恼怒，气得脸都成了猪肝色。德福老汉越玩兴致越高，似乎浑身有使不完的力气。野太郎的陀螺不及德福老汉的大，鞭子更像是兔子尾巴——不长，早已累得上气不接下气，他打陀螺的样子好似醉鬼在跳舞。胜败已成定局。看热闹的小鬼子都端起枪，瞄向了德福老汉。德福老汉忽然抽回绳子，原是左右开弓抽打陀螺，这次是直上直下劈打陀螺——说时迟，那时快，只听嘣的一声巨响，陀螺如同炸弹一样爆炸了，德福老汉、野太郎，还有周边围观的日本鬼子，无一幸免。

原来，德福老汉的陀螺是特制的，里面装有火药。当地人为了纪念德福老汉，每年春天都要举办陀螺比赛。时至今日，这项活动已经成为一个世界性的赛事，有不少外国选手，包括日本选手，几乎年年都来参加。有趣的是，每届的冠军都是中国人，无一例外，都是河洛地区的选手。

（原载《芒种》2019年第7期）

九　指

于　博

九指是我们这儿对只有九根手指头的人的称呼。健全的人都是十根手指头，大凡九指，不是先天缺失，就是后来因为各种意外造成的。

我太爷就是九指。

那天晚上，太爷阴沉着脸，眼珠子通红，手里攥着一把菜刀，左手放在菜板上，那模样确实吓人，让人有点喘不上来气。

屋外，每天大黄狗都摇着尾巴乱窜，这会儿不知是什么原因，也在窝里趴得老老实实。连那几只芦花鸡也不咕咕地觅食了，缩着脖子堆缩在堡子墙根儿下。

屋内，太奶跪在地上，拼命抱住了太爷的大腿，一个劲儿地磕头求饶。太爷大骂一声，抬腿把太奶甩出一米开外，接着手起刀落，只听咔嚓一声，他的左手小拇指齐刷刷地断掉了，小拇指在菜板上蹦了一下，像个小胡萝卜。

跪在太爷面前的大爷、二爷，还有我的爷爷吓得浑身打战。太奶哆哆嗦嗦从地上爬起来，对着二爷的后背使劲儿捶了一下，哭着说道：“二小子，你造孽呀！”二爷此时都已经吓傻了，一句话也说不出来，只有张嘴大号的份儿。

太爷狠心自断手指，说来有点心酸，也有点让人不容易理解。能有多大的事呀，十指连心啊。直到后来，我长大了，参加工作了，走上仕途，我才猛然开悟，也因此从心底里敬佩起太爷来。

太爷原在山东省登州府海阳县。民国初年，由于生计问题，太爷拖家带口闯了关东。经过一路风雨，艰苦跋涉，终于在松嫩平原腹地的一个叫二佐的村子安了家。

太爷会木匠活儿，而且手艺相当不错。来的第二年，二佐的大地主孟宪章的儿子大婚，太爷起早贪黑和几个木匠为他们家赶制家具。

那个时候，二佐立村也没几年，也就百十来户人家。加上民风淳朴，彼此之间来往也都很密切。孟宪章虽然是个地主，但心地很善良，人也随和。他们家的老二庆才与我大爷年龄相仿，都在十三四岁左右，于是两个人就在一起玩耍，有时二爷也跟着一起疯。太爷给孟家打家具，大爷和二爷去得就更勤了些。

这天下午，大爷和二爷在孟家玩藏猫猫，屋里屋外乱窜。玩的正在兴头上，孟宪章突然站在院子里，说它的玉扳指不见了。在下房打家具的太爷和其他几个木匠闻声赶来。孟宪章说，玉扳指明明在八仙桌上放着了呢，怎么会没了呢？就问他儿子拿没拿。

没拿。庆才回答得非常肯定。

你呢？太爷厉声质问大爷。

没拿。不信你翻！大爷态度坚决。

老二呢，你们不在一起玩了吗？太爷满脸狐疑地问道。

这一问，庆才左右看了看，挠了挠脑袋，真是呀，刚才还在呢，藏哪儿了。

大伙连喊带找，结果没有看到二爷。太爷的脸有些挂不住了，抓起大爷的胳膊回到了家。

玉扳指被太爷在二爷狗皮帽子的帽遮里翻到了。

太奶战战兢兢地说，俺给孟家送回去吧，再抓只小鸡赔个不是。

太爷的脸抽搐一下，这就拉倒了，家里出了这么个白眼窝儿，叫俺咋样做人？

于是，太爷狠狠揍了二爷一顿。接着，用手颤抖地指着二爷说，你偷老孟家一个玉扳指，今儿个俺就陪人家一根手指头。

太爷就这样变成了九指。

断指后，太爷攥着滴答血的左手，大声说道，穷死不能下道。这“不能下道”就是不许偷。偷个鸡蛋吃不饱，一个臭名背到老。都给我听好了，这是家规。打今儿个起，谁要是犯了，就不是我的子孙，死了也别进祖宗的坟地。

太爷临死时，和木头打了大半辈子交道，竟没攒下一副棺材板。大奶说，东山里木头多的是，实在不行就偷着放一棵，咋的也不能让老爷子在那边没有房子呀。

已经成了一家之主，继承了太爷手艺的大爷，脸立刻铁青起来。他眼珠子一瞪，咋的，你想让俺也成九指？你忘了家规，要败坏家风不成？

最后，大爷用一斗高粱米从孟庆才家换了一棵落叶松。

树被放倒，连根也挖了出来。说来也怪，整净泥土，那松树的根须正好九条。大爷端详着这有九条树根的松树墩子，突然跪倒在地……

大爷用了一天的时间，把树墩子仔细地修理得铮亮，成了一件坐具。但这九条根须的树墩子从来没有人坐过，像个宝物摆在家里。

等我父亲他们哥儿四个分家时，父亲特意要了这个树墩子。

一九八五年，我大学毕业，分到市委办公室。结婚那年，父亲说，他实在没啥陪送的，就把这个树墩子给你吧。不要小瞧它，它可是个宝贝呀。

有着九根树须的树墩子被我摆到了办公室。我每天走进办公室，第一眼看见的就是它。它安静地卧在办公室的一角，那九条根须就仿佛是我太爷的九根手指头，直到现在，我早已在处级岗位上任职七八年了，但我从来没有动过一丝邪念，因为我怕我一不小心迷失了方向，也会变成九指！

（原载《百花园》2019年第1期）

卡　　针

飞　鸟

我和关晓晓离婚了。

离婚了，为什么?

因为一枚卡针。

卡针?

卡针。

初夏的阳光透过落地窗，洒在褐色桌面的那盆嫩黄绿萝上。钟格坐在我对面。这个下午，两个近五年没见面的朋友偶遇，坐在了一起。

刚见面，钟格就把他离婚的事告诉了我。当年我们俩在县纱厂时，也是这般无话不谈。那时我们一起去钓鱼，一起去打桌球，一起去工厂北边的小饭店吃炒面条喝啤酒，一起去工厂南边的涡河脱得赤条条地洗澡，一起躺在铁道上畅谈人生，等火车轮震动铁轨时才嬉笑着一起跳起来跑开……后来关晓晓出现了。

关晓晓是那种猛一看一般、越看却越好看的女孩，可以说我和钟格同时爱上了她。这似乎是一种必然，知心朋友多是脾性相投者，自然会对某些事物抱以同样的态度。这是一种幸运，又是一种悲哀。接下来的事情我不说大家也猜到了，关晓晓选择了钟格。这故事不细说了，太老套，老套到如同二十年的夫妻当面换衣服般波澜不惊。幸好，我与钟格的友谊还能苟延残喘这么多年，交往当然极少了，这是互相理解和故意的结果。

现在我们听钟格说说他离婚的事情吧。

我和关晓晓离婚的罪魁祸首是卡针。前几天关晓晓的手机坏了，摔坏的。当时我们在动物园看猴子。她想站在镶嵌玻璃的台阶上，那样能贴着玻璃，离猴子更近些，可是爬上台阶是需要勇气的。很多人都在台阶下看，你要越过不高的铁栏杆，再爬上台阶，这样是硬生生地闯进了看猴子的人们的眼睛里。我不愿帮她。她独自爬上台阶很困难，台阶半人高，没有助着攀爬的便利东西。因为这本来就是严禁攀爬的，虽然刚刚有几个十六七岁的男孩女孩爬上去拍了几张照片。关晓晓毕竟四十岁的人了，也许我在县纱厂那个年龄也会主动去爬台阶的，不是爬，是跳上去，记得咱俩当年在县纱厂时曾跳上过推土机的大轮胎——

我觉得他好像有点跑题，就打断他，问，卡针怎么回事？

钟格说，关晓晓自己终于爬上了台阶，她掏出手机拍照片，猴子是那种长尾巴猴子，机灵活泼。它猛地蹿过来，扑到了关晓晓的脸上，当然是隔着一层厚玻璃。这也吓了她一大跳，她晃了几下，在人群的惊呼声里掉下来，幸好没有摔伤，只是手机摔坏了。我们很不痛快，一直到家都没有说话。其实去动物园是因为前几天吵了一架，好几天互相不搭话，想着周末去动物园，结果还是——

我只好再次打断他，问，卡针怎么回事？

钟格说，关晓晓手机摔坏了，要买手机啊。我同事的姐姐正好卖手机，可以走个优惠价。我告诉关晓晓，我买个手机送她。这也是为了修补感情，一家人冷言冷脸的，那家就不像个家了。再说，我俩又没什么婚外恋这类原则性问题，就是认识问题分歧太大。我认为人活一世，百年而已，生死面前都是小事，很多事情不用太较真。关晓晓正好与我相反，她觉得人活一世，百年而已，小事最应该较真——

我给他续了杯茶，问，卡针怎么回事？

我在同事的姐姐那里买了个手机，早上，我从沙发上起来，洗漱完毕，敲敲卧室的门，说，晓晓，我给你新买了一部手机，放卧室门口了。

我在公交车上，接到关晓晓用家里座机打来的电话。她很生气，说找不到手机卡针，没有办法装手机卡，因为找卡针推广会要迟到了。没等我说什么她就啪地挂了电话。我忙打电话问同事的姐姐，她说卡针在手机包装盒里，耐心找找，卡针很小，说不定落在盒的夹缝里了。我忙打家里座机，幸好关晓晓还没走。我把同事姐姐的话告诉她。她冷冷地“嗯”了一声挂了电话。我去公司上班要坐一个多小时公交，快到公司时，关晓晓打来电话，还是用座机打的。她说，根本没有找到卡针，我们离婚吧。

我听完，觉得钟格离婚的确是因为卡针，可是又觉得卡针作为罪魁祸首有点委屈……

钟格忽然问，赵鄰，你为什么离婚？

我不知道钟格是怎么知道我离婚的，我想了一下，说，我离婚其实也可以说是因为卡针……

（原载《衡阳晚报》2019 年 7 月 19 日）

军嫂的爱情

桂忠阳

这天早上，维拉接到邮差送来的一封信，信中说她的丈夫阿列克依在战争中受了重伤，但正在康复中，就住在 S 市中心医院。医院请她去商谈阿列克依出院的事。

维拉也住在 S 市，她很激动，想不到一别三年的丈夫回到了 S 市，虽然是受了伤，但那毕竟是自己的丈夫啊。她把信看了又看，一股幸福的暖流传遍全身。她迅速把家里收拾得干干净净，然后急匆匆向中心医院走去。

在中心医院接待室里，一个上了年纪的少校接见了她，告诉她阿列克依是怎么被送来的。一位主治医生告诉她阿列克依伤势很重，叫她要有思想准备，她丈夫还需要得力的护理。她焦急地说，他究竟怎么样？我想立刻见到他。主治医生谨慎地说，他伤得很重，做了几次复杂的手术，他……残废了。维拉点点头，明白丈夫是残废了。她想丈夫在卫国战争中负了伤是光荣的，自己有义务照顾他。她只想尽快见到他。

少校沉默片刻说，他踩响了地雷，由于长时间躺在雪地里，身子冻坏了，他的双腿已被截去，

维拉顿觉心中一阵剧痛，颤声问，什么，他没有了双腿？

少校忍痛继续说，此外，他还被严重地炸伤，烧伤了双目……

维拉顿时脸色苍白，接着问，就是说他双目也失明了？她感到房间在晃动，

主治医生赶紧倒了一杯水给她。少校不敢看她，但是不能不说，他不能说话，至少是现在，也许时间长了会好的。

霎时间天昏地暗，她不敢相信这样的现实，呆呆地坐在沙发上。幸福来得如此之快，又消失得如此突然。

少校安慰她说，对你说这些，我们心里也非常沉痛，但是又不能不对你说。我们要和你商量，你得决定是否能把他带回家，国家办了残疾人院，他也可以到那里去。

维拉咬着嘴唇从沙发上站起来说，别说了，我要把他带回家。现在你们带我去见他。

主治医生带维拉走进病房，里面有两张床：一张空着，另一张靠在墙边。床上的伤员盖着被单，只有后脑壳露在外面。维拉快步奔过去，轻轻地呼唤，阿列克依、阿列克依……伤员一动不动，她突然感到一种莫名的恐惧，她希望看到他把枯瘦的双手伸出来，她就会投向他的怀抱，可是他没有动。她凑近他的身旁温存地大声说，阿列克依，我是维拉！伤员微微动了一下，似乎要挣脱出来。维拉猛然惊呆了：手呢？少校和医生都没有对她说，原来他没有了双手！伤员的头在枕头上慢慢转过来，维拉看到了一张破了相并带有深红色伤疤的脸，空空的小洼坑代替了眼珠。维拉惊叫一声便失去了知觉。

维拉醒过来后，少校向她介绍了阿列克依受伤的全部情况，他身上没有证件，胸前内衣口袋里仅藏着一封给妻子的信，根据这封信才知道他是阿列克依，否则他就会被编入无名遇难者名册。最后少校说，如果你觉得有困难，伤员可以转到残疾人院。同时把那封信交给了维拉。维拉坚决地说，不，我要把他带回家！

战争毁了维拉的幸福，但没有使她屈服。她也不知度过了多少不眠之夜，坐在阿列克依的床头，把手搁在他身上，抚摸皮层下跳动的脉搏，那细得像线一样的脉络联结着他的生命和维拉的心。现实要比想象可怕得多，但是她决不屈服！

九月的一天，维拉坐在家中织毛衣，突然听到有人敲门。她打开门一看，顿时惊讶得说不出话来。原来是活生生的、健壮的阿列克依站在门口。维拉眼前出现了幻觉，眼前的景象是真的吗？难道医院搞错了，那人不是阿列克依？当她清醒过来后，欣喜地扑到丈夫胸前哭了又哭。阿列克依抚摸着妻子的头发说，别哭了，亲爱的，我已经回来了，还哭什么。走进屋后，阿列克依看到一件军大衣挂在门边，他的脸色突然变了，一种可怕的猜测堵在心头。他问维拉，这是谁的军大衣，怎么放在这儿？维拉说，你听我解释。阿列克依说，我不想妨碍你们！转身想走。维拉挡着他说，你总应该听我说完吧。

听完妻子的叙述，阿列克依激动地说，维拉，你做得对，我代表所有的军人谢谢你！快带我去看看他。

伤员躺在床上，维拉弯下身子说，我丈夫阿列克依回来了。但是你别难过，你将和我们一起生活。伤员动了一下，慢慢转过头。阿列克依突然想起了什么说，等一下，维拉，你不是说他身上有一封信吗，快拿给我看。

阿列克依看完信后对维拉说，你知道他是谁吗？他就是我的战友阿廖沙中士。当时我和他一起去执行任务，为防万一，我们互相交换了信件，如果一个牺牲了，另一个就把信转给他的亲人。接着他对伤员大声说，阿廖沙中士，我是阿列克依少尉。我们曾在一起战斗，你还记得吗？伤员微微点了点头。阿列克依兴奋地说，很好，你听到了。我们约好战后再相见，现在真的见到了！你就在我家里，我们将在一起生活，你听懂了吗？

伤员动了一下，似乎想坐起来，苍白的嘴唇里传出了含混不清的声音。阿列克依把他扶了起来，维拉在他背后垫了一个枕头，并说，阿廖沙，有什么话你就说吧。

阿廖沙慢慢地但吐字清晰地说，谢谢你们，请转告我母亲，我没有被抛弃……

（原载《故事林》2019年第1期）

攀 缘 人

王维新

牛林是给领导穆克开车的司机，他觉得他在车上与领导平起平坐，好像他也是领导，说话处事让人感到有一种领导的架势，好像是二领导，机关的人就叫他牛二，几乎没有人喊他牛林的名字。

牛二并不想一辈子都当司机，他想当官，在那里吆五喝六，指手画脚，好不神气。为了实现这个夙愿，他去白云观找一个老道给他算了一卦。老道说，现在世上有两种人，一种人是干事的，工作能力强，什么事情都离不了他，但是，升官、荣誉没有他的份；另有一种人什么事情也干不了，什么事情也不干，专门混圈子拉关系，领导当着别人的面还会批评他几句，但是，提拔和荣誉到来的时候，都是他的。

牛二一听，茅塞顿开，他明白了，想当官必须领导认可自己，欣赏自己，看好自己，才能重用自己。他打算要和领导把关系搞得非常密切，圆自己当官的梦。

机会终于来了。他听办公室主任说，领导的新房子装修好了，周六搬家。他高兴得手舞足蹈，摸进领导办公室，哈哈地笑着，拱着双手："恭喜恭喜！你搬家怎么也不告诉我呢？"

穆克正在传阅文件上签字，见他进来了，抬头说："你怎么知道我搬家？"

牛二哈哈笑着，搓着双手答非所问地说："明天一早，我就过去给你帮忙！你搬家这是大事，不仅是你家的喜事，也是咱们全单位的大喜事！"

穆克说："你就不要去了，也没有多少要搬的。"

"这哪里行。"牛二哈哈笑着出门去了。他特别兴奋，好像看到了自己的任命文件。

晚上，躺在床上他幻想着自己被提拔当了处长，坐在老板椅上，"啊、啊"地打着官腔，美滋滋的，他兴奋过度，失眠了，怎么也睡不着。到了快天明的时候困得不行睡过去了，一觉醒来，我的天哪！已经八点多了，人家说七点要离开旧屋，这是找高人看了时辰的。

他赶紧爬起来开上车就跑，没有走几步，发现红针在闪，原来没有油了。他把车开到加油站喊道："快！ 94号，加三百元的！"说着就到里面去交了钱，出来开上车就跑，只听车后砰的一声巨响，他也没有管，继续加速，刚走了一会儿，一辆车拦住了他的去路，从车上跳下来一个穿橘黄色马甲的胖姑娘："你给我站住！"

牛二莫名其妙，那姑娘又喊道："你下来！下来！"他下车顺着姑娘手指的方向一看，我的天爷，油枪还插在油箱里，被撅断的管子耷拉在地上。

姑娘双手叉腰，怒目圆睁："你把加油机弄坏了，必须回去赔偿！"

牛二说他有急事，改天再说。那姑娘说："不行，你跑了，我上哪里找你去。你要不赔，我就打110。"

无可奈何，牛二只好把车开回加油站，他们找领导，叫人评估，折腾了好长时间。牛二赔了四千元，才脱身。等他把车开到领导的老屋时，早已是人去楼空。他问门房的老头儿，老头儿说："人家早就搬完了，你现在才来，虚情假意！"

牛二给领导打电话，手机一直占线，打不进去。第二天早晨，领导看见牛二后，眼皮耷拉着哼了一声，牛二吓得浑身打了个哆嗦。他尴尬地站在墙角，等领导办公室人走完了，他才溜进去。

不等他开口，领导摆着手说："不用说了，我知道你想说什么！做人要厚道！"

牛二的脸红了，脖子也红了。

领导说："你知道黄继光炸碉堡时说的最后一句话是什么吗？"

牛二自作聪明地弯着腰说："报仇啊！"

"错！"领导的手掌从空中向下一劈："某某人靠不住啊！"

这时候，主任进来找领导签字，牛二赶快退出去了。

牛二心想，这下子把领导得罪了，非得给我穿小鞋不可。他愁得吃不下饭，睡不着觉。他老婆一问才知道是这种情况，就对他说："现在有个机会，可以缓和你与领导的关系。领导的小姨子刘明霞未婚先孕，她想做人流，医院要家属签字，没有人签字，你去当这个冤大头吧。"

牛二一想这真是一个好机会，就去签了字，说刘明霞肚子里的孩子是他的。不料这件事情被一个护士传了出去，刘明霞在外地当武术教练的未婚夫回来找到牛二，两拳就把他眼窝给打青了，牛二趴在地上，连喊冤枉。

老婆安慰他说，你给领导解了围，他心里记着你，肯定要提拔你。

果然，几天后，办公室主任对他说："牛师傅，你把车钥匙交了。"

他喜出望外："我不用再开车了，我被提拔了吗？"

主任笑着说："恭喜你荣升司令！"

"司令？什么司令？咱们单位没有这个职位啊！"

"领导办公会决定调你到食堂去喂猪，猪司令。"

牛二恨得咬牙切齿，你不提拔我，我提拔你，让你们全家坐飞机升天！

牛二在网上买了雷管、炸药，在一个子夜时分，摸进领导住的家属楼，在楼梯那里安装炸药包时，被巡逻的保安逮住，送到了派出所，他因涉嫌爆炸罪，被逮捕了。

好几天不见牛二的人影，有人问道："牛二到哪里去了？"有人讥笑着说："他终于高升了，被调到看守所去了。"

（原载《中外精短文学》2019年第1期）

柳　学　武

袁良才

柳学武如果还活着，应该有八十好几了。

自从他有一天突然从我们生产队离奇失踪后，所有的人再也没有见过他，也没有关于他的任何消息，他像是从人间彻底蒸发了。

柳学武当时是我们生产队唯一的右派分子，他是一个漆匠，手艺极精，方圆几十里的人都慕名来请他漆家具，漆寿材。他从不用化学漆，一律用的是土漆。

上漆前，他反反复复地用砂纸把器具打磨得平滑无比，须摸上去似婴儿或大姑娘的肌肤才行；然后前后上三遍漆，漆出来的东西红亮庄重，经久耐用，且喜气洋溢。

常听柳学武边干活边哼着京戏："我正在城楼观山景，耳听得城外乱纷纷，旌旗招展空翻影，却原来是司马发来的兵……"嘴里还吸着劣质纸烟，嘴不闲着，手也不闲着，漆出来的东西件件没话说。

没见过柳学武的父母，也没听说他有老婆、孩子，他就那么孑然一身，如同独行侠，仿佛和孙猴子一样是从石头缝里蹦出来的。

有一年，上级给我们生产队分配了一个"右派"指标，麻子队长很为难，就召开社员会民主评议，评过来评过去，谁也不愿当右派，事情定不下来。正好隔壁生产队有个大爷来找柳学武漆家具，柳学武抬腿出了文化室，回来时，社员们嘻嘻哈哈地热烈鼓掌，麻子队长说，恭喜你！柳学武。经大家一致推荐和举手表决，你当选右派了。柳学武抽着烟屁股，漫不经心地答道，就我文化高点，我不当右派谁当右派？

柳学武有早起的习惯，起来后烧一壶开水，沏一杯浓茶，饱饱地喝了，看看上工还早，就拎着粪耙子和粪箕去村路上捡狗屎、鸡屎、牛屎，然后送去队里的一片向日葵地里，他想“好好改造”。他边给葵花地上肥，边念出两句诗：“多捡村头臭狗屎，好肥队里向阳花。”恰好被生产队会计卢大耳听到了，卢大耳就报告了麻子队长，麻子队长主持召开柳学武的批斗大会，批斗完了，麻子队长厉声叫道，右派分子柳学武，明天去我家给我娘老子漆寿材，不得有误！价钱能不能便宜点？

柳学武边摘胸前挂着的牌子边摩挲着脖子道，孝心哪有打折扣的？该啥价就啥价，质量保证！

村口新辟了一个“批判栏”，老空着，上级来检查，麻子队长挨了批评，说他没有绷紧阶级斗争这根弦。麻子队长就厚着脸皮来找柳学武，柳学武说，行！这个忙我帮了。结果柳学武写了好几张大字报，亲自贴到批判栏上，署的是革命群众的大名，内容都是批判柳学武的。

柳学武不仅烟瘾大，酒瘾也大，他喝酒喝出了花样。下酒菜无非是腌菜、萝卜和一碟油炸花生米，偶尔会有几片蒸腊肉，酒是孬酒地瓜烧，关键是他的做派。他住的土墙瓦屋后院有一小片竹林，外面下着雨，他将一把布的大雨伞伞面固定在几棵毛竹身上，掇了小方桌和矮鼓凳，就在“雨窠”里自斟自饮，喝到兴头上还会咿咿呀呀地唱京戏：“穿林海，跨雪原，气冲霄汉……”

有人赞叹：一人吃饱，全家不饥。柳学武这小日子过得！

有人摇头叹息：这右派分子，脑子怕是受了刺激，坏了。

柳学武还会画画，这是许多人没有想到的。他画的是油漆画，既有山水，更多人物。画面传神，栩栩如生。每张画还刷了桐油防腐，亮晃晃的。我们生产队的大美人田寡妇炫耀说，她请柳学武上门漆洗澡盆和马桶，付不起工钱，柳学武挠着头皮，说，那咋办？不行，你给我当一回人体模特吧，两不相欠。田寡妇闻言，就脱起了衣裳，柳学武慌了，忙制止道，把衣服快穿上，我哪敢画裸体？那样，我这个右派分子又罪加一等了！

若干年后，我们县文化馆举办了“柳学武绘画作品展”，引起了轰动。——

展出的画是从哪里来的呢?

人们记得，最后一次见柳学武是在公社的“平反”大会上，现场哭成了一片。柳学武没哭，只随口吟了几句诗：“好风终于吹来到，头上帽子被掀掉。一生做人不做鬼，天下之大任逍遥。”

（原载《百花园》2019年第8期）

梅姐和小牛

高 杉

我不干了，我要回红山嘴子。这是小牛第三次提出要回家。一个萝卜顶一个坑，你不干了谁抬他？吴富梅用手指了指远处，躺在担架上昏睡的老陈。

小牛想说，你抬呗，你又不是没抬过！但瞅一眼吴富梅隆起的肚子，小声嘟囔，我不管，反正我要回家。吴富梅说，连长不是答应过你们的工钱从十天一块涨到一块半了吗？你还不干！这不是钱的事，我要回家结婚！小牛说。

小牛没打算跟部队走那么远，寻思在家周围三五十里，抬抬伤员，干上两三个月，挣上几十块银圆，回他红山嘴子村娶媳妇。爹在瓦房村给他定了亲，那个叫巧儿的大辫子就是他未婚妻。本打算去年结婚的，家里穷才推到今年。爹说割了晚稻就为他办喜事，说跟着红军挣点钱，钱不会少。不像那些不讲理的民团，给他们出了力，要不到钱，还会挨顿臭揍！

没承想越走越远，还时不时有战斗。他们担架队，不参加战斗，但赶上飞机“拉屉屉”太吓人了！小牛腰里已经有了七十多块大洋，这些够娶媳妇的了。要真没了命，银圆有屁用！大辫子不成了人家媳妇了！

上一回小牛闹着回家，死活不抬了。吴富梅就生气地说，你走吧，你给红军抬担架，那些白狗子民团知道了能饶过你？她气呼呼地抬起担架，对小牛说，我就不信，离了你担架队就完不成任务！小牛还是不忍心让一个怀孕的女人替他抬。

开始转移时，吴富梅已经怀孕，她丈夫王顺年是红二团的政委。为了能跟队伍走，她一直瞒着。后来部队受伤干部多了起来，上级确定组建干部休养连，吴富梅被查出怀孕，属于留下的人员。那天晚上，她找到休养连党总支部董书记要求随队。书记劝她，留下也是革命工作。好话说了三千六，还是说不过她，就借口睡觉，关上房门。董老在屋子里看书写字到了大半夜，她硬是在他门外坐了一宿。最后吴富梅还是留了下来。

有一天上午，一匹枣红马接走了吴富梅。天黑之前，小牛看到董老、连长陪着吴富梅回来，三个人谈到很晚。半个月后，吴富梅哑着嗓子对小牛说，我知道你还想走，等老陈能走路了，你就可以回家了！俺家老王不在了，我只有肚子里这个孩子了。我要替老王报仇，受再大的苦，也要把孩子养大成人。还是董老说得对，拼死争取的共产主义，咱们可能看不到，咱们的儿孙一定会看到！

敌机，敌机，快卧倒。周围没有树林和庄稼，毫无作战能力的担架队完全暴露在敌机眼皮底下。小牛和同伴用身体掩护着担架上的老陈，吴富梅扑倒在小牛身上。吴富梅背上中了高射机枪的子弹。她最后一句话是对抢救她的医生说的，同志哥，求你保住这个孩子！

路边小山坡上的新坟里，安睡着梅姐和她的孩子，那是长征队伍里年龄最小的烈士，还没有名字，也不知道性别。

小牛跪在那里，哭着发誓，梅姐，革命不成功，我再也不走了。我给我爹捎信儿，让巧儿也来和我一块儿当红军！

（原载《红豆》2019 年第 7 期）

朋友老卢

三　石

第一次上老卢家走访时，老卢窝着身子懒洋洋地躺在破沙发上，一点都没有起身迎接的意思。

其实老卢不老，不过四十出头。村里的人打工赚了钱，率先便是回村小兴土木，老卢的石匠手艺便有了用武之地，年头到年尾基本没得空闲，日子原本也过得有滋有味的。天有不测风云，有一次，老卢干活时，不小心从屋顶滑落，伤了脊椎，从此干不了体力活。这上有老下有小的，成了贫困户一点也不奇怪。

听村干部说，老卢原本性格挺好的，乡里乡亲相处得不错，伤了以后就变了，整天待在家里，不跟人说话，冷得像块冰。

摊上老卢这样的贫困户，我还是有些犯嘀咕的。不过我想，只要我真心对他好，就算真是块冰，也能够慢慢融化。

接下来的日子里，我经常去老卢家，有时带了些油米、水果、慰问金，有时空着手，老卢一律一副冷冰冰的样子，跟我说不了三句话。不过，老卢家人倒是对我挺热情的，尤其他那上初中的儿子，叔叔长叔叔短的，多少让我感到些暖意。

然而有两件事让我有些生气。

先说第一件事。贫困户家门口都要钉一张连心卡，金属的，上面写着贫困户和帮扶干部的姓名及联系电话。钉的时候老卢倒也没阻拦，只在一旁木然看着。然而当我再次走访时，连心卡没了踪影。问老卢，老卢爱搭不理地说，不知道，你又没叫我守着。没办法，只得又去领了一张来重新钉上。可这次更绝，当我走访完下一户路经老卢家时，新钉的连心卡又不翼而飞了。

将老卢儿子叫过一旁细问，竟是老卢撬下来给扔了。责问老卢，老卢依旧冷冰冰的，咋不钉你家门口？

对此我也无奈，就算再钉上去，也得被老卢撬了。这事，还曾被督查组给发现了，要求整改。不过至今都没整改到位。

再说第二件事。老卢不是干不了体力活吗，我便介绍老卢去我朋友厂里当门卫，电瓶车十几分钟的路程。老卢答应得很爽快，我当即给朋友挂电话，电话接通后我说，上次跟你说的，我帮扶的贫困户到你厂里当门卫……才说这么一句，老卢就黑着脸打断了我，冷冷地说，别说了，我不去。弄得我一头雾水，不知道老卢哪根神经突然短路了。然后是好说歹说的，可老卢油盐不进，说多了，一句要去你自己去。然后不再理我。

这事以后，我对老卢便失去了信心，虽然依旧每周一次上户走访，或送慰问品、慰问金，或帮着打扫卫生，或什么也不干，例行公事。

都说帮扶干部要和贫困户攀亲戚交朋友，我自认为也算是尽心尽力了，可老卢从来没给过我好脸色。有一次我还买了些鱼肉准备跟老卢一家吃一餐连心饭，可老卢硬是没给我做，弄得我灰头土脸的。

当然，老卢也从来没有麻烦过我，甚至从来没主动打过一个电话。

不对，打过一次。当时我正在县里上班，接到电话时我有些奇怪，很想将脑袋探出窗户，看看太阳是不是打西边出来。电话里老卢支支吾吾，听了半天才听明白。原本老卢去市里办事，遭了小偷，已是身无分文。说不清为什么，当时我的心情格外好，想是老卢终于有事主动找我帮忙了。

这事倒也好办，找个市里的朋友，安排老卢吃了饭，然后买张车票送上车便成。

很简单一件事。然而第二天上午，老卢突然出现在我办公室，进门便很诚恳地向我道谢，多少让我有些意外。更让我意外的是，老卢竟然跟我聊天，且聊得不亦乐乎。聊着聊着，我突然想起件事来，便问老卢，三年下来，虽然没帮什么大忙，但送温暖的事做了不少，自掏腰包也好几千块，可老卢你却从来没说过半个“谢”字，这次不过是举手之劳，怎么还登门致谢了？老卢突然便有些腼腆，一会儿才说，你那朋友跟我说，你跟他说我是你朋友，让他招待好了。

这怎么了？我有些恍惚。

老卢抬头看着我，一字一顿地说，你说我是你朋友，没说我是贫困户。

我心里一阵震动，不由得握着老卢的手，眼睛竟然有些湿润……

（原载作家网 2019 年 2 月 24 日）

偏　爱

厉剑童

那年，我十五岁，在村里上初中一年级。

我那时特顽皮，学习成绩不是一般的糟糕，尤其数学，老不开窍，算个数都算不对，解方程如同念天书，数学老师经常一边叹气，一边无奈地说："真是个榆木疙瘩！"这句话很伤人心，每次听了都让我无地自容，恨不能找个地缝钻进去，或者一头撞南墙算了。有时也很让我很恼火，有几次我都拳头攥得嘎巴响，恨不能冲上去捣他一拳，最好打他个满脸开花！可我也只能强忍着，一来他是老师，二来他其实是我的一个堂哥。

堂哥的教学水平高低我不好评判，但我知道一点，他高考复读了四五年，每次都差那么几分，大学与他擦肩而过。堂哥悲观沮丧极了，走路都低着头。那时堂哥的父亲，也就是我大爷，在村里当会计，村初中正好缺教师，我大爷便找大队书记让我堂哥当了代课教师。

堂哥教了我一年，第二年初一升初二，学校合并到了外村，堂哥被辞退回家当了农民，整理他的"土坷垃公司"。

教我数学的是个老教师，姓典，一个很少见的姓，年龄五十出头，戴着深度近视镜，脑门光秃秃的，头顶看上去亮亮的，像个一百瓦的电灯泡。

长一岁长一智，我那时开始知道学习中用，学习兴趣陡然浓厚起来，但唯独对数学没有自信，升初二时数学成绩全班倒数第二名——最后一名是个跟班就读的弱智生。

第一堂数学课，别的同学都踊跃举手发言，我却趴在那儿一言不发。局外人一个。典老师讲完了一个问题后，走到我的座位旁，问我："铁锤，这个问题你明白了没？"我茫然地摇摇头，他就单独给我开小灶，又讲了一遍，这让我很感动。

以后每次数学课讲完问题，典老师都会走到我身边问一遍："铁锤，这个问题你明白了没？"他不仅问，并且还用温和的目光看着我，就像算数学题一样，一定要等到我的一个答案——"明白"或者"没明白"。每次听了这话都让我备感温暖和激动。老师非但没有嫌弃我，反而对我的学习特别上心，对我特别关爱，连同桌都说"老师偏爱你"。我越发觉得信心十足。经常加班加点学数学，拼命想追上去。

老天有眼。期中考试，我的数学成绩一跃到了班级中偏下水平。但这足以让我信心大增，越发爱学数学。爱到什么程度？单用"爱"字还不足以形容我的学习劲头，用疯狂似乎更恰切些。那年代外国童话盛行，这王子那王子的特别令人崇拜，初一时候我就很崇拜我们班的那个“数学王子”，尽管他长得一点没王子样。我暗暗发誓，也要当一个让人羡慕让人高看一眼的“数学王子”。我不但把典老师布置的作业完成得板板整整，还“碗外找食吃”，主动找题做，觉得数学并不像初一堂哥教我时那么难，心里后悔没早让典老师教。

初二期末考试，我的数学成绩已经跃居班级前十。只是这时我却很少再听到典老师的那句“铁锤，这个问题你明白了没？”也就是说，典老师似乎不再“偏爱”于我。刚开始，我隐隐有些失落，但好在自己的数学成绩已不再是拖后腿学科，并且我早已意识到学习关键要靠自己，这让我的数学学习劲头丝毫没受影响。

初中毕业，我考了我们那个学校的第三名，数学全校第一。升入县重点高中后，我才知道，我的数学成绩其实是高一年级第一，我成了名副其实的“数学王子”。

我没有因此而沾沾自喜，始终保持旺盛的学习斗志，因为我从我的整天面朝黄土背朝天土里扒食的父母兄弟身上弄清一个道理：作为一个农村出来的山里娃，考大学几乎是走出山门的唯一的路径。

那年高考，我摘取了县文科状元，被一所“985”院校录取，成了轰动全村的一个大事件，村里专门在村口挂出巨幅红条幅，村里人一个个满面春风，好像考上名校的是他们家的孩子。我父母很是荣光了一把。但我没有忘记把我的数学从“地狱”拉到“天堂”的那位“偏爱”过我的典老师。

那天，我带着礼物去看他，师徒俩兴致勃勃回忆起初中时的一些学习情景。我满怀激动和感激地说到他对我的“偏爱”的时候，典老师摘下眼镜，一边擦，一边说：“铁锤，说实话，你误会了，我哪是偏爱你？其实我当时是这么想的，我讲的题，只要你这个全班倒数第一的能明白了，别的同学也就没什么大问题了……”

我愕然了。

这么多年，是我自作多情了。不过，我依然庆幸，幸亏遇到典老师。是他的那句话无意中创造了一个奇迹。

（原载《语文报·教师版》2019 年第 15 期）

评 书

满 震

部长亲自给我打电话（而不是让他的秘书给我打电话），让我到他办公室去。我想问他什么事也没敢问，想想领导让你去肯定有事，你去了不就知道是什么事了。

我诚惶诚恐地来到部长办公室。部长客气地说："请坐。"然后给我泡了杯茶。对我来说，这是以前从未有过的待遇。我赶紧起身接过茶杯，说："部长有什么吩咐？"

部长说："你是我们县书协主席，是书法行家。我这里有一幅字，请你给我看看怎么样。"

我这才注意到墙上挂着一幅字。问："这是哪位名家的字？"

部长笑着说："你先别管是谁的字，你先给我看看这字怎么样。"

我起身走近挂抽，细看。说实在的，这字真的不怎么样，一看就觉得稚嫩，充其量只能叫毛笔字而算不上是书法作品。可我想到时下书法界"以丑为美"的怪现象，有许多书法名家的作品奇丑无比，却能卖大价钱。我就不敢妄加评论。

部长说："怎么样？你有一说一，实话实说。"

我想说这字不怎么样，可是我能直说吗？你想啊，送给部长的字画怎么会是一般无名之辈的作品呢！部长希望收藏的当然也肯定是有价值的艺术品。我要是说这字是小学生的毛笔字，是一文不值的废纸一张，那岂不是打部长的脸？而要说它的好，我一时又不知从何说起……

部长又催问我说："你看怎么样？"

我搜肠刮肚字斟句酌："其实我对书法的欣赏水平很粗浅，我说得不一定对啊。我怎么想的就怎么说了。部长你看啊，第一，这幅字整体布局如水流迸溅，而又浑然一体；第二，局部细节变化生动，笔画有长有短、有粗有细，笔墨虚实结合、浓淡相宜；第三，这字看起来有点拙，但这拙不是稚嫩，而是超乎平常的风格，我们书法界叫‘拙美’，大拙大美。”

部长开心地笑了：“是吗？真的有你说的这么好吗？你没说实话哦。”提了水瓶给我续了茶。

我口是心非地说：“这的确是一幅好字。”

部长说：“我虽然不认为有你说得这么好，但还是要谢谢你的点赞。”

我仔细看了字的落款和签章，想辨认出是我市或者我省或者我国的哪位知名的书家，不认识。就又追问：“这是哪位名家的作品啊？”

部长大笑：“那我就告诉你这是哪位‘名家’的作品吧。这位‘名家’吗——远在天边近在眼前。我在家里闲的时候胡乱涂鸦的。”

我心里咯噔一下：我刚才幸亏没有实话实说，我刚才要是实话实说了，那我就真是栽了。又想起某领导就是因为用胡乱涂鸦的所谓画作换取多笔高额润笔费进去的，我这心里就又咯噔了一下。

后来，过段时间部长就会请我去他的办公室，拿出一两幅他的字让我看看，让我指点指点。说实在的，我觉得部长的字的确在不断地进步，越来越好看了。

最近县里正在筹办一次书画展览，我请部长选一幅作品参展。部长谦虚地说：“我的字太嫩了，不敢献丑。”

县里将举办一次书画大赛，我请部长选一幅作品参赛。部长又谦虚地说：“我的字太差了，离获奖作品差距太大了。”

我说：“部长你不要太谦虚哦。你的字现在真的写得蛮好的了。您只要参展参赛，就是对我们活动的最大支持。”

部长说：“谢谢主席的鼓励。我想告诉你，当我工作上感到压力大的时候，当我心绪不顺的时候，我就喜欢练练字，写着写着，心就慢慢静了下来，就觉得轻松了许多。我写字的目的就是修心养性，而不是为了出名呀得利呀什么的。等我退休了，我会积极地应征参赛，不仅参加我们县里的征稿比赛，还要参加市里的省里的征稿比赛。如果能入选，如果能获奖，那就证明我的字真的是写得不错了。”

我抬头看，真的觉得部长的字很漂亮了。

（原载《小说月刊》2019 年第 5 期）

乞　丐

于心亮

大嵩卫城里，来了个乞丐。坐于城墙根下，伸手乞讨。

结果遭到几个小孩戏弄，讨饭碗还被扔进茅坑里。钱百万瞧见了，忙把孩子驱散了。

为首的小孩叫詹天福。钱百万认识，跟他爹詹老板还是好朋友。下午喝茶，钱百万就跟詹老板说了这事儿。詹老板很重视，回头带着孩子找到乞丐道歉，还赔了一个饭碗。

詹天福却恨上了钱百万，认为是他害的自己受责骂，决心报复。

钱百万养只八哥，嘴儿很巧，会说很多话。清早钱百万打算去遛鸟，却发现八哥死了。钱百万很生气，让人一打听，原来是詹天福带着一帮小孩子爬墙头用弹弓打死的。

钱百万本打算去找找詹老板，可一想，扭身又回来了，叹口气说算了。并叮嘱下人们不要出去宣扬，毕竟詹天福还是个孩子，别因为一只鸟而伤了彼此之间的和气……

但这事儿很快就被詹老板知道了。詹老板扒了儿子衣裳，让其背着荆条，一步一磕头到钱百万面前来请罪……钱百万忙把孩子扶起来，责备詹老板不该这样管教孩子。

詹老板直叹气，说自己就这么个独苗，唯恐娇生惯养学坏了，因此在孩子的管教上一直很严厉，没承想管教来管教去，身上的毛病还这么多……钱百万就劝慰他，说管教孩子要讲究方法，不能因为犯了错就非打即骂，那样只会让孩子变得越来越叛逆。

钱百万还说，要学会和孩子做朋友。

过了两天，钱百万又买了一只八哥，作为礼物送给了詹天福，并告诉他八哥嘴儿很巧，只要肯耐心教，八哥会说很多话哪！乐得詹天福开怀不已。詹老板也很高兴。

由此，钱百万也不再担心小孩子来捣乱了。

但前头说的那个乞丐，却记恨着詹天福，每回见着就唱着讨饭歌骂他。詹天福说我已经跟你道了歉，我爹也赔偿你饭碗了，你怎么还骂人？乞丐也不听，照旧骂。

詹天福很恼火。可一帮子小孩子再怎样闹腾，无非就是扔石头、泼尿水、抢讨饭碗……一个脏兮兮的乞丐，闹到底又能将他怎样？因此很快地，孩子们就没兴趣了。

乞丐见了詹天福依旧骂。詹天福很苦恼，见着乞丐都躲着走。

乞丐却堵到詹天福家门口来。搞得詹天福都不敢出门了。詹老板也苦恼，让人把乞丐前脚轰走，乞丐后脚就又回来了。总不能打人家吧，何况人家还是个乞丐。

詹老板很苦恼，长吁短叹的。钱百万说多给点钱，不行吗？

詹老板说给了，不好使，这家伙软硬不吃，咱又不能跟他对骂，丢人！

钱百万想了想，说我不是送了一只八哥吗？

詹老板眼睛一亮，说对啊，我咋没想到呢？于是詹老板回家，让儿子训练八哥骂人：乞丐浑蛋、乞丐浑蛋、乞丐浑蛋……没过多长时间，八哥就学会这句骂人的话了。

当乞丐再来叫骂的时候。詹天福就把鸟笼子挂了出去。八哥的嗓门又响又亮，因此一开口就把乞丐骂傻了，路过的人也都停下来，饶有兴趣地看玩意儿。

乞丐悻悻而去。詹天福父子大获全胜，他们开心极了。

可没承想，第二天早晨一开门，门口就坐满了乞丐，质问詹老板为什么教鸟骂他们这些当乞丐的……詹老板忙做解释，解释了老半天，才把堵门的乞丐们劝走了。

那个乞丐继续来叫骂。詹老板却无论如何不敢让儿子把鸟笼子挂出去了。他又找钱百万想办法。钱百万想了想说，乞丐也是人，是人……就总得有个名字吧？

詹老板眼睛又一亮。他派人去打探乞丐的名字，结果打听到乞丐名叫黄尚。

因此当乞丐再来叫骂。詹老板爷儿俩把鸟笼子挂出去。鸟笼子里的八哥开口一骂，不仅把乞丐骂傻了，就连街上停下来看热闹的人也都傻了，整个大嵩卫城仿佛都听得到那响亮的叫骂声：黄尚浑蛋、黄尚浑蛋、黄尚浑蛋……等詹老板明白过来，已经晚了。

詹老板被抄了家。朝廷没拿他们的人头，已经是皇上开恩了。

透过茶楼的窗缝，钱百万看到詹老板带着全家老小拖着讨饭棍子一步一回头离开大嵩卫城，他就摇头叹口气笑了，然后斟好一杯茶，恭恭敬敬端给面前人……请喝茶。

对面坐着那个乞丐。他不喝茶，笑嘻嘻问：钱老板还满意？

钱百万点头说：相当满意，你没让我失望。

乞丐依旧笑：我们做事，是讲信誉的。

钱百万递过一包东西。乞丐接过往怀里一揣，就唱着歌儿走了……大嵩卫城的人们觉得哪里不对头，琢磨了半天，才发现：一是在大嵩卫城里讨饭的乞丐们不知何时都走了；二是南大街原本属于詹老板的那几十间铺子，现如今都变成钱百万的了……啧啧，这事儿。

（原载《小小说月刊》2019 年第 9 期）

让人怀念一辈子

张殿权

熊局长外出去某个全国著名的景区“考察”，不料突遇车祸，因公殉职了！可是，和熊局长一起去“考察”的熊局长的司机、办公室关主任以及一个科的科长，却都只受了一点儿轻伤，很快就出院了。

听到熊局长去世的消息，不光局里绝大多数人不愿相信，就连外单位的不少人也都不愿相信：这么好的一个人，咋就走了呢？可是，这种消息不是可以随便造假的，当大家意识到熊局长确实离开了大家时，很多人都痛哭失声。因为熊局长是大家公认的一个好人，且只有五十多岁呀！

因为熊局长是大家公认的好人，给他开追悼会这天，来了很多人，里三层外三层，简直可以用人山人海来形容了。追悼会由新上任的龚局长主持。当然，悼词也是由龚局长来念了。

龚局长念道：“熊局长，某年某月某日生于某市某县一个农民家庭，自幼家贫，然而他学习刻苦，后考入某某大学，毕业后分配到某县第一中学任教师……”

这时，龚局长的手机响了，他本想挂了，但一看是县领导的电话，于是向大家表示歉意后，离场去接电话了。

这时，周围的人情绪都有些激动，一个一个都想走到话筒前说几句心里话，向熊局长表达感激之情和敬意。

第一个走上来的是局里的一个老同志。他怀着激动的心情说：“熊局长不该走这么早呀！如果他还活着，继续当我们局长的话，我们大家的日子一定会越来越好的！大家知道，我们局原是一个清水衙门，福利待遇特别差。五年前熊局长上任后，看到我们局干部职工的福利待遇如此之差，他很是痛心，当时就流下了眼泪。为了给我们提高福利待遇，他多次向县里打报告，要求给予我们局设立一个审批收费项目。精诚所至，金石为开，最后县里同意了。我们有了这个审批权后，每年收费都是百十来万元，虽然有些老百姓对此很不理解，甚至有的还向上级告状，但我们熊局长没有因此而明哲保身，而是坚定地站在了我们身边。仅此一项，我们局的干部职工，每年每人的福利就增加了两万多元，快赶上我们的工资收入了……”

第二个上来的是一个年轻人。他泪流满面地说：“熊局长还特别关心我们年轻人。记得去年夏天，我们县遇到了严重的洪涝灾害，杞河水暴涨。为了保证杞河堤坝安全，县里要求每个局包一个点，我们局包点的是乔家圩子堤坝。那天夜里我值班，因为太累，我晚上忍不住喝了点儿酒，就睡着了。谁知夜里就崩坝了……可是，熊局长向县里汇报工作时，没有提我的一点儿责任，说当时我忠于职守，面临崩坝，仍不惧危险坚守在第一线。最后，我还被县里评为了‘抗洪救灾先进工作者’……我该怎么感谢熊局长呀？”

第三个上来的是一个戴眼镜的中年女干部。她一把鼻涕一把泪地说：“是的，熊局长确实太好了！我女儿小璐——大家都知道，从小不爱学习，高考时没考上大学，最后托了人才混个大专文凭。毕业后，找工作特别难。我就求熊局长，能否将她安排进我们局下属的一个二级机构。熊局长没说二话，就同意了。为了我女儿，他排除万难，专门就我女儿的条件设置了招考要求，就是所谓的‘萝卜招聘’。最后，虽然其他报考者都很优秀，但由于不是不符合这要求就是不符合那条件，都没被录取，而我女儿被顺利录取了……”

第四个走上来的人，出乎了很多人的意料，竟然是原来该局的邝副局长。邝副局长感恩戴德地说：“大家都知道，我调出我们局之前，一直是和熊局长对着干的，他说西我偏说东，他说南我偏说北。可是，在上级要提拔我为另一个局的一把手时，熊局长不但没有在背后对组织说我的坏话，还说了不少好话，让我顺利地去了另外一个局当局长。我走后，腾出了位置，局里便提拔了一串人，这是多么得民心之举呀！”

第五个上来的是个大妈，她不是局里的干部职工，而是一个普通群众。这个大妈提到熊局长，也是不停地抹泪，她说：“熊局长真是好人那！两个月前，我求他办一件事……什么事我就不说了，我要说的是，本来按照‘市场价’，办成这件事必须送一万块钱左右，可是熊局长体贴地对我说：‘老嫂子，你挣钱也不容易，我就收4990块钱吧。’大家伙看看，他一句话我就少花了5010块钱！这个折扣，是多么大呀！这样的好人，让人怀念一辈子呀！”

这时，龚局长接完电话回来了，听到第五个人在台上那么说，脸上有些挂不住了，立即斥责她说：“你在胡说八道什么？赶快给我下来！”

那个大妈看龚局长回来了，就乖乖地下了台来。

于是，龚局长接着念悼词：“熊局长一向关心人民群众和广大干部职工，对工作满腔热情，兢兢业业，任劳任怨，一身正气，两袖清风……”

（原载《小说月刊》2019年第5期）

憨　福

刘向阳

憨子爱做梦，娶老婆的梦。

一晃三十好几了，稀疏白发纠缠上头，也不曾有女子青睐。尽管如此，憨子微胖的头颅从未停止过美妙的幻想，在煎熬与渴盼中，寻找失败的根源。有一次，憨子父亲攀着载烟花爆竹的三轮车送葬上山，返回时挤满一车人，遇下坡刹车失灵，车子发生侧翻，其他人争先恐后跳车保命，唯憨子父亲个子太矮，来不及避险，不幸遇难。憨子娘多年哮喘，病恹恹的，不久也撒手归西。父母皆亡，憨子无依无靠，婚事亮起了红灯。他其貌不扬，体短腿粗，三间烂瓦屋，漏雨又招风，哪个女子敢往火坑里跳？

也有人牵线搭桥，曾家岭的二丫头沿海打工归来，拖着一双儿女，欲招上门女婿，建议憨子试一试。憨子二话不说，立马拒绝。曾家共五朵金花，若把憨子当牛做马使唤，还不如打光棍优哉游哉。

其时，有人邀憨子去火车站扒煤，乌亮的焦煤，烧起来火力旺，煮饭烤火绝佳，比上山砍柴轻松一万倍。那热烘烘的炉火，想想都暖和。憨子一人吃饱，全家不饿，把砍柴权当一种力气的发泄，就没去扒火车。也该憨子走运，严打行动开始了，抓了几个“铁道游击队”，关“聋子班房”，憨子却平安无事。

憨子的脑壳就这样不开窍。当画岭青壮年背起行囊，结伴南下打工时，他倒好，守着几块薄田岿然不动，谁家缺帮工非他莫属，管酒管饭，随便给点儿工钱，乐得逍遥快活。

东家扮禾，西家栽秧，憨子忙得不亦乐乎。憨子，你帮玉园干得最多，从不喊累，莫非你们……有人不怀好意地比画着手势。憨子不回答，憨憨地傻笑。憨子乐意帮衬玉园。她是堂哥立冬的老婆，大憨子五岁，春桃似的惹人喜爱。憨子不喊“堂嫂”，有时一声“喂”，有时叫“玉园”，感觉特亲切。从玉园嫁到画岭那天起，憨子就种下一个心愿，梦想娶个像她一样的女人。可惜这颗种子没土壤发芽，只能沤烂在荒寂的内心。

村道硬化，有好事者撺掇憨子：你为玉园出工，那么卖力，是不是尝到了甜头？

立冬在城里做生意，没空回来修路。憨子憋红了脸，抡锄铺路。

憨子，立冬不在家，你敢摸玉园奶子吗？

憨子要是晓得摸了，早就讨堂客生崽咯。哈哈。

暧昧的笑声很刺耳。憨子面红耳赤，浑身发热，眼前总是浮现玉园的娇俏模样……

傍晚，灯影点点。憨子过玉园家，迅即闪过，却鬼使神差般地折了进去。桌上摆着热腾腾的饭菜，米酒飘香。玉园笑盈盈地望着憨子，转身到厨房泡茶。

憨子的双眸黏着她圆鼓鼓的胸脯，夜游似的移步跟进，一点点地迎上去……憨子，你干吗？玉园感觉有异，顺手端起热茶泼向憨子，滚烫的开水淋在他颈上，痛得如杀猪般惨叫。

憨子这次愚蠢的偷袭换来了脖子上一条永久的伤疤，无论季节变换更迭，他都箍一条厚实的围巾。遭此打击，梦想之花几近枯萎，又矮又丑的"侏儒"，这辈子怕是莫想娶老婆了。

玉园委实过意不去，有空就帮憨子打扫屋子，收拾衣服，清洗被褥。五十几的人了，别犟得跟牛似的，找村上申请低保吧。你怕没面子，我帮你说。

憨子的头摇得像拨浪鼓。立冬回来搞蔬菜种植合作社，要做事的吗？

要啊，每月可挣两千多。玉园说，你房子要修了，不修会倒。

怎么修啊？我是"无产阶级"！憨子想。抬头望屋顶，碎瓦片外一帘蔚蓝，目光转向玉园略显臃肿的背影，不由得喟然长叹。是啊，岁月不饶人，别再做老婆梦了。如果老天爷不开眼，哪天来一场暴雨，屋子倒塌，埋在瓦砾堆里，命都没了，岂不害了老婆？当务之急，还是想办法把危房修好要紧。

玉园莞尔一笑：憨子，我晓得你在想什么？不就是没钱吗？别急，有你梦想成真的时候。憨子将信将疑地看着她。

半年后，旧窝被拆除，憨子不花分文立起一幢平房，屋里粉刷白白净净，外墙瓷砖光亮照人。屋顶和地坪宽敞平坦，可晒稻谷、萝卜。憨子端坐堂屋，捏一把大腿，感觉不是做梦，而是实实在在的家呵。那天，第一书记在玉园的带领下，绕屋查看几圈，握着憨子的手嘘寒问暖，次日就动工了。想到这里，憨子飞快地抱回一万挂的雷鸣鞭炮，噼里啪啦地响起来。

赶上新时代，憨子有憨福啊。

美中不足的，就是冇堂客……

村里人议论纷纷。

玉园来了，笑道：憨子老来俏，真有女人问上门来呢。

众人不信，一笑了之。

春天里，河柳发新芽，桃花朵朵开。玉园乐颠颠地来到憨子家，后面跟着坳冲张寡妇，捂嘴羞羞地笑哩。

（原载《小小说大世界》2019年第3期）

儒　匪

赵明宇

教书先生老秦睡得正香，感觉脖子上凉冰冰的，睁眼一看，是明晃晃的大砍刀，顿时魂飞天外，一泡热尿撒在了被窝里。一个长着络腮胡子的黑汉冲着他咧咧嘴，微笑着说，秦先生，别怕，俺是马大棒，不杀你，请你去盘龙寨喝酒享福呢。

说完，一使眼色，两个喽啰把老秦用被子裹了，扛到元城城西四十里的盘龙寨。

大厅里灯火通明，摆好了宴席。马大棒让老秦沐浴更衣坐上座，老秦战战兢兢地说，马爷，你这是演的哪一出？马大棒给老秦夹菜，说秦先生，我请你来是让你给我当师爷。俺大字不识几个，你教我们识文断字，给我读报纸。

隔三岔五的，有喽啰从元城带回报纸，老秦念给马大棒听。最近大名七师闹学潮，马大棒很感兴趣，听得蹙着眉头，一愣一愣的。面对这些打家劫舍的土匪，一开始老秦有些胆怯，后来聊一些家长里短，反倒感觉马大棒很仗义，待他如兄弟。

马大棒喜欢喝茶听曲儿，从魏城妓院抢来一个叫水桃的戏子，做压寨夫人。这水桃长得细皮嫩肉，颇有姿色。老秦读报纸的时候，马大棒一高兴，让水桃唱曲儿助兴。一曲终了，马大棒把茶杯在桌子上猛地一蹾，说奶奶的，这皇帝日子，能长久过下去该多美。

有一次夜里，马大棒带着喽啰出了寨子，去打劫魏城镇的一个老财主，老秦急匆匆来后宅，心急火燎地跟水桃说，你年纪轻轻的，怎能把青春荒废在土匪窝里呢？换上喽啰的衣服，从后墙逃走吧，我给你搭人梯。

水桃忽闪着大眼睛，愣一下说，咱俩一起走吧，我自己走了，马大棒必定会怀疑你。老秦说，马大棒不会放过我的，我逃出去还得被他抓回来，干脆哪里也不去了，在这里有吃有喝，也不错。水桃盯着老秦说，你不走，我也不走。

说着，身子一软，倒在了老秦怀里。软乎乎、滑腻腻又香喷喷的一坨肉，让老秦云里雾里。

老秦得了便宜，常常在马大棒出寨抢劫之际与水桃幽会。

秋后的一天，马大棒拿出一个包袱扔给水桃，说这是我的一些积蓄，够你花半辈子了，你远走高飞吧。水桃一听，跪在地上说，马爷，你放我走？这不是做梦吧？

马大棒点点头，黑脸似乎更黑了，说为了盘龙寨一百多个弟兄，我不能再留你了。你走吧，找个好人家，隐姓埋名过安稳日子。

马爷，你的话我不明白。

你给我戴了绿帽子，怎能瞒得了我的眼睛。

水桃啊的一声，浑身发抖。

马大棒沉吟一下，说，我和你夫妻一场，跟你实话说了吧，我把老秦请到盘龙寨，是想让他教弟兄们学文化。你和他热乎上了，他哪里还有心思教书？我必须断了他的念想。

马爷，读书识字就那么重要？

马大棒说，我们都是红枪会的弟兄。当年红枪会围攻大名城，为什么败得那么惨？不是人心不团结，也不是刀枪不锋利，败就败在没文化上。如今是乱世，卢沟桥事变，我和弟兄们要抗日，打小日本，国难当头，再也败不起了。我不想失去你，可是盘龙寨更不能失去秦先生。

水桃站起身，刚走了几步，忽听马大棒大声说，等一等。

水桃停住脚步，转过身来，只见马大棒盯着她微微隆起的腹部说，别管是谁的种，生下来，一定要让孩子读书。

马爷，我听您的。水桃望了望满天星月，消失在夜色中。

老秦隔着窗户，听得真真切切，擦拭着头上的汗水，十分惊讶，又热血沸腾。

马大棒的眼神斜视了一下窗户上的阴影，眯着眼，绷着嘴，脸上掠过一丝阴笑，大声说，这个秦先生，难得的好人啊。

一阵风吹来，灯光摇曳，虫鸣唧唧。

（原载《小小说月刊》2019年第6期）

山那边的女人

白金科

男人突然想到山顶上去看看，男人已经很久没到山顶上去了。

男人是个放羊的，男人的羊就在山坡上吃草。山顶上没草，山顶上有树，山顶上长满了松树，遮天蔽日的。

这是一个夏天的傍晚，夕阳烈烈地炽烤着山岗，一丝风也没有，天气出奇地闷热，老天好像要造雨的样子。

男人就在这时候起了这个念头，男人觉得很烦躁，男人想该到山顶上的树荫里去看看，于是就爬了上去，男人的羊也都跟着爬了上去。

男人在山顶上一露头就吃了一惊，从山那边正好爬上一个人来，还是个女人，女人的身后也跟着一群羊。山顶上是一片平坦的地界，有一百米宽的样子，两群羊很快就混合在一起，好奇地相互嗅着。两个人也走到了一起，各自吆喝着自己的羊。

其实羊根本用不着驱赶，该分开的时候自然就分开了，两个人吆喝了一阵后好像忽然明白了这个道理，便不再管羊，有一搭无一搭地说起话来。

男人说他是山这边的，女人说她是山那边的。女人刚说到这里，脸上突然起了一层红晕。男人顺着女人眼角的余光去看，发现自己的一只公羊正往“山那边”的一只母羊背上爬，男人立刻就觉得脸上挂不住了，赶紧跑过去将它们赶开。

后来女人说天要黑了，该下山回家了，回家给孩子做饭。男人愣了一下，男人这才发现天真的要黑了。

接下来的一段日子里，男人每天都会鬼使神差地爬到山顶上去。

男人的老婆跑了，老婆不甘心在山沟里过苦日子，向往外面的世界，就到镇子上去打工，年前的时候跟着另外一个男人跑了，撇下了男人和女儿。女儿在镇子上读书，周末才回来。

男人感觉到了寂寞，男人很想见到那个女人。

但是女人没来。那个女人一直没再到山顶上来。男人想她不会再来了，本来嘛，山顶上没草，来干吗呢？至于那一次，男人想应该属于偶然，就像自己突然地心血来潮一样。

于是男人便不再到山顶上去了。男人很认真地在山坡上放羊，只是男人会时不时地向山顶那儿望望。

有一天晌午男人要赶羊回家的时候，忍不住又向山顶那儿望了一眼，男人的心里突地一颤，山沿边上站了一溜儿的羊，那个女人也站在那里，正在向他招手。

男人便急急地爬上了山顶，他的羊群欢快地跟在后面。

女人准备了午饭，男人吃得很香。但男人有些拘谨有些慌乱，除了自己的老婆，他还没跟另外的女人单独吃过饭，当然，女儿除外。女人时不时火辣辣地瞅他一眼，这叫他更加慌乱，也有些想入非非。他很渴望接下来能发生点什么，他已经很长时间没碰过女人了，眼前的这个女人让他的心一阵阵骚动不安。

吃完饭，男人突然不知道该干些什么，甚至觉得手脚都没地方放了，于是干脆倚着棵松树坐下来，眯上眼睛，说，困！

男人眯着眼，觉得脑袋里乱糟糟的，那个女人老是在里面闪来闪去，这使得他心烦意乱。

男人突然觉得一阵奇痒，他睁开眼，女人的头发就扎在他的脸上。女人坐在他的身边，身上丰满的地方就要撑破那薄薄的衣衫了，男人看得激情澎湃。男人已经好些日子没碰过女人了，现在，男人只需一伸手，就会拥有一个全新的女人……松树林遮天蔽日，树底下很隐秘，也很阴暗，只有男人和女人，当然还有羊，但羊不会管人的事，就是说，形势很好。

男人想伸手，但心里慌得要命。男人已经快要步入中年了，按说不应该这样，可男人真的是慌得手足无措，毕竟好长时间没做这种事了。毕竟除了自己的老婆，男人从来没跟别的女人做过这种事。男人想，这样慌乱可不好，还是先说点什么吧。于是男人就问了一个极其愚蠢的问题:你男人呢？为什么你来放羊？

跑了！女人说。

跑……跑了？

他在镇子上打工，年前的时候拐着别人的老婆跑了！

畜生！男人突然大叫一声，把女人吓了一跳。顺着男人怒不可遏的眼神，女人看见那只公羊又要爬上母羊的背。男人抄起鞭子呼地冲过去，恶狠狠地把那只公羊抽得落荒而逃。

女人坐在那儿发愣，男人转身看见女人害怕的样子，顿时就明白是自己吓着她了，于是歉意地柔声说：天要黑了，该回家给孩子做饭了！

女人打了个激灵，慌慌地去赶自己的羊群。

男人钻出树林，明晃晃的日头就挂在当头，毒辣辣的光刺得他睁不开眼。男人把头垂在胸前，骂一句：狗日的日头，毒！

男人赶着羊群，急急地往山下走。狗日的日头和那女人的影子就在他眼前晃来晃去，怎么赶都赶不开。

（原载《百花园》2019 年第 8 期）

临 终 请 求

李忠元

人终究得有那么一天，梅就要走了。

领弟哭得死去活来，拉着梅的手说，娘，我有一个请求，始终揣在心里，希望您临终前，能答应我。

梅颤动着双唇，老泪纵横地说，领弟啊，娘对不起你！娘给你讲个故事吧。

以前有一户人家，一直没有孩子，就要了个男孩，女人把他视若珍宝，并给他起名领弟，希望他的到来能领来个弟弟。可领弟已来三年了，女人的肚子还不见动静。看领弟健康聪明，女人就把自己全部的爱投到这个养子身上。而领弟非常懂事，抹蜜的小嘴儿总让女人感到心里甜甜的。女人想，即使没亲生的也好，领弟将来准错不了！本来女人盘算得好好的，却在节骨眼上，女人出奇地怀上了孩子，全家人喜极而泣。孩子出生了，竟然是一对活蹦乱跳的胖小子。女人的公爹将两个孩子抱在怀里，竟喜极而泣。此后，一家人的重心来了个大转移，女人也喜欢领弟，但她已经是两个孩子的母亲，根本没时间顾及这个要来的大的。领弟是个懂事的孩子，一直默默地忍受着一家人的白眼。两个弟弟渐渐地长大，家里又多了两个学生，家里那点地无论种啥稀罕物也是杯水车薪。一家人商量来商量去，决定还是让领弟退学。领弟学习很出色，考试总是前三名。退学的事一说出来，领弟就哭了。女人动了母性的温柔，与领弟抱头痛哭。无奈，老公爹说一不二。一转眼，领弟成了一个棒小伙，成了全家的主劳力，除了侍弄家里那一垧多地，还要趁农闲外出打工。这领弟人见人爱，常有媒婆上门提亲，可都被他一口回绝了。领弟有他的苦处，爷爷已经八十多了，父母也五十出头，干不了什么重活，两个弟弟又在上大学。这一家生活全指望着他呢！领弟三天两头就接到大弟电话，不住地催促给他们汇些钱。可在农村一时半会儿去哪儿弄那么多钱去？在这节骨眼上，即使媒婆再多，谁还能有那么多闲心啊？

梅的话低回而哽咽，饱含歉意，一段故事讲下来，领弟鼻涕一把泪一把，已是泣不成声。

是啊，娘说的就是自己，当初领弟自己也感到有点委屈。可转念一想，反正是供弟弟，就等于供自己，弟弟出息了，自己不也跟着沾光吗？

梅也是这么想的，两个儿子一回来，她就偷偷地教育，生怕他们忘了领弟的恩德。然而，梅却不知道这大学是怎么回事，总是大把大把地要钱。梅很心痛，这俩孩子太不知事，向哥哥要钱，哥哥还这么仗义，何况还不是亲哥哥呢！

可不管梅怎么想，领弟却任劳任怨，没有一点怨言。终于，两个弟弟大学毕了业，成了家。领弟这时已三十二岁了，在农村这年龄未娶妻成家的绝无仅有。农村人好讲究人，背地里也说了不少领弟的闲话。可领弟全当成了耳旁风。赶巧，大学毕业的春美返乡务农，看好善良的领弟，不顾亲朋的反对，毅然嫁给了比自己大七岁的领弟。结婚当天，领弟脸上露出了欢笑，苦尽甘来，幸福感第一次漾满了心间，他喝了很多酒，喝得酩酊大醉。婚后，两口子恩爱非常，种地之外还养了猪，挣到不少钱，成为远近闻名的养猪大户。两个弟弟在大城市，根本不回家，更不用说赡养老人了。听说哥哥过好了，偶尔还回来几趟，大包小包地带走，把梅气得常常人前背后地骂两个不孝子。领弟和春美倒都很孝顺，把梅老两口侍候得舒舒服服，穿得光光鲜鲜，吃得香香甜甜，活得滋滋润润，真是颐养天年了。

梅气若游丝，可她还要往下说，领弟扑通跪在母亲床前，哭着说，娘，我是您要来的孩子，这我小时就知道，但我也忘不了您的养育之恩，您始终是我的亲娘啊！娘，我真的有个请求，就是……就是想请您把我的名字改了！

梅眼含热泪，想说什么，但却没说出来，她费力地举起手里一个皱巴巴的字条，含笑离开了人世。

领弟打开字条，只见上面写着一行字：我想把领弟的名字改为大义，不知这个名字他会不会喜欢。

纸是一张旧日历，上面印着“1982 年”，那是领弟被抱来的第二年，想必这张纸梅已经保存了很多年！

（原载《大观·东京文学》2019 年第 5 期）

失 忆 症

江 岸

为了防止老人走失，刘永强和田红霞经常从外面把家里的门牢牢地锁上。公公只认识刘永强，认不得田红霞了。刘永强可以正大光明地进门，田红霞不行，她每次都是偷偷摸摸地溜进家门，万一被公公发现，就颇费一番唇舌。

刘永强出差的当天晚上，田红霞不得不面对公公。她万万没有想到，自己居然三次被公公撵出了家门。

第一次进家，老人问她，你找谁？

田红霞说，爸爸，我是红霞啊。

老人说，红霞？我不认识你。

田红霞说，爸爸，我是永强的媳妇红霞啊。

老人吼道，什么？强子这个兔崽子，居然在学校谈恋爱了？等他回来，老子不打断他的腿……

第二次进家，老人问她，你找谁？

田红霞说，大叔，我是家政公司的保姆，您儿子刘永强雇我过来照顾您。

老人说，强子雇你来的？他一个学生娃，哪有钱雇保姆？

田红霞说，大叔，我去给您做晚饭。

老人伸手拦住她，说，我们没钱雇保姆。我攒的几个钱，还要留着给强子读大学呢……

第三次进家，老人问她，你找谁？

田红霞说，刘伯伯，我是强子的同学田红霞，他到省里参加数学竞赛，让我过来帮您料理家务。

老人笑着说，谢谢你姑娘，我好胳膊好腿的，家务活自己能干，你走吧……

田红霞没辙了，拨通了刘永强的手机。她气恼地说，你说怎么办？我什么招儿都使尽了，咱爸就是不让我在家里待。

沉吟一会儿，刘永强说，我读高中的时候，班主任是个女老师，姓赵。咱爸最听老师的话，你再冒充一下赵老师试试。

没想到，田红霞这次不仅没被公公赶走，还被他客气地让到客厅沙发上坐下，老人还手忙脚乱地替她沏了杯热茶。两个人你一言我一语，围绕刘永强考大学的话题，越聊越投机。最后，老人说，赵老师，您无论如何别走了，在我家吃晚饭。

当然是田红霞主动请缨做的晚饭。吃罢晚饭，田红霞说，大叔，外面黑灯瞎火的，我走夜路有点害怕，能不能在您家借宿？

就这样，田红霞顺利地留在家里过了夜。

田红霞心想，看来自己只能把班主任赵老师这个角色好好演下去了。

刘永强出差回来，两个人继续演。一个演学生，每天回到家里，就忙于复习功课，演算习题；一个演班主任赵老师，每天上门辅导学生的功课。由于配合默契，老人竟未发现破绽，每天总是毕恭毕敬地感谢赵老师。有一天早晨，他们相拥而眠，醒来的时候，听到客厅里老人细碎的脚步声。刘永强赶紧翻窗户跳到阳台上。

转眼之间，夏天到了。田红霞开车到高铁站接放暑假归来的儿子小宝。小宝问，我爸呢？

田红霞叹口气，说，你爷爷监督你爸在家复习功课呢！

在车上，田红霞告诉了儿子家里发生的变故。爷爷一直在城里住不惯，有时候会回老家黄泥湾住些日子。三个月以前，他在山上摔了一跤，经过医院治疗，外伤痊愈了，可是大脑受了损伤，留下了失忆症。奇葩的是，他记不住眼前发生的事情，记不住过去经历的许多事情，单单记得你爸读高中那段日子。医生说这叫作选择性失忆症，也不知道什么时候能恢复。现在，我在家里的身份是辅导你爸功课的班主任赵老师。你到家了，一切听我安排。

田红霞先进的门。她对老人说，这位是永强的同班同学，帮助永强提高学习成绩的。

老人不解地问，我强子不是班里第一名吗？还需要同学来帮助？

田红霞说，大叔，永强同学虽然总成绩在班里第一，但是数学成绩不如这位同学。他是专门来帮助永强提高数学成绩的。

儿子后进的门。他一眼瞥见爸爸刘永强坐在书桌前，手里拿着笔，面前铺着作业本，正在演算习题。他不敢喊爸爸，飞快地冲爸爸做了个鬼脸。

第二天一大早，老人把刘永强喊到一边，对他说，让你同学赶紧走吧。他从进门到现在，没有看过一页书，没有做过一道题。我怕他把你带坏啦！说着，老人警觉地四处看看，压低声音说，我还发现他和你们班主任赵老师勾肩搭背、嬉皮笑脸的，不像个正经孩子！

刘永强心想，糟了，小宝戏没演好，穿帮了。

老人往外轰小宝的时候，小宝急眼了。他抓住老人的手，大声喊道，爷爷，您真的什么都忘了吗？连您的宝贝孙子都忘了吗？

老人一愣，嘀咕道，孙子？

小宝继续喊道，对呀，我是您的孙子小宝啊。我这个小名还是您老人家起的呢。

老人仍然发着愣。

小宝一把拉过刘永强，说，这是我爸爸。二十多年前，我爸就大学毕业了，您瞧，他两鬓都斑白了，怎么可能还读高中呢？小宝又一把拉过田红霞，说，这是我妈妈，嫁给我爸二十多年啦，她可不是什么班主任赵老师！

老人喃喃自语，爸爸？妈妈？

小宝紧紧抱着老人，说，对呀，爷爷，我们是一家人啊。

突然，老人咧开嘴哭起来，大叫一声，小宝，想死爷爷了！

（原载《嘉应文学》2019 年第 7 期）

树命关天

陈耀宗

好像没有任何预兆，昨晚，河滨路一棵古树突然轰然倒下了，连根拔起，幸好当时无人无车辆经过。

看着倒下的这棵树，行人不由得停住脚步。有人说，这棵树怎么会一下子倒下呢？是不是起了大风，将树吹倒呢？

有人摇头，昨晚哪里有大风，连一丝风都没起！

围观的人越来越多。有人说是上半夜倒的，有人说下半夜倒的。

有人眼尖，这是一棵黑木相思，值好多钱呢！

有人扼腕叹息：太可惜了！好端端的一棵树怎么说倒就倒呢？

有人便念叨起这棵树的种种好处来：它既能遮风又能挡雨，散步走路时，累了，可以在树下歇歇，纳凉聊天，炎炎夏日，又能抵挡毒辣辣的日头。

有人说，这棵树有一百年了吧？

马上有人比画着，何止一百年，这棵树，要两三个人才能抱住，我看起码有好几百年。

有人试图将倒下的这棵黑木相思移开，可根本无法移动。

这棵树也是一条生命呀！人群中有位戴眼镜的中年男子说，儿戏不得，树命关天！这棵古树突然倒下，得报告县里的有关部门。

有人说，赶紧报110！马上有人纠正，那是报警电话！有人说，打119！另一个人说，错了，那是火警电话！还有一个人说，打120。有人笑了，那是医院急救中心电话，这是树，不是人。

有人想起来了，得打树木的管理部门才是。对，就找园林局！

在场的无人知道园林局电话。有人说，通过114就能查询到。有人拿出手机，很快就查到园林局的电话号码。电话打过去，没人接，继续拨，依然无人接。

旁边有个人说，今天是周六，不用上班。

有人建议，这棵树倒在这里，成了路障，应该让环卫局的人过来清运处理。

随即，有人打电话到环卫局。环卫局答复：你们有没有搞错，倒下的树，不归我们管理。如果是垃圾，我们立马拉走，真是乱弹琴！

有人将倒下的这棵黑木相思拍了照片，晒在网上：倒在地下的古树名木无人问津，到底归谁管？

跟帖的接踵而至，网民们纷纷指责园林局失职，连倒下的古树名木都不闻不问，这是不作为的行为！

网上的消息，让园林局徐局长吃惊不小。他亲自带人赶到现场。他察看了这棵倒在地上的黑木相思，正准备让手下处理，可转眼一想：且慢！这不是普通树木，这是一棵古树名木，可不能随便乱动，按管理权限，应由县林业局处理。多一事不如少一事！

徐局长拿出苹果手机，将情况通报给县林业局曾局长。他和曾局长是老熟人，经常在一起打麻将。

曾局长很重视，很快派绿委办的方主任带了两个人来到事发地。察看、拍照、取证一番后，方主任说，又没起风，这棵树怎么会无缘无故倒下去？真奇怪！随从说，会不会遭到人为破坏？方主任点着头，这种可能也不能排除。看来，这棵树涉及的事情很复杂，得请求公安部门支持和配合。

警方很快介入此事调查。通过现场勘查、调取监控、排查，并没有发现有人蓄意破坏的蛛丝马迹。

方主任心里很郁闷。他在绿委办翻遍名树古木档案，奇怪的是，这棵黑木相思连同河滨路种植的树木，并没有登记、编号、造册，其身份是“黑户”。方主任不由得傻了眼。一年前他才从外单位调来绿委办，他自然不知内情。而且，这些年来，绿委办主任都换了好几任。

单位有位元老悄悄告诉他：当年，河滨路两旁啥树都没有，县里为了将河滨路美化绿化成样板路，可舍得下本钱，花高价从深山旮旯里或从外地移植了一批名树古木，全部栽种在这条路上。方主任问，为何对它们没有进行身份登记？对方双手一摊，天知道！

家丑不可扬！这件事，方主任叮嘱手下对外要封锁消息。因为这牵涉到他的前任的前任的前任，这些前任，都提拔到县里的要害部门或重要岗位当头头了。一旦捅出去，会引火烧身，惹来很多麻烦事。

既然不是人为破坏，那么这棵黑木相思究竟是何原因倒下去的呢？方主任不敢下结论，经请示曾局长同意，请来市里的林业专家对这棵黑木相思进行鉴定。只见这棵树全身并无伤痕，树皮没有变黑，也没有遭虫蛀空心或腐烂变质。

不久，县林业局在官方网站发布消息称：这棵黑木相思因年老体弱，属自然死亡。

渐渐，人们淡忘了此事。有关部门也好像忘了这棵树，它一直躺在河滨路上，没有被处理和清运走，任由雨淋日晒。

一天，一个开根雕工艺的小老板，经过河滨路时无意发现这棵孤零零地躺在地上的黑木相思。他如获至宝：这是做根雕产品的最佳材料！他雇来一辆汽车，将这棵黑木相思运回自己的加工场。

（原载《小说林》2019年第3期）

四　爷

冯长祥

四爷弟兄五个，他排行老四。五兄弟个个打架不要命，人说屃的怕愣的，愣的怕横的，横的怕不要命的，故五兄弟被送外号“五虎将”。

解放前，四爷在“杂团”里混事，后来又干过伪村长，有人有枪有势，所以村里甭管晚辈、平辈、长辈都尊称他四爷。

四爷有个习惯，每晚从杂团喝得醉醺醺回来，骑一辆车子，车子大梁上顺一杆长枪，肩上斜挎一支短枪，来到村东头的小桥上，下车撒一泡尿，完事抖一抖，随手抽出盒子炮，砰砰地放两枪，便再跨上车，直奔村中的一户宅院。

枪声既是信号，也是命令。

这户宅院的主人刘麻子赶紧下炕，战战兢兢打开大门，在门口垂手而立，四爷骑车也就进了门。刘麻子关上门，继续站在门口。

刘麻子驼背，一脸的小坑，却娶了个比他年轻还俊俏的媳妇儿。四爷常用枪苗子点着刘麻子的额头：你媳妇儿跟着你算是瞎眼了，撒泡尿去照照自己那三块豆腐干子高的熊样儿。然后四爷摇头，叹气，愤愤不平。

支上车子，四爷提下长枪进了刘麻子的里屋，刘麻子媳妇儿风情万种地笑了。四爷慢条斯理地摘下枪，褪裤子，钻进了刘麻子媳妇儿的被窝。被窝里暖烘烘的，让四爷很是舒坦受用。

是呀，刘麻子哪能和四爷比，四爷三十来岁，浑身白净，如狼似虎，纯粹一个粗鄙陋汉、一个白脸帅哥嘛。

刘麻子在门口站得腿有点酸了，但也不敢动弹。等到四爷满足地抽着烟出门扬长而去，刘麻子这才关门，松一口气，踯躅着进了屋。

四爷的这个习惯一直保持了五六年，直到四爷回村当了村主任，他又瞄上了白寡妇。

后来四爷口味重了，走马灯似的隔三岔五就换一个。那几年，四爷很是春风得意，风光十足。

终究风光不无限，四爷背运的这一天到了。村里来了土改工作队，四爷刚跑到村东的苇子湾就被抓了回来，戴上纸糊的高帽子，上写“恶霸地主”，被押到台子上，双手反绑，跪在那里，下边的群众高呼口号，有的还上台扇他的耳光，其中刘麻子扇得最响，哆嗦的嘴里含混不清：日你姐姐的，日你妹妹的，你这个真畜生。

四爷被管制了，游街，批斗，只许老老实实，不许乱说乱动。四爷被群众送一个新称号：坏四儿。

坏四儿佝偻着腰，被民兵押着游街，一路上，群众愤愤地冲他吐唾沫，一些小孩子捡起坷垃投他，不停地喊：打死你这个坏蛋！打死你这个坏蛋！

眼见四爷几天的工夫就像茄子遇上了霜。

这一切，四爷都能忍了，让他忍不下的是膝下如花似玉的不满十三的闺女春子的遭遇。

春子晚上出门和一帮小孩子玩捉迷藏，回来时蓬头垢面，提着没了腰带的裤子，上边淌下的血布满脚面，哭啼着进了厅房一头扎进里屋。伪村长夫人忙跟进屋询问，一会儿出来了，气急败坏的脸色扭曲着，指着四爷的鼻子怨恨地大嚷：报应呀，报应呀！然后坐到地上拍着大腿号哭。四爷赶紧进屋：怎么了？是谁？春子抽噎着：黑瞎里认不出是谁，光听见一人压低嗓子说，甭抢，一个一个地弄。四爷明白了，一腚坐到地上，呆了。

让四爷难忍且愤愤不平的是：我只和娘儿们寡妇相好，那也是她们自愿的，我可没有糟蹋人家黄花闺女！

没等四爷忍下这口气，批斗升级，坏四儿被群众拽到村后一棵枣树下拉了“滑车”，罪名是欺男霸女，恶贯满盈。

坏四儿被吊到树上，下边是反放着的耙，尖锐的耙齿朝上，上边一松绳，人蹾在耙齿上，再拉，再墩，戳得坏四儿浑身血窟窿。

四爷的一双眼睛至死惊恐地瞪着。

（原载《德州晚报》2019年6月16日）

替 罪 羊

莫文师

因为一座桥的垮塌，男人锒铛入狱。

男人从当局长的小舅子手里揽下的工程，男人家里也因为有当局长的小舅子而发达起来。本属于烂泥扶不上墙的男人，在女人和小舅子的指点栽培下，经过几年的摸爬滚打，逐渐学会了做人做事，也学会了行规和“潜规则”。小舅子看重的是男人仗义和敢于担责。

正当男人事业走上巅峰的时候，他承包的那条二级路路段的一座桥，还没有验收就垮塌了，幸好二级路没有全线开通，否则后果不堪设想。桥面的垮塌问题说大就大、说小就小，大不了重建，可是没事找事的记者发现了桥面垮塌的事情。男人威逼利诱，记者不动声色，坚持报道了出来。事件曝光之后，分管项目建设的县领导找当局长的小舅子诫勉谈话，狠狠地谩骂小舅子，对小舅子追究问责。小舅子憋了一肚子气来到男人的家里，同样也狠狠地训责了男人。

男人进屋拿出几沓钱递给小舅子，小舅子拒绝地说：要是钱能解决的问题就不是问题了。小舅子来回地徘徊踱步，调整了一下情绪，说男人是工程的承包者，应该把责任担当起来，一人做事一人当。小舅子说完从皮包里掏出几沓钱递给男人，叫男人拿着，说是给男人的补偿。小舅子临走时，鼓劲地拍了拍男人的肩膀说：留得青山在，不怕没柴烧。

青山是谁？男人反问自己。

小舅子走后，男人冷汗直冒瘫软在地上。女人回来看见，用手摸了摸男人的额头，问男人是不是病了？男人把钱递给女人，女人嗤笑：一个包工头，鬼才来给你送钱呢？男人说，钱是小舅子送来的。女人惊愕：小舅子？男人说，桥面垮塌了，责任得有人来背着。女人劝告说，这责任得由男人来背。男人从地上爬起来，气恼地说，凭什么让他背责任，要是工程款没有层层克扣，全额拨付下来，桥会垮塌吗？女人急忙用手捂住男人的嘴巴说：没有小舅子，男人永远是个屄包！女人又说，小舅子，是她血脉相连的弟弟，给了男人做男人的尊严，给了他们宽裕的生活，男人应该知恩图报。男人默默无语。

经过几天的痛苦思虑和权衡利弊，男人最后明智地把责任全部揽在身上，不久便锒铛入了狱。小舅子经过上下打点，桥面垮塌的事件也就风平浪静了下来。曝光的记者因某一次工作失职而被撤了职。

转眼几年就过去了。这天，蹲了几年牢的男人回来了，女人杀鸡宰鸭为男人接风洗尘。男人和女人正在碰盏喝酒的时候，弟妹却急匆匆地从门外走了进来。女人高兴地说，弟妹来得正好，叫弟妹过来一起为男人庆祝庆祝。弟妹一把鼻涕一把泪地说：哪儿还有心思喝酒，那条二级路路面塌裂，造成严重交通事故，说小舅子已经被停职查办了。男人猛地站起来说，怎么回事？女人看着伤心的弟妹，疑惑地问，男人不是替小舅子顶罪了吗？弟妹泪雨涟涟，扑通跪倒在男人面前，姐夫长姐夫短地叫，说男人回来得及时，是小舅子的大救星！弟妹拨浪鼓似的给男人磕头。女人把弟妹扶起来，叫弟妹放心，一切有她和男人担当着，什么坎儿都能迈得过去。弟妹感激涕零。

刚开始男人不情愿，女人很气恼。晚上，男人想和女人亲热的时候，女人一脚把男人踹下了床铺，女人埋怨地说：想亲热找别的女人去。跌落在床下的男人，不满地说，难道他的死活，她就不管了……女人默不作声。片刻，男人耸了耸肩，从地上站了起来说，他愿意去！他就是个替罪羊的命。

男人走进小舅子的办公室，欲再次把责任揽在身上。小舅子拍了拍男人的肩膀，谢谢男人的仗义，感激男人帮他蹚了一次坎儿。男人说，让他一个人顶罪吧，他已适应了里面的生活！小舅子说，这次男人帮不了他，这次他要进去帮助别人，男人顶替不了他。男人叫小舅子别犯糊涂，说一进去所有的前途都要毁了。小舅子叫男人不用为他担心，淡然一笑：留得青山在，不怕没柴烧。

男人从小舅子的办公室出来，挠了挠剃得光亮的脑袋，纳闷地说：这青山到底是谁啊？

（原载《微型小说选刊》2019年第2期）

送不出去的礼物

曾宪涛

儿子上学了，筠怡却有了心事。

儿子叫门门，门门太过聪明，没上学就认识了很多字，上语文课就坐不住了。老师把门门批评哭好几回，说他有多动症，还叫爸妈来，姥姥不行。

筠怡后悔不该叫儿子认那么多字，可确实又没人有意教他，都是大人给他读故事，他看着图书上的字就记住了。这能怪谁呢？

筠怡去见老师了。

语文老师姓赵，是班主任，很漂亮，一笑还有酒窝，不知咋的就能镇住孩子。孩子们都怕她，筠怡见了她也有点不敢随意说话。

赵老师没再说门门有多动症，只说学前不该教孩子识太多的字，不然叫学校怎么教。筠怡本想解释，可说没人教谁信呢？而且这时候应该配合老师的指责。于是就怪到了门门姥爷身上，说他退二线了，没事就教门门认识不该那么早就认识的字。赵老师就笑了，就随口问了门门的姥爷是干啥的。

见过老师后，筠怡总感觉心里不踏实，就跟同事好友说了，他们都叫她给老师送礼。上幼儿园时就听说过要送礼，可她实在不好意思，也不知送啥咋送，就挺过来了。现在不能再挺了，小学六年，时间早来，而且儿子还有个大问题，认字太多。可给老师送啥咋送呢？问门门爸，他也不懂，只好回家找爸妈商量。

老爸是个单位领导，虽说退二线了，新领导却是他一手提拔的，要请他当顾问。老爸还当真了，天天都去单位，指责他教门门识字，实在冤枉。

这好办，问她爸爸喝酒吧？我这还有几瓶好酒。老爸说。

你去问？老妈抢白他，也是，送啥好呢？送钱肯定不行，送吃的也不值钱，送件高档服装咋样？

不行。筠怡一口否定了老妈的建议。她想送的礼物，既不能显眼，又不太便宜，最好还要不像送礼，这种礼物太难找了。一家人讨论一晚上，也没定下来。老爸在位时也有人送过礼，但老爸廉洁，要么是不让进门，要么是原封不动退回去。老妈说，那会儿也没注意人家都送的啥，好参考参考。

儿子上学快两个月了，筠怡还在为送老师啥礼物苦恼着。天渐渐就凉了，那天筠怡逛商店，见很多人排队，竟是买一款新上市的保温杯。保温杯新颖别致，介绍还有许多保健养生甚至养颜美容的作用，价格九百九十九元。

筠怡看着保温杯的价格，突然有种豁然开朗的感觉，困扰多时苦恼解决了。

赵老师，看您上课嗓子都哑了，天也凉了，用这种保温杯喝水，能保护嗓子，还能养颜美容……

筠怡买了保温杯，回来路上便开始设计语言。

礼物有了，如何送给老师？到家里不合适，在学校里也不行，听说还有监控。就在校门口接儿子时瞅个机会吧。

一年级放学早，平时都是老妈接儿子。筠怡请了假来到校门口时，那里已聚集了很多家长。

放学了，孩子们排着队由老师带着出来了。家长们接了孩子并不走，都围着老师问情况。赵老师应接不暇，筠怡只好拉着儿子站一边等，等了很久，还是有家长不愿离开，直到赵老师说有事回办公室了，筠怡也没等到机会。

连续两天都是如此，筠怡感觉这不行，便决定等赵老师下班时，在校门外的路上等她。

学校是五点半下班，筠怡提前等候在校门外的路上。天渐渐黑了下来，筠怡希望有夜幕的遮掩，但看人就有些困难。老师们陆续出校门了，她目不转睛，辨认着出校门的老师。天色越来越黑，出校门的人越来越稀少了，可还是不见赵老师。看了看手机上，已六点多了。一阵冷风吹来，她打了个寒战，才感觉衣服穿少了。深秋天气，白天还可以，夜晚真凉了。筠怡裹紧了衣服，远远紧盯着学校的大门，不知是赵老师在学校有事，还是自己没看清把她放过去了。

又等了近一个小时也没等到，筠怡沮丧地来到母亲家，坐沙发上竟委屈地掉下泪来。老妈拍了拍胸脯说，这事你甭管了，我来。面对筠怡质疑的目光又道，我有分寸，不会让老师为难。

第二天是老爸接门门回来的，筠怡下班，老妈还没回。老爸对她说，门门他爸出差了，今晚你和门门就别走了。筠怡答应，正要去做饭，老妈回来了，进门就冲着筠怡道，搞定。筠怡一阵轻松，忙接过老妈的包，却发现保温杯还在包里。

老妈换过拖鞋，脱下外衣，从筠怡手里拿过装满狐疑的保温杯说，我去办公室找赵老师，她说也正想找我，我俩一块出了学校。我问门门又犯错了，她说不是，是有事想求我，是她男朋友，在你爸单位，想考研，规定要工作满五年，他还差几个月，想叫你爸给说说今年就考。我觉着这不算啥吧，年轻人上进是好事，就答应了。随后你说咋着，她拿出个跟这一模一样的杯子，老妈晃晃手中的保温杯，说是送给你爸保健养生。我当然死活不能要，这杯子当然也就带回来了。说完，冲着正指她的老头子，你什么你！孙子的事就拜托你了。

吃饭时，电视里报道，保健养生保温杯完全是骗人的，根本就没有保健养生的作用，已被工商部门查处，停止销售……

听到这消息，大人都停下了筷子，停止了咀嚼，唯有门门说，你们怎么都不吃饭了？

（原载《小说月刊》2019 年第 8 期）

速食时代的情爱

王培静

十年，房价翻了十多倍；演艺明星的婚姻几乎全移了位。

在这个快节奏的时代，青年人也会因为工作、情感、学习等问题而出现心理压力，也会出现无聊的情绪状态。

这不，无聊的青春就干出了很无聊的事。

青春是我朋友的儿子，和我儿子的年龄差不多。我孙子都能打酱油了，他还没有结婚。

这天晚上，朋友给我打电话抱怨：你说，我儿子这个王八蛋，惹下的事，这屁股还帮擦不完了。

我关切地问：怎么了？

把人家女孩子搞怀孕了。

这是好事呀，你老封建，还嫌未婚先孕不好？现在的年轻人，这种情况太正常了，你给他们准备婚礼不就行了。我笑着说。

我也这样想来着，可是不可能啊。朋友叹气。

青春的对象，是咱们几年前吃饭在饭馆碰到的他那个同学吗？

是她。人家怀孕了，青春却不想和人家结婚。对方父母找家来谈，他不敢露头，但死活不和人家好了。

没办法，人家女孩还不错，打掉了孩子。但她父母不愿意，我们给人家了五万块钱作为补偿，才算了事。

女孩却偷偷把钱还给了我们，弄得我们上不来下不去，更觉得我们全家对不住人家。

没过一个月，他提出结婚。

他妈问：你和谁结婚？

他说：我搞了一个对象，晚上到家来和你们见面。

晚上，女孩来家，长得还没他那同学好看，穿着打扮我们一点也不喜欢，勉强应付吃了个饭。

女孩是外地人是小事，但给我们的感觉不舒服。

天很晚了，女孩待在儿子的房间里，没有走的意思。

他妈把儿子叫出来，说：天太晚了，你送人家走吧。

到哪儿去？这就是她的家，我们马上就结婚了，她就是这家庭的一员了。

我严厉地说：那不行！你们还没有结婚，现在不能住到家里来。

青春领她出门后，又回来对我们通告说：你们满意不满意，愿意不愿意，就是她了。你们孙子跑她肚子里已经三个多月了，赶紧，麻利地准备我们的婚礼吧。

我吼他：你给我滚蛋！

气得我和他妈几天都没睡好觉。

我们想，刚搞的对象，正在热恋当中，怕我们不同意，骗我们说女孩怀孕了，逼我们接受这现实。

他几天没回家，他妈打电话给他：你说女孩怀孕了，晚上把检查结果拿回来。

儿子晚上果然回来了，那检查日期是十多天前的，女孩真怀孕了。

反正他也老大不小了，他自己选的对象，将来他们一起过。我们慢慢接受了这个现实，开始给他们准备婚礼。这不，请柬都发出去了。

是呀，不是定的十月二日吗？又出什么幺蛾子了？我有些纳闷。

他出差去东北，回来的动车上，认识了一个女孩，说是个大学生。对方正在听小鲜肉马小东的歌，他说，他认识马小东。对方不相信，他就和马小东视频，马小东果然接了电话，并说，大哥，有时间了一起聚聚。看到这些，那女孩幸福得要死，原来她是马小东的歌迷，骨灰级的。

他们互留了微信。他答应女孩，找个合适的机会，带她见见马小东。

女孩爱屋及乌，因为喜欢马小东，又因为青春认识马小东，而对他产生了好感。

他们去酒店开了房。

女孩怀孕了，问他怎么办。

他听了，也感觉无所适从。她还在上大学，这可怎么办？他偷偷喝了一斤白酒，想把自己灌醉，忘掉这许多烦恼。他狠扇自己耳光，骂自己是畜生，王八蛋。

回到现实，没办法，把这一切告诉了我们。他妈妈去和女孩谈判，苦口婆心，答应给对方六万块钱，终于才劝动女孩去打掉孩子。

朋友说：这事帮他解决完后，我和他妈商量好了，这是最后一次，他再干出什么出格的事，我们是坚决、肯定不会再管了……

婚礼上，看到他们夫妻满面春风、他们儿子春风得意的样子，我宁愿相信，过去的一切都没曾发生过。

（原载《嘉应文学》2019 年第 3 期）

替 身

孙春平

老陈在小区楼群里接到电话，便立刻赶往家政劳务中介所。工作人员将他领进一个房间，让他们自己谈。雇主是个时髦漂亮也挺年轻的女子，旁边还坐着一个和老陈年龄相仿的汉子。女子说我爸爸得了脑血栓，正住院治疗，想请师傅帮忙照料些日子。

老陈问，你出多少工钱吧？

女子说，一天二百。

老陈默默盘算一下，自己满世界地吆喝擦洗吸油烟机，一天也难挣这个数。他点头了。

女子却又说，看年纪，我该叫你声叔叔。有个额外条件，你也得答应。

老陈说，丑话说在前头好。

女子说，我爸爸是乡下人，得了病，本该是我和我先生侍候的。可我工作忙，他又去南方忙生意，短期内回不来。我要是照直说呢，又怕我爸不定想到哪儿去。所以呢，我想请师傅……以我丈夫的身份出现。就是说，你在我爸爸跟前，得叫他……爹。

老陈一怔，问，你爹不认识自家女婿呀？

女子说，我爹只看过我寄回家去的照片。你跟我先生长得有点像，我在中介所看过你照片的。

老陈心里骂，就因为他闺女有俩臭钱，我就得给他叫爹？他起身往外走，扔下话，你另找人吧。

可女子的声音追上他，一天四百。

老陈的脚步迈不动了。老妈生病还等着买药呢，儿子念大学也欠着学费。他说，五天一结账，我等钱用。

女子应声行，立即开始了颐指气使的指派，说你先去洗浴池中心洗个澡，再去理理发。你手指甲缝里有油泥，哪像做生意人。放心，都是我花钱。还有，你的这身衣服也得换下去，哦，我明早带给你吧，我先生的身材跟你也相近。

第二天，走进病房前，女子又一次提醒，她叫陶惠云，她爹叫陶贵山，她先生叫林江。老陈心中明白，从今天起，自己就要进入角色，是林江了。

老陈第一次张口叫爹，窘迫得只觉脸庞烧灼。眼前是一张饱经风霜的脸，跟城里人比，这个五十出头的农民显得格外憔悴而苍迈，一头灰白的头发焦枯得毫无光泽，老陈不禁想起还在乡间劳作的父亲。

女子催促，林江，叫爹呀！

老陈使劲咽了下唾沫，“爹”字出口，两颗屈辱的泪珠便不可遏止地滴落在病人脸颊上。

也许是这两颗泪珠产生了意想不到的效果，陶贵山眼闭着，唇抖着，脸往一旁侧，两泓长泪泉涌一般奔流不息。老陈的心也跟着酸软上来，他猜想得出，这泪水中一定流淌着一个酸楚又无奈的故事。

老陈开始每天来病房上班，接屎接尿，喂饭喂水，按摩身子，有时还将病人弄得一塌糊涂的衣裤端到卫生间去洗涮。好在病人跟他很少说什么，老陈也乐得清静。渐渐地，他便听病友和医护人员私下议论，说陶贵山的女婿虽说是有钱人，却难得有如此孝心和勤快，对人也从不耍土豪气，这就难得了；还有人似想和他攀谈。老陈牢记言多必失的道理，尽量少说话，多干活儿，反倒越发引起了人们的好感。

老陈最觉尴尬和难堪的是乡下的亲友们来探视，那些人围在病床前，却将目光X光般地在他身上扫描。陶贵山指着介绍，老陈只得应声虫似的跟着三姑四舅地叫。好在那种时候，陶惠云接了电话便急急赶来，跑前跑后地应酬，给老陈找个借口躲出去。

老陈第一次与女子的丈夫面对面，也让他大感意外。那天，陶贵山突然坏了肚子，病房的内衣内裤再无备物，他便按女子留给他的地址打车去了她家的欧式别墅。房门开处，扑入眼帘的是女子那一袭流光溢彩的丝质睡衣，还有睡衣内那跃跃欲出的白皙丰腴的肉体。老陈急把眼睛避开，却发现女子身后还跟着一个男人，也穿着露胳膊露腿的睡袍，定睛看去，不是常跟在女子身边的小车司机又是谁。老陈这一惊非同小可，一时羞窘难当，仿佛是自己被人捉奸拿了双。

女子迅速从老陈的目光里读懂了内容，红着脸说，陈师傅既看到了，那我就没啥可遮瞒的了。这位就是我先生林江……

好像大晴天当头炸了响雷，老陈被震蒙了，呆怔怔地望定眼前的女人。猝然间，只觉得那女子嘴也歪了，眼也斜了，两道眉毛好像带着阴森之气的蝙蝠在扑闪，鲜红的嘴唇也变成了妖魔鬼怪的血盆大口……

入冬后的一个清晨，老陈突然接到女子的电话，说陈师傅你快来，直接到太平间。我爸昨天夜里去世了。几许哀伤袭上心头，老陈说，我就不去了吧。工钱的事，等你处理完丧事再说。女子说，您还是要来，越快越好，我家亲友很快就到了。

老陈急奔太平间，他似乎猜得到女子要跟他说啥。女子见了他就哭，林江则阴着脸在一旁吸烟。老陈没理他们，径走到尸床前，揭开蒙布，喃喃叨念，老哥，一路走好，走了好，眼不见心不烦啦……

走出太平间，女子追上来。老陈冷笑道，我知道你说话不算，让姓林的直接跟我对话。

林江说，好，那我就直奔主题。事情一包到底，一万元。

老陈冷笑，摇头。

那你开个数。

老陈说，是不是你以为有钱真能鬼推磨！可今儿不中。钱是什么？王八蛋嘛。等亲友们来了，咱们一块去病房，当着所有人的面，你跪地下，喊我一声爹，就全了了。

林江神色陡变，白了，青了，又紫了。老陈只觉畅快，两个月来心头憋堵的晦气竟风扫残云般而去。他迈开大步向前走，冲出喉咙的是一曲再熟悉不过的旋律：

擦洗吸油烟机啦——

（原载《鸭绿江》2019年第8期）

罪　人

王自忠

老江想做罪人。

整整一上午，局长劝得苦口婆心，老江就是不吐一个字。

“老江啊——”局长再次拖长了语调。老江听不出局长称呼他老江还是老犟。随你便，反正我就这样儿，老江、老犟都行。

老江姓江，县林业局总工程师，高工。在庙山县，人人都知道老江的脾气，犟起来，还真是九头牛都拉不回。就因为他的犟脾气，老江得了个雅号——老犟。

“你这样犟着，拗着，是犯罪，会成为罪人，成为全县人民的千古罪人。知道不？”局长不气馁，说到动情处，鼻孔一张一翕的，嘴唇也痉挛般地抽搐。老江说不清那是局长生气还是激动的。事实上老江也在抽搐，只不过他的抽搐是在心里。

罪人？这话咋这么耳熟，熟得将老江的那根倔强的神经绷得更紧。那是前任局长杨局长，杨局长给老江做工作时，也说得唾沫星子乱溅。杨局长奉劝老江识大体，顾大局，不要做全县人民的罪人。

那年，县里要上个项目。新集乡有个自然生成的枣树园子，不大，县里要扩大，进入立项、论证阶段，老江死活不签字。

“那不是胡折腾吗？”老江的犟劲儿上来了，竟在局长办公室发火，“八字没见一撇，先吹得忽雷雷的。”老江说时，额上的青筋一抖一抖的，“满打满算，不过百十棵树，有几颗老是老些，也不是你们所说的百年老枣树，离具规模的枣园还远着哪。”

“所以才要引进骏枣呀。”杨局长适时地截住了老江的话，说，“消消气，我的江总。”局长说着，起身给老江泡了杯茶，说：“上好的金骏眉，尝尝。”茶杯还没端起，一股令人沉醉的茶香，浓浓的，直扑老江的鼻孔。香气高长，老江不由得连饮几杯，杨局长继续语重心长：“那不是简单的项目，那可是三千万呀，我的江总、江总工程师。”杨局长说着说着近乎哀告，“你就忍心让费了九牛二虎之力争取来的资金叫省里收回去？你那是犯罪，知道不，你会成为全县人民的罪人，我的江大总工程师！”

老江知道，如果他不签字，项目会黄，但他不知道的是，那个项目要是黄在了林业局这块，意味着杨局长的局长是秋后的蚂蚱——蹦跶不了几天啦。因为县长在全县领导干部大会上形象地宣布，不吃凉粉把板凳腾开。

离开时，老江硬是没拿杨局长要他带走的那盒金骏眉。茶是好茶，他也好喝茶，可那茶，他消受不起啊。就像骏枣，枣是好枣，可引进来，先是破坏了本地小圆枣的生长根系。本地小圆枣虽说个头小，但甜，脆，根系往四周延伸，会发出新的枣苗，一棵树会生发几颗苗儿，新集乡枣园里那些大大小小的树全是自然发长的，从来没有谁去刻意栽种。当年种植骏枣时，挖掘机挖出的整齐宽阔的树坑，一行行，一列列，的确好看，壮观，却破坏了本地小圆枣四散发长的根系。更要命的是，骏枣见不得连阴雨，庙山这地方，一年四季干得要命，偏偏秋后，正是枣熟之际，连阴雨一场接一场，没时节的雨下得枣儿一个一个裂得沟一道豁一条的，眼睁睁瞅着鲜艳欲滴的枣儿烂在园子里。

上马骏枣的县长早已升任副市长，杨局长也做了邻县副县长，可枣园和园里烂了枯了的枣儿，就像皮肤溃烂的孤儿，老江看着都揪心。

这回，县里吸取经验教训，重新申报项目，以枣产业带动全县经济的发展，而且这次的规模是上回的两倍。县里决心下大力气，做大做强枣产业，做成带动全县经济发展的大手笔。电视台、电台等媒体都是这样宣传的。

局长喝口水，舔舔干裂得要开口子的嘴唇，耐着性子给老江解释说这回是两条腿走路，在引进加拿大名枣特克考斯的同时，建造一条以枣园为中心的枣旅游产业长廊，吸引游客在枣儿成熟的季节，观光、摘枣，必要时搞个摘枣体验、比赛之类的，像眼下时兴的农家饭、农家乐那样。

老江干了近四十年林业，这特克考斯究竟咋样，还真说不准，也许适合。

可咋着，种植枣树和旅游哪儿是哪儿，两码事，咋能硬扯到一块？游客来，让在园子里折枝摘枣，那算啥，是发展枣儿，还是糟践枣儿？

“老江呀，这罪人的名儿，你我可都背不起啊。你快要退休了，莫非想留下个千古罪人的骂名？”局长的鼻尖上往出沁着针尖大的汗珠，密密的。他担心老江真犟起来，够他喝一壶的。县长考察特克考斯回来后，与林业、交通、农业等相关单位签订了责任书，还给局长们下了通牒：限期拿下，不换思想便换人。

局长越说，老江的主意越坚定，他就想做一回罪人。

（原载《山西晚报》2019年1月7日）

拖　　累

宋炳成

母亲年迈，连生活也不能自理了，吃喝拉撒睡全在床上。

儿子李二牛没有怨言，不声不响地伺候了三年。

俗话说，久病床前无孝子。李二牛也未能免俗，几年煎熬下来，李二牛撑不住了，这到何时是个头啊。

记不得从哪一天起，李二牛开始嫌弃母亲了，就是个拖累啊。碰上心情不好的时候，李二牛还粗声粗气地撵母亲快点儿走。

每次，母亲听到都装聋作哑。

这一天，嫁到山外的姐姐来探望母亲，李二牛一阵欢喜，他和姐姐商量：“姐，把咱娘接到你家去住两天吧，过一段时间我再接回来。”

姐姐答应着，可是一天、两天过去了，一个月、两个月过去了，姐姐也没有来接娘。

李二牛忍不住给姐姐打过几次电话，每次，姐姐都说，家里有点儿事，再等几天。

这一天，李二牛又给姐姐打电话，姐姐还是说再等等。

这是怕麻烦呢！李二牛生气地想，又不是生了我一个，今天，无论如何也要把娘送过去，你不来接是吧？那好！我用小推车推过去，就放你家门口，看你要不要。

李二牛找出包袱，开始收拾母亲的衣服。

母亲看到后，惶惑地问："二牛啊，你这是要干啥？"

李二牛说："送你到我姐姐家住几天。"

母亲的眼里闪过几丝惆怅，继而无奈地说："随你吧。"

母亲拿眼光四处打量屋里的东西，一辈子都没有离开呢，如今，说走就要走了，母亲的心里五味杂陈。

母亲的眼光最后落在一个油缸和几个米缸上，母亲说："二牛啊，我不在家，出门要记得上好锁，要记得上坡干活早回来，家里没个人，这些东西可不放心。"

李二牛嗯了一声，低头用包袱把衣服裹好。

母亲又说："二牛，一个人不能懒惰，到了饭食头，记得动烟火，哪怕是做点热汤热水也行，天长日久的，身子骨可经不起糊弄。"

李二牛又嗯了一声，抱起被子铺到院中的小推车上。

李二牛再进屋时，要把母亲抱上小推车。

母亲的目光又在屋里环视了一圈儿，好像突然想起了什么，她急忙说："二牛，再等一等。"

母亲颤抖着手，从床头的一个破纸箱里，摸索着，掏出一个布包，一层一层地打开，母亲说："二牛啊，娘也没啥留给你，这是五十块钱，你留着，干活累的时候，不想做饭就到村里小卖部买点现成的……"

李二牛不要，母亲硬是塞进了他手里。

李二牛点了点，除了两张十块和十张一块的，其余全是毛了边的角票。

李二牛好奇地问："娘，您这些钱是哪里来的？"

母亲说："二牛啊，这是你平时出远门留给我，准备让对门王婶给我买饭吃的零花钱，娘没舍得花，都给你攒着呢！"

李二牛心里充满了疑惑："娘，这钱没动，您怎么吃的饭啊？"

母亲说："一顿饭两顿饭的不吃又饿不死人，二牛啊，娘老了，不能帮你干啥了，能省点就省点吧。”

李二牛听了眼睛有些湿润，他撩起衣襟擦了擦红肿的眼圈，说：“娘，你到我姐家住几天吧，她家条件好，你住在那里比在家里享福。”

母亲说：“我知道，二牛啊，到了那里，你可千万别怪罪你姐，是我一再不让她来接我过去的，不怨她。”

李二牛听糊涂了，你说，到姐姐家多好啊。他忍不住埋怨母亲：“娘，我就想不通，你为啥非要跟着我遭罪呢？”

母亲顿了顿，仿佛下定了很大的决心，她叹了口气，说：“二牛，你打小有那毛病，跟前没有人，娘不放心啊！”

李二牛有癫痫的老毛病，偶尔还会发作。

“娘啊！”李二牛声泪俱下，双手抱着头，他缓缓蹲到了地上……

（原载《时代文学》2019年第2期）

歪打正着

杨朝卿

在那“以阶级斗争为纲”的年代，赵李庄出了一桩“流氓”案，犯罪嫌疑人正是地主青年赵小中。老支书气恨交加，让民兵将其关起来，明天交派出所严办。不料赵小中跳窗逃走，在民兵追得走投无路时，被秀秀一把拉到自己的闺房中……

秀秀是老支书的爱女，今年二十刚出头，长得个头不高不低，细皮嫩肉。她与同村的赵小中从小同学。赵小中长得潇洒倜傥，一表人才，又聪明好学，成绩优秀，早已为秀秀所爱慕。秀秀人才不俗，能歌善舞，也早已成为赵小中的意中人。两个人暗中来往，感情不断升温。只是赵小中出身地主家庭，父亲解放前又在县衙当过师爷，成了贫下中农的专政对象。在村里大会批、小会斗，老支书拿他做活靶子。连累得赵小中也抬不起头来。随着“文化大革命”的开始，阶级斗争越来越严酷，秀秀只好将两个人的爱情埋在心底，一直不敢向父亲透露。

一个初夏的夜晚，月明星稀，微风拂面。两个人又在村后的大槐树下约会。赵小中满面沮丧。上午大队批斗父亲时让他陪斗，与老支书发生了口角，差点没关禁闭。

秀秀对于这件事深为不满，“出身不由己，道路任选择”，这是伟大领袖毛主席的教导，赵小中和他父亲应区别对待。为此，她和父亲展开针锋相对的辩论。可父亲说她在大是大非面前丧失原则，是政治立场问题，不配做“根正苗红”的贫下中农的女儿！她深知父亲的为人，工作一贯“左”字当头，浮上水，爱整人，是有名的“运动红”。因而对赵小中爱莫能助，只能好言劝慰：

“小中哥，上午是我爹的不对，他不该让你陪斗。为这件事我给他闹翻了脸。你知道我爹的为人，我向你赔罪了！”说着，依偎在赵小中的怀里。

赵小中忙扳住秀秀的肩膀道：“秀，你也不必自责，这是大气候所致，谁也无能为力。我看咱俩的事就到此为止吧，免得连累你。”

“不，小中哥，你就是赴刀山火海我也跟着你！”秀秀双手搂住赵小中的脖子，“活着是你的人，死了是你的鬼，我这辈子嫁定了你赵小中！”

月光照在秀秀的脸上，满脸的泪痕闪着莹莹的光。赵小中看着她乞求的眼神，一股爱怜升上心头，双手将她紧紧地抱在怀里，两张嘴唇贴在一起……

这时，正好被巡夜的民兵逮个正着，将赵小中扭送到大队部。

老支书听到汇报，气得差点背过气去。上午批斗他爹让他陪斗时，他与老支书唇枪舌剑打起了“语录仗”，弄得老支书压不住阵脚，满肚子气正无处放。此时又听说这小子调戏他的爱女，气得面色发紫，浑身战栗，立即召开支委会，研究对赵小中的处理决定。

在那“阶级斗争一抓就灵”的年代，把阶级斗争捧上天，处处以阶级斗争的眼光看问题。上级布置“查找阶级斗争的新动向”，老支书正愁找不着碴儿，这下正好遇到个好教材。他提议：明天送派出所，治他个“调戏女青年，图谋不轨”的“流氓”罪，投进监狱。大家一致同意。老支书深为自己生出的这一招暗自欣喜：这下既惩治了赵小中，解我心头之恨，又为全公社树立一个“阶级斗争新动向”的典型，给我们这个“抓阶级斗争模范村”脸上贴金，岂不一箭双雕？

秀秀闺房里，两个年轻人正商量着对策：

“秀，放我出去吧，让人知道影响你的清白！”赵小中惊魂未定，浑身颤抖着说。

“我不怕，生米做成熟饭才好堵我爹的嘴呢！”秀秀全然不顾，语气坚定。

“那可不中！这样会把你爹给气死的！再说，无论如何你爹也不会同意咱俩的婚事，除了给我自己加罪！”赵小中恳求着。

秀秀忽然灵机一动：“小中哥，事情已到这一步，只有一条路可走了。”

赵小中望着秀秀胸有成竹的样子，急切地问：“哪条路？”

秀秀说：“三十六计，走为上策！我愿跟你走天涯海角，永不反悔！”

赵小中一听秀秀要和他私奔，心里更加慌乱：“不中！不中！这样会毁了你的名声，以后还咋做人？”

“啥名声不名声，爱情无价，为了爱情，死都值得！”秀秀又质问赵小中，“小中哥，你到底爱不爱我？”

赵小中急忙说：“爱！爱！我敢对天发誓：我心里除了你，再没有第二个女人！”

“那你还犹豫个啥？”

赵小中望着秀秀灼灼的目光，心想，为了躲过这场灾难，更为了圆我俩的心愿，只有铤而走险了。他满口答应秀秀：

“好！”

两人连夜出逃了……

十年后的一天，一辆小轿车驶进赵李庄，吸引得满村的人出来观看。小车“吱——”的一声停在老支书的大门前。只见从车里走出赵小中和秀秀，满面春风，手挽着手，后面还跟着个虎头虎脑的后生。

老支书已退休在家赋闲，他一见赵小中这个往日的“冤家对头”成了自己的乘龙快婿，再看看女儿一脸灿然，身后还跟着个胖小子，心里是怨，是恨，是喜，是忧，霎时像倒了五味瓶……他做梦也没想到自己生出的馊主意，却成全了一桩美满姻缘！这正应了一个成语——歪打正着。

（原载《京九晚报》2019年6月14日）

晚上的声音

崔　立

正是冬天。晚上夜深人静，老刘一个人在屋内，关了灯，躺在床上睡觉。

老刘听到了一点声音，是从窗外传来的，老刘仔细地听，似乎是对面老太太痛苦的声音。老太太今年八十多岁了，也是一个人住。老太太身子骨看起来挺硬朗的，平时楼上楼下缓步在走，走得小心翼翼，唯恐踩空了。

老刘又听了一会儿，毫无疑问，肯定是老太太的声音。有时，楼道里，老刘碰到老太太，会打上一句招呼，出去啊？老太太说，是啊是啊——

想到这儿，老刘赶紧摁亮灯，噌地从被窝里坐起来。老刘穿上衣裤，有寒意袭上身，忍不住打了个大大的喷嚏。

老刘打开门，又敲了对面老太太的门。

老刘说，老太太，睡了吗？

老太太没有声音。

老刘把头靠在门上，透过门，依稀听见老太太痛苦的声音，一声长一声短，沙哑的声，此起彼伏。

老刘去敲了楼上邻居的门，又敲了楼下邻居的门。楼道里的灯亮着，邻居们穿着衣服都出来了，到了老太太家的门口。

楼上的大赵，楼下的小方他们都靠在门口听，果然，是听到了屋内的声音。小方赶紧拨了 120，请他们派救护车来。大赵他们几个，也联系了小区物业，物业说，马上派人来打开门。

物业的人来了，门打开了。

几个女人进去，开了灯，看到了蜷缩在床角，捂着肚子一脸难受的老太太，她们赶紧把老太太扶起。

救护车到了，医护人员在邻居们的招呼下，抬着担架进了屋，抬着老太太出了屋。

事后，医生说，如果不是发现得早，老太太恐怕就没了。

老太太的儿子买了好多东西，上了老刘家的门。老太太的儿子住得远，也不常来看老太太，老太太的儿子拉着老刘的手，说，刘叔，感谢您啊，若不是您，我妈可能就没了。这点我的小心意，请您收下。

老刘一脸无功不受禄的表情，说，别，别，其实我也没做什么，邻居之间相互帮助是应该的。不用客气，不用客气的……

好说歹说的，老太太的儿子还是留下了那些礼物。倒是老刘，连连说，不好意思，不好意思啊。

老太太是半个月后出院了。

出院后，老太太的儿子给老太太白天请了个保姆，晚上，老太太还是一个人住。

隔了一两周，晚上，老太太又出状况了，还是老刘发现的，老刘第一时间通知了楼上、楼下的邻居们。又是找物业，又是打120。

再到第三次，老太太出问题，又是老刘发现的。

风言风语一下子就来了。

老太太还住着院。老太太的儿子虎着脸闯进了老刘家的门。老刘的儿子也早听到了风声，也回来了。

房间里，坐着老太太的儿子，老刘的儿子，还有老刘。

老太太的儿子不叫老刘刘叔了，冷着脸直截了当直奔主题，说，我也不和你绕圈了，说说吧，你和我妈到底怎么回事，是什么时候开始的，你们又想干什么？

老刘的儿子也冷着脸，静静地坐在那里听。

老刘今年八十一岁。年龄，倒是和老太太相近。

老刘看了老太太的儿子一眼，又看了自己的儿子一眼，老刘一向柔和的脸，突然变得坚决起来。

老刘说，我和老太太，没有任何事情，你们千万不要胡说！

老太太的儿子说，那我妈妈有事，你为什么每次都知道？

老刘的儿子看着老刘，嘴里没有说话，眼睛里似乎带着同样的疑问。

老刘说，这个问题啊。

老刘指指窗，说，你们看到吗？

两个人纳闷地看着老刘。

老刘指的那个窗，是扇打开的窗，时不时地还有风进来，让房间变得冷飕飕的。

老刘说，这窗啊，我晚上也开着。再冷的天，我也不关。

老刘说，我怕啊，我这么大年纪了，一个人住，也没人来照顾我，要是有个什么好歹，我就把窗开着，到时我的声音别人也能听见，也能来帮助我，谁知道，我听到了老太太的声音……

（原载《新民晚报》2019 年 3 月 18 日）

我们为什么收购报纸

岳秀红

主任走进办公室时一副前所未有的严肃认真样。

主任挥挥手要大家停止手中的工作，停止嘴中的话，停止喝茶，停止抽烟，一心一意地听他讲话。主任说："同志们，我宣布今天局办公会议的一个决定：大家立即上街去邮亭书报摊收购今天的《晨报》，收购得越多越好。所有的《晨报》都由局里支付大家现金，三元钱一份！还有，你们也可以发动家人和亲朋好友帮忙收购。总之，你们收购得越多越好！十一点之前把收购的报纸送到局里，到办公室按份数领取现金！"

顿了顿，主任抬手看看腕上的劳力士，说："现在是九点零三分，大家马上行动！我们办公室人员负责收购从文星路到文运路这一片所有邮亭书报摊的报纸。还要注意一点，到邮亭书报摊收购时不要大肆宣扬，只说买下今天所有的《晨报》就行。"

话完，主任转身出了门，跑下楼，亲自上街收购报纸。

大家随即跟着出门，下楼，上街收购报纸——大家刚刚心算了一下，一份《晨报》赚两元两角，一百份赚两百二，一千份赚两千二！大家的步子迈得很快，没有胡侃神吹，没有悠闲地吞云吐雾，没有东瞅瞅西望望，即使是美女帅哥打身边经过，也未跟踪或呆望。

大家目标明确——文星路至文运路所有的邮亭和书报摊。

有人打电话，给家人和亲朋好友，要求帮购买今天的《晨报》，越多越好！

还有人找民工，说："帮我买今天的《晨报》，我出一元五一份！"

最聪明的人掏钱包一辆的士顺着街道收购今天的《晨报》。

接近十一点，大家都收获颇丰地回单位。有人打的运报纸，有人请民工送报纸，也有节约的人自己扛报纸。

办公室的小会议室很快挤了满满一屋人，大家排着几路长队交报纸领现金。

所有的人都喜气洋洋眉飞色舞，欢声笑语充盈着小会议室。

这时排在一支队伍尾巴上的小李大声问："我就是想不明白，为什么要我们收购报纸呢？"小李才从大学毕业分到单位，迷惑明白地写在脸在。

听见小李的话，大家跟着在心里问一句："究竟为什么让我们收购报纸？"

于是大家都拿起一份报纸仔仔细细看起来。一上街就忙于抢着收购报纸，还真没有人看一遍报纸哩！

是关于单位的负面报道？是有文章点名批评单位？是报纸上登有什么升官暴富的秘诀？大家边看报纸边寻找答案。

最后又是小李发现了答案。小李控制不住发现答案的激动和兴奋，边说边笑出声来："原来如此，原来如此！哈哈哈！！"

一些好奇的人马上围到小李身边，就看见小李的手指着报纸中缝的一则《寻人启事》。

大家立即读自己手中报纸中缝的《寻人启事》：本人丈夫吴财旺（附相片），于半年前某天上班后神秘失踪，在单位找不见人影，问同事也不知他去向，打手机或者不在服务区或者关机。若有好心人遇到吴财旺，不论是正常人或者疯子、傻子或者残疾人乞丐，都请送他到丽都花园A幢一单元四〇二房。本人当面酬谢现金一万元！

吴财旺何人？看报纸的人都知道本单位上任半年多的局长兼党委书记。大家合上报纸，默默排队，默默交报纸领现金。只有小李极其诧异："这么好笑的事大家为什么不笑？"

（原载《红树林》2019年第1期）

虾　友

侯文秀

王强喜欢捕龙虾。一入夏，他就迫不及待地准备好捕虾工具，兴致勃勃地开车去城郊，在小溪、堰塘、秧田等地方寻觅龙虾的踪迹。

捕的次数多了，王强就摸索出了一整套经验，哪处地方龙虾多还是少，青还是红，他都了如指掌。后来王强就固定在一条小溪捕，那里流水干净，龙虾多，好像总捕不完，每次都收获满满。

好去处当然不止王强一人知晓。有一个三十多岁的男人，经常就在王强身边捕虾，他也只身一人，性格似乎比王强更开朗。每次来，都会礼貌地对王强点头微笑。王强总爱偷偷关注男人的网，男人也时不时把眼里的余光瞟向王强这边。有时王强捕到一只大龙虾，会高兴地尖叫，男人就忍不住观望。男人捕到多只龙虾时，也会很夸张地把网放在水面上晃悠，激起水波荡漾到王强这边。渐渐地这两个陌生人有了一些交集。一次放网后，男人递上一支烟给王强。两人抽着烟，顺着流水轻柔的声音，话题也就多了起来。王强后来才知道，他叫王宇，算是堂哥。碰巧的是，他们竟然住同一个小区。

就这样他们成了虾友。每逢周末，两人就相约去捕虾，并形成了一种默契。抽一支烟后，一人负责收网，一人负责提桶。捕了龙虾回来就到其中一人家里下厨，然后把另一家人全部叫过来，一起喝喝小酒，看看新闻，聊聊孩子，那感觉就和龙虾的美味一样，实在是惬意。

父母是朋友，两家人的女儿也自然成了朋友。她们同在一所学校读书，上学结伴而行，放学一块儿玩耍，就连课外兴趣班也在同一所艺术学校同样选择了学习舞蹈。最近，省里要举办青少年艺术大赛，两个孩子也兴致勃勃地一起报了名。

王强对女儿寄予了很高的期望，他一再叮嘱要好好练，争取夺得好名次。每天放学，他就把女儿拉进舞蹈室，关上门让她练习半小时。看着女儿一天天进步，王强觉得这次大赛志在必得。一个月后比赛如期举行，王强的女儿却在比赛中发挥失常，仅仅得了一个优秀奖，没有拿到他一直希望的一等奖。

这个周末，王强和王宇照例去捕虾。收网时，王宇突然冒出一句："这次比赛我女儿得了一等奖，你女儿也不错吧？"王强夸道："你女儿真厉害！我女儿……"王宇赶紧收起另一张网，并甩出一个漂亮的弧线。王强一把拉过网，边抓边说："这网龙虾都好大，你看这只一定是虾王。"话没说完，王宇猛地伸手抓出另一只说："非也，我这只才是虾中极品！"王强如鲠在喉，瞬间沉默了。过了一会儿，他顿了顿说："你慢慢捕，我家里有点儿事，先走了。"

回到家里，女儿凑上前问王强："今晚不去宇叔叔家吃虾？"王强没好气地回了一句："就知道吃，给我好好读书！"女儿蒙了，哭着跑回了卧室。

此后，王宇不断打电话来约王强，但王强总是推托，要么单位有事，要么家里来了客人。实在推不托的时候，王强也去捕过一次，但全程王强无话可说，两人只得闷着头捕虾，捕完之后一分为二，各回各家。

夏天来临时，两家人的孩子都要小学毕业了。对于小升初考试，王强比女儿还要紧张。他常常回想起艺术大赛之后王宇的样子，甚至为此整夜失眠。每每看到女儿若无其事的样子，便忍不住呵斥她。

终于有一天，女儿搂着脖子告诉他分数出来了。王强小心翼翼地问："考上没？"女儿眨了眨大眼睛说："没，差一点。"王强一把推开女儿，呵斥道："你怎么这么没出息？净给我丢脸！"女儿摔倒在地上，委屈地哭道："爸，您这是怎么了？"王强也被自己刚才的情绪震惊了。女儿抹了抹眼泪，又说："其实我考上了！"

"考上了？好！"王强只觉得有一股莫名其妙的猛劲儿突然涌上脊梁，禁不住腰身一挺。他对着女儿做了个鬼脸，迅速拿起电话跑到窗外。他颤抖着拨通了王宇的电话，深吸了一口气后大声说："周末捕龙虾去，好久没和你一起捕虾了，手直痒痒。"

还是那小溪，还是那片水，还是那么默契。王宇撒网，王强提着桶。开捕几分钟后，王强边走边漫不经心地说："我女儿考上一中了。"见王宇没说话，王强又关切地问："宇哥，你家女儿呢？"王宇眉头一紧，说："别提了，不知道怎么回事，发挥失常，只能进二中了。"说完，王宇用脚狠狠地摁灭烟头，把网用力地抛向小溪。

那天，王强觉得每一只龙虾的个都特别大，都算得上虾中极品。

又一个周末，王强给王宇打电话一起去捕虾。王宇说："我今天要出差，下次吧。"王宇不去，王强也突然不想去了。可那天女儿偏偏嚷着要吃龙虾，王强只得去菜市场买。刚进市场，王强就远远地看见了王宇蹲在一个卖龙虾的老头儿身前，老头儿正麻利地将称好的龙虾倒进王宇的桶里。

王强猛然转身，朝菜市场相反方向走去。

（原载《四川小小说》2019 年第 1 期）

潇湘竹石图

吴宝华

明朝天启年间，台州府永安县枫树桥村有一秀才，姓柳名清波，父母双亡，家里有薄田数亩，娶妻江碧云，岳父江有民是画匠，开画铺以卖画为生。

柳清波寒窗苦读，希望金榜题名，无奈一次次去省城乡试，都名落孙山。

十余年后，本不富裕的家渐渐贫穷。为支持丈夫科考，江碧云除操持家务，还日里作画，夜里做女红，变卖了贴补家用，毫无怨言。夫妻俩感情甚笃。

这年春末，柳清波正在书斋读书，江碧云悄悄地进来，说："夫君，再过三个月是又一年乡试之期，需要早做准备。目前家里没有银两，我想把结婚带来的金耳环、玉手镯拿去典当。这些东西我一年也戴不上几回，留着也是无用，你意下如何？"

柳清波凄然说："为夫无能，害贤妻受苦了。不过，这玉手镯是你我定情之物，金耳环是你唯一一件首饰，岂能典当？不如把咱家的传家宝拿去典当吧。"

说罢，柳清波从书橱底层捧出一木匣打开，取出一轴画，正是苏东坡的《潇湘竹石图》。此画乃绢本，纵三尺，横一尺，构图奇特，匠心独运，使人在咫尺画幅中如阅千里江山，是以竹石寄托情怀的文人画典范。

江碧云知道夫君先祖曾在朝当过高官，因而家中有传世之宝不足为奇。但她一见此画，立刻爱不释手，边看边叹，如痴如醉，口中喃喃道："好画！好画！拿去典当殊为可惜。”

柳清波说：“贤妻莫愁，待我乡试高中，定能赎回此画。”

江碧云点头道：“此画先让为妻保管，过两个月拿去典当，可好？”

柳清波道：“一切听凭贤妻安排。”

时光迅速，转眼过了两个月，离乡试只有一个月了。江碧云将《潇湘竹石图》交给柳清波说：“夫君，此画珍贵，可当纹银千两，要价不可太少！”

柳清波道：“为夫明白。”

柳清波携画到街上当铺，无奈每一家当铺都不愿接当。只是说本小利薄，拿不出千两银子。

柳清波正要悻悻而归，忽想起丈人江有民的画铺就在街尾，便顺街走去，想要讨个主意。

可巧本县首富张百万正在画铺中，欲求购一幅传世名画，江有民哪有什么名画？想要回绝，又恐有损画铺名声。柳清波的到来，正好解了他的燃眉之急。

当下言明此画典当给张百万，两年为期限，若柳清波有钱来赎，则交银赎画；若无银来赎，此画归张百万所有。柳清波收了银票，自回家中，打点行装，赶赴乡试。

然而，天不遂人愿，柳清波依然名落孙山。

两年后，典当家传名画所得银子花去了大半，眼看交银赎画没有希望了，柳清波整日自怨自艾，唉声叹气。

江碧云看在眼里，急在心头。

这天早起，她带上近日画好的画去父亲画铺寄卖，临行前将一轴画放在柳清波的书案上。

柳清波吃过早饭，照例到书房读书，蓦然看见案上有一轴画，展开一看，竟然就是《潇湘竹石图》。他震惊之余，猛然想道：会不会是妻子不舍得卖家传名画，将临摹下来的假画，卖给了张百万？这不是骗人钱财吗？

柳清波二话不说，带上画直奔张百万府上，说明来意，一再致歉，并打算将真画换回假画。

张百万急忙取出《潇湘竹石图》，二人甄别辨认半天，竟分不出哪幅是真画。

两人只好带着画直奔江有民的画铺。

恰好江碧云还在店中，见两人携两幅画到来，心中已明白。对柳清波道：

“夫君，早上你书案上的画是我临摹的，所用之绢是家父收到的古绢。我知道你珍爱家传名画，故给你留个念想，张家买去的是真画。”

张百万说：“难为贤夫人丹青妙笔，你夫妻二人又品德高尚，我就收藏贤夫人的画。一千两银子权作借给你们，日后还我便是，至于你家传名画，我不能觊觎。”说罢，掏出百两银子作为临摹画作的润笔。

柳清波和江碧云连声道谢。

次年，柳清波终于高中乡试，不久归还张百万连本带利一千二百两银子。

（原载《小小说大世界》2019 年第 2 期）

校长也怕菜刀

梦　阳

可恶，这个黑心的校长，竟然又一次找理由克扣了我所带班级在高考中获得全市第二名成绩按规定应得的奖金，说什么我不顾大局，不能够维护学校利益。

真荒唐，我怎么就不顾大局了？怎么就不能够维护学校利益了，不就是因为上级来检查，我说了句实话，得罪你了吗？嘁！再说了，这项奖金制度与这个没有关系啊。市里的规定是凡是高考获得全市前三名的班级都给予五万元的奖金，县里的规定是高考获得全市前三名的班级都给予八万元的奖金，我教的又是语文，就是按照我们班所上六门课的课时比例，我怎么得两万多吧，两次就是五万啊，是我一年的工资了。

再说了，学校的大多重大材料哪次不是我写啊，你连个“谢谢”也没说过吧，我还要怎么顾大局啊？

越想越生气，真是欺人太甚啊。不成，我尽管很懦弱，也得去找他。毕竟这不是一次了，是可忍孰不可忍。况且自己也算是读书人啊，得有点风骨吧。

可是，去了几次办公室都没见到他的影子：他不是开会去了，就是巡视去了。那就索性去他家吧。可我还不知道他家地址呢，只好问同事。

同事一听我要去校长家，就意味深长地笑了：哦，大才子也想去送礼吗？好，开窍了，这次说不准高级就是你的了，要抓紧啊。

我不理他的嘲弄，就按照他说的，在临街的巷口找到了校长家。

毕竟第一次去，我有点没底气，便犹豫了一会儿，才壮壮胆子推开了虚掩的大门。

他正在杀鸡。

只那么一刀，鸡脖子中的鲜血喷涌而出啊。这一幕，让我不禁心头一紧，说话也不利落了："校长，杀、杀鸡啊。"他只是晃了晃那把血淋淋的菜刀，头都没抬。我抹一把脸上的汗，忙讪讪地说："校长，那个，那个我今年的奖金，你不能扣啊——""你啥意思，合着我在找你麻烦？你觉得我会在乎你那几毛钱吗？这是领导组的决定！知道不，领导组！""那也不能就这样说扣就扣了啊，得有个条条杠杠不是——""嘁，你是说领导组都不对吗？大家不如你懂道理是吧？"啪，他冲着我将菜刀往桌子上狠狠一拍，鸡血差点溅一脸，"你觉得学校对不起你，你可以另谋高就。哼哼，看咱们县哪个学校会要你。也快五十的人了，你出去估计私立学校也不要你！"他的小眼睛一眯，眼光竟利刃一般让人不敢直视。"那个，校长，你别、别生气，是、是我不对……"我只觉得浑身都湿了，脊梁骨都一凛一凛地冒凉气，便逃也似的连滚带爬地出了他家。

不久，学校就传出了校长杀鸡吓退了送礼老师的故事，同事们还讲得绘声绘色的。只是，我在的时候，他们还不时地拿眼斜我，虽然没有点名，但我也知道说的是我啊……

"唉，这事儿弄得，没办成，还成了笑料。"真郁闷，我便起身回家。

到家只觉口干，想喝水，却发现茶瓶里什么也没有了，才想起昨天老婆去了娘家，自己早起忘了烧水，边去厨房，一眼瞅到了菜刀："菜刀！都是菜刀啊，不是菜刀，校长也不能这么有种啊！"看到菜刀我就想起了那一幕，不由得就伸手去抓，不料失手了，刀正好落到了孩子弄的石块上，刀刃全卷了。天啊，这什么事儿啊。

我只好去买菜刀，不然午饭都没得做啊！

到楼下，却发现车子没气了，真倒霉啊，徒步去吧。

走了好长一段路，正好遇到一个卖菜刀的，那刀真的好快好亮，我便连价也没讲就买了一把，然后，便赶忙回家。不料，走到一个巷口时忽然冲出一条狗来，我吓得拔腿便跑，还一边吓唬着："再过来，我砍死你。别过来，我砍，砍死你……"

可是，那条狗似乎根本不怕菜刀，一直不停地追啊，我心里那个急啊，忽然，看到临街一家的大门开了，里面正好走出一个人来，我便喊着朝那家跑去。

不幸的是，快到跟前了，那人一下子闪回去慌忙关上了大门。

我赶紧拍门啊，任是那门拍得山响，那人也不开了。我只好继续跑啊，没跑多远，不幸被绊倒了，还好，这时那狗被主人喝住了。

缓了几口气，我忽然想起，那家是校长家，啊，那个人就是校长，天哪，这下完了。我谢绝了那个狗主人的去医院检查一下的建议，在他的惊愕里连身上的土都没拍打一下就赶忙回家了。

在家里我发呆了差不多半个下午，便决定去找校长，不然他更饶不了我啊，这次误会大了。

就在我刚拉开门时，教务主任来了。

他一怔："你要去哪儿？"

"我去校长家啊。"

"你，你还去干什么啊，赶紧地，回来——你小子，行啊，你——"他眼神里依稀闪过一丝不安，连忙揽住我的肩膀热情地让我坐下。我都愣了，他第一次对我这样。说着，他拿出一个包裹，"这里是五万元，你两年的奖金，这个、这个……啥都不说了……那啥……很多事情……看不出，你除了能写文章，嗯，还能……"拿着那鲜红的钞票，他的手都有点哆嗦呢。

"我——"我刚想解释。

"别我我我的了，这事到此为止，听我的，给你——"说着，他拿出了一摞材料，"这是今年的高级职称填资料和表格，呵呵，今年给你……你千万别给人说。你抓紧填，我得赶紧走，再次叮嘱你，今天这些事儿你千万千万不要乱传！校长说了，以后学校会重用你的，你那么有才。"说着，他就往门外赶。

那一瞬，我愣了，仿佛做梦一样。旋即，苦笑了一下。

看来，校长也怕菜刀呢。

（《湛江文学》原载 2019 年第 4 期）

幸　运　者

李　艳

年轻人亚瑟挑战六十公里丛林徒步时，在最后的五公里处，膝盖突然受了伤。

夜幕四合，与外界失去联系的他，拖着受伤的腿在丛林中赶路。天空一阵电闪雷鸣后，下起了瓢泼大雨。

手电筒的光越来越微弱，尽管他穿着简易的雨衣，衣服还是湿透了。渐渐地他感到体力不支。又累又饿的他极度渴望前面能出现一间小屋，哪怕是个窝棚也好。

丛林中的确有一座小木屋。雨夜中，从木屋里透出来的灯光忽明忽暗。

亚瑟来到木屋前敲开了门，脚刚踏进去，就被绊倒了。他从地上准备爬起时，头顶被一根枪管抵住了。

“别动。”女人的声音仿佛是从地狱里传来的，阴冷，深沉。

亚瑟不敢动，颤抖着说：“尊敬的主人，恕我冒昧，我只是想进来避下雨，外面实在是太冷了。”

他头上的枪管并没有移开。

“我叫亚瑟，是个户外运动爱好者，我的腿受了伤。我对天发誓，我没有一丝恶意，我保证。”

“妈妈，放了他吧。”一位裹着头巾的少女走了过来，她扶起亚瑟，让他坐在木墩上。女人则坐在亚瑟对面的椅子上。

“迪娜，让他把靴子、袜子都脱下，统统丢过来，快点。”

亚瑟看了下对面的女人，只见她用头巾遮着大半张脸，那双鹰隼般的眼睛闪着凶光。女人手里的猎枪一直对着亚瑟，始终没有放下。

亚瑟不敢怠慢，赶紧脱下靴子和袜子，丢在女人身边。

“迪娜，去，到屋外，把所有的路口都铺上棘针。这样，无论野兽还是他，都进不来，也跑不出去。”

“好的，妈妈。”

此时的亚瑟，感觉自己是掉进了虎狼之穴。他脑海里浮现起可怕的血腥画面，他不停地给自己的遭遇想象着各种结局。

迪娜回来后，女人再次命令亚瑟脱下雨衣、背包和外套。

亚瑟害怕极了，但又不得不照做。

他光着上身坐在木墩上，冷得牙齿打战。这时，迪娜端来一盆炭火放在他面前：“先烤烤吧，里面的洋芋得再烤一会儿才能吃。”

亚瑟看到火光映在迪娜纯净的眼睛里，里面并没有恶意。

迪娜给了亚瑟一件羊皮坎肩，并把他的湿衣服挂在炭火周围烤着，洋芋这时也散发出了香味，迪娜用火钳夹出来晾着。

“看，美味的烤洋芋，这是我们唯一能给你吃的食物了。”

“这绝对算得上人间美味，感谢上帝，感谢你们的善待。”

女人拿枪指着他说：“吃了它。”

亚瑟像个犯人一样，老老实实地吃着热乎乎的洋芋，心里祷告着：即便真的要死去，也得填饱了肚子再去见上帝。

过了很久，亚瑟并没有见到上帝，他仍然好好地活着。

夜深了。亚瑟的外套开始冒出热气，屋外的雨声转小。此时，对面的女人手里端着枪，倚着木墙发出了轻轻的鼾声。

“迪娜，你几岁了？”

“十五。”

“你们怎么住在这里？”

“我和妈妈在这里等爸爸。”

“你爸爸去哪儿了？”

“他跟上帝在一起。”

亚瑟尴尬地说：“抱歉，愿你爸爸在那里快乐。”

“我也这样认为，要不然，他怎么会不愿意回来了呢？”

亚瑟转过头，看到女人的头巾从脸上滑下，露出了另一半满是伤疤的脸。亚瑟被吓呆了，他觉得在这世间再没有比这个女人更可怕的脸了。

迪娜往火盆里加了些木炭后，走到妈妈身边，用头巾重新盖住她脸上的伤疤。然后，迪娜从母亲手里轻轻拿过猎枪，枪口仍然对着亚瑟：“我父母是这里的护林员，妈妈的脸是被黑瞎子挠的。很多年前，他们在一次巡护中遇到了野熊，爸爸边开枪边喊妈妈快逃。妈妈逃了回来，可爸爸却没了踪影。

妈妈伤心欲绝，从外婆家接我过来，和她一直居住在这里等爸爸回来，虽然我知道他再也回不来了。

每当有陌生人闯进来，妈妈都会用猎枪对着他们，生怕他们再像熊一样破坏了我们的生活。但请你相信，我们从来没有伤害过任何好人。如果你幸运的话，枪里就不会有子弹。”

“我足够幸运。”亚瑟笑了，迪娜也笑了。

雨停，天亮。

看看还在沉睡中的母女俩，亚瑟悄悄穿回自己的衣服和靴子，他从背包里掏出些钱和一把防身用的手枪，放在迪娜的身边，然后消失在晨雾中。

（原载《中国少年儿童》2019年6月总796期）

秀

喜春来

那年，秀的弟弟军考上了大学。军是村里第一个考上大学的，天大的喜事，家里却掏摸不出一分钱，爹蹲在门槛上吸旱烟，一口接一口，愁苦的脸似深秋的苦楝子，怎么也展不开。

瘸子的爹来了，送来厚厚一沓钱，一百五十元，够军一年的花费了，条件只有一个，让秀嫁给瘸子。

秀说，我不嫁那个瘸子。秀低了头，不敢看爹。

爹眼一瞪，瘸子怎么啦？瘸子会挣钱！

瘸子是个裁缝，手艺好，能挣钱。可秀讨厌瘸子，瘸子贼眉鼠眼的，一双眼睛滴溜溜总往女人胸前瞟，村里人都说瘸子腿瘸心也瘸。

出嫁那天，秀哭肿了双眼。瘸子喝得醉醺醺的，一拐杖砸在床沿上，号你娘的丧呢！老子告诉你，小贱货，你是老子花钱买来的，老子想打就打，想骂就骂。你要再跟贵生眉来眼去，老子打断你的狗腿。

秀去地里干活，贵生也去地里干活。秀低着头，弯着腰，一锄接一锄，给棉花苗松土，除草，追肥。隔不远，贵生也低着头，弯着腰，一锄接一锄，给棉花苗松土，除草，追肥。秀累了，直起腰身，抬起头，一眼瞥见贵生，又慌忙低下头。贵生累了，直起腰身，抬起头，一眼瞥见秀，明晃晃的日头照着秀，秀的头发乌黑闪亮，秀的脸红润似桃花，秀的胳膊白嫩如莲藕，贵生呆了。

贵生喊，秀。秀埋头锄草，装没听见。

秀，贵生又喊。秀的身子颤了一下，头埋得更低了。贵生叹了口气。

下午，贵生还是给棉花松土，除草，追肥。贵生望着瘸子家的地，不见了秀。

秀被瘸子一拐杖打折了胳膊。秀吊着胳膊回到娘家，秀流着泪对爹说，我要离婚。爹脸上挂满寒霜，说，丢人现眼，你丢得起人，老子可丢不起人。爹又说，嫁出去的闺女，泼出去的水，死你也要死在瘸子家。秀抹干泪，扭头回了瘸子家。

秀再去地里干活，便戴了大大的斗笠，遮了脸，遮了世界。

秋天，棉花地里似下了鹅毛大雪，白莹莹一片。

秀去地里摘棉花，两只手似小鸡啄米，小半天就摘了满满一大布袋，足有百多斤。秀要背棉花回家，秀身子沉，布袋还没上肩，腰却扭了，不觉“哎哟”了一声。

贵生也在地里摘棉花。听到秀的叫声，忙赶过来问，怎么了？秀红了脸，轻声说，腰扭了。贵生看看秀的腰身，说，我帮你背吧。秀忙摆手，眼睛望着别处，不用你帮，我自己背。贵生说，那我帮你送上肩。秀没言声。贵生双手托起布袋送到秀的肩上。秀吃力地走着，贵生呆呆地望着。

你这个贱人！又去勾引野男人？

秀回到家，放下布袋，一手撑着腰，还来不及坐下，瘸子的拐杖就砸了过来。秀腹部一阵剧痛，眼前一黑就晕了过去。

醒来天已经黑了，秀的下身湿漉漉的，孩子没了。

秀疯了般跑到贵生家，问贵生，你喜欢我吗？贵生点头，喜欢。秀一把抓住贵生的手，走，我们离开这里，现在就走。里屋传出贵生娘的咳嗽声，贵生看看娘的门，抽出自己的手，摇了摇头。你？秀盯着贵生，贵生扭头看别处，不敢看秀。

秀扑到娘的坟头痛哭了一场，然后就消失在村人的眼中。

再次出现在村人的眼中，是十年之后。秀一身洋装，身子丰满，肌肤红润，别有一番风韵。大家好奇地围住秀，问她这些年去了哪里，在干什么。在人群的外围，秀看到了瘸子，还有贵生，怯怯的，不敢正眼看秀。贵生苍老了，瘸子也苍老了。

瘸子已经几年不做衣服了。自从花花绿绿的衣服挂满大街小巷后，就没有人找瘸子做衣服了，瘸子就断了钱路，靠爹娘种地养活，日子过得紧巴巴的。

这些年，贵生的日子也过得紧巴，给娘治病，安葬娘，耗尽了家底。也有人给他介绍对象，他都以家里太穷回绝了。

秀是回村办服装加工厂的。服装厂招收工人，村里人都来报名，唯独瘸子和贵生没来。

秀到瘸子家。瘸子家还是那三间瓦房，只是破了，旧了。瘸子低着头不敢看秀。秀对瘸子说，你手艺好，到厂里当师傅吧。瘸子眼里噙了泪，秀，我……秀摆摆手，过去的事就让它过去罢。

秀又到贵生家。贵生家的三间茅屋更加破烂，秀看了心里不是滋味。秀叹了口气，对贵生说，厂里有适合你的事，为啥不去？又拿出三万块钱说，先做间像样的房子，再娶个媳妇，好生过日子吧。贵生不接，贵生说，秀，我……秀说，啥都别说了，帮我把厂办好，让乡亲们都过上好日子。

（原载《小说月刊》2019年第7期）

寻找王×成

张　港

1973年之冬，冷得邪乎，兴安岭上龙门农场，田鼠冻得钻进知青宿舍。于是，可怕的鼠疫暴发。

1月27日之夜，狂风打鼓，大雪拍门。一辆马爬犁从三分场驰到场部卫生院，抬下上海人李志鹏。

李志鹏脸泛了青。高烧的人这个脸色，是真不行了。

李志鹏脸形难看，要说又不出声音。他指我上衣口袋，比画着。我明白了，他是要写字。我的破钢笔，其实只是摆设，极少用它。那李志鹏，哆嗦着接过笔，哆嗦着摸出一块挺旧的手绢包。在手绢上，他费力写出个“王”，笔就不下水了。我接来笔，用舌头洇了洇，来水了。他接着写，写得太费力，写了老长时间，之后他就闭上眼睛。送他来的上海人冲他比画：“把这个包——交给这个人——对吗？”

李志鹏点点头，我们几个人，连声喊：一定，一定，一定。李志鹏眼睛睁一下又合上，再也没有睁开。

上海小伙子李志鹏，他就这样走了。最后陪他的，只有三个上海知青加上一个东北的我。处理完后事，我们想起了那手绢包。

脏兮兮的旧手绢，里面竟是钞票，零零碎碎，共三十五元。皱手绢上的字，歪歪拧拧：第一个是“王”；第三个是“成”；中间这个，有人说是“之”，有人说像“云”，有人分析是“立”。不管怎么说，一定要将这手绢包送到王什么成手上——因为我们点头了，我们答应了李志鹏。

龙门农场也就五六千人，找一个人还不难。我们先从三分场开始，先从上海人入手，可是，没有王什么成。

我们成立了“专案小组”，分工负责，分片包干，拉开大网。然而，还是找不到。

一转眼，上海知青大返城，“专案小组”最后剩我一个。每一个走时，都对我说“一定一定，一定找到王什么成”。

之后，我与上海书信不断，上海与我书信不断。

一晃儿，我也离开了农场，也娶着了媳妇。我讲手绢包的事。媳妇手指尖儿在舌尖儿抹湿，一张一张数过。她手指头戳我秋衣破洞里，一转一搅：“真的不少哩！够件毛衣哩！”她头枕我臂上，日子穷而且甜。

儿子降生，特能吃，而他娘没奶。因为钱断了，所以奶粉断了。媳妇先是骂我无能，又是骂我无能，最后，她摸出手绢包摔炕上。我狠狠瞪她，说：“不行！”

急急匆匆，赶路搭车，与上海书信不断，上海与我书信不断。可是，那个王什么成，就是找不到。

寻找王某成的队伍发展壮大，我们这些最穷的人家，最先安装上电话，打着长途研究王什么成，研究手绢包。

那一年，上海来了兴致勃勃的长途：找到了，在上海，原来是龙门知青。电话要我带上东西，赶赴沪上。邮不行吗？不行，面当面，物对人，得确认。

想想那个大风雪之夜的李志鹏。我带上干粮，买了坐票。

上海那人叫王子成，手绢不对，钱的面额也不对。虽然路费是上海人齐的，可我欠了债。债是大田里的野草，锄了又长，锄了又长。

一晃儿，发现自己老了。这个手绢包，让我多出许多皱纹。那个大风雪之夜，李志鹏最后那样子，总在梦里，总在醒时。我与上海通话，决定发起一次大规模的总攻——不管不顾地不分时间地点人物，大讲这个手绢包，发动群众，大讲这个王什么成。

这天，接到个电话，那人自称龙门农场的，在城里治病。事情重要，电话说不清楚，要我到医院会面。

忐忑路上，我大梦初醒，捶胸顿足：这自称叫于诚的人，莫不就是找了二十年的王什么成？

比我还老的于诚，果然就是“王什么成”。

于诚摸着手绢包：“是不是三十五块？是不是两张十块，一张五块，剩下一元的，还有两张五角？”

“是是是，对对对！”

“两张十元，卖榛子钱，一张五元，土豆钱……”老于诚老泪纵横。

“找二十年了啊！原来是你。”

在农场时，我是知青，他是山东“移民”，我们相隔四十多里。

于诚翻来覆去看手绢，翻来覆去摩挲那些市面上已难见的旧纸币。

突然，他将钱拍我手上，他说：“张眼镜！这些钱是你的呀！”

我傻了，我不能不傻。

老于诚缓缓气，说：“去过六分场吧。”

我没去过。

“去六分场的路，总去过吧！”

我记不得。

“一辆胶轮拖拉机着火，你们知青扑火。这还不记得？”

好像——这事有。

“有个人，烧了毛衣。后来我打听了，他叫张眼镜。我就攒了钱，托人买上海毛线，我得赔人家毛衣呀。托来转去，没了下落。想不到，钱钱钱，钱在这儿；你你你，你在这儿。”

泪如雨，我不会说话了。

（原载《百花园》2019年第7期）

夜　叉

石上流

姚百慕是在正月十五凌晨咽的气。

姚王氏与年仅七岁的晖哥儿，对那铺天盖地撒着欢儿的鞭炮声充耳不闻，只顾呜呜咽咽地号啕大哭。

屋漏偏逢连夜雨。为了给姚百慕治病，姚王氏不遗余力，以致家道中落。而今，丧尽天良的贼，竟将她娘儿俩仅存的一点钱财给偷个精光。

姚百慕的叔伯兄弟姚老大、姚老二，是踏着大半尺深的积雪上门的。他们名为吊唁，实则心藏贪念。

当他俩从姚王氏口中得知家中被盗，就连那枚祖传的翡翠葫芦也不翼而飞，不禁恨恨地骂出声来：“没准是夜叉那狗贼所为……”尔后失落地对望一眼，丢下几句无关痛痒的安慰，怏怏而回。

夜叉是游荡于方圆百里的一个蒙面贼，技高胆大，屡屡作案，官府却束手无策。

为将晖哥儿抚养成人，姚王氏含辛茹苦，靠替人家洗缝浆补挣点小钱，勉强度日。

姚老大、姚老二原本对翡翠葫芦心存觊觎，见宝物失窃，便对他娘儿俩视同陌路。

俗话说，寡妇门前是非多。果然，姚王氏家门前也时常闪过神秘的人影。好在都是子夜，倒无人察觉。每当她家困顿得实在揭不开锅了，门槛内会无端出现一些碎银或铜钱。

一日夜间，晖哥儿突发高烧，姚王氏慌忙背起儿子直奔钱郎中的药铺。

咚咚咚咚……半晌，紧闭的大门才缓缓打开。当钱郎中得知姚王氏身上仅剩五枚铜板时，便极不耐烦地将他们向门外赶。

这时，漆黑的夜色中响起更夫的吆喝声："天干物燥，小心火烛。"接着又是风马牛不相及的一句，"救人性命，莫欺神明！"

闻得此言，钱郎中顿时露出怪异神情。他回到房间，开始为晖哥儿开处方，抓药……

转瞬间，晖哥儿已年过十八，长成一个健壮后生。娶上一房贤惠的媳妇，自然成了姚王氏最大的心愿。

媒婆也曾介绍过几个姑娘，都因姚家太过贫寒而告吹。见娘为此而忧心忡忡，晖哥儿说："娘，您老莫急，大不了儿子打一辈子光棍……"

姚王氏扬掌作势要打儿子，啐道："臭小子，口无遮拦尽说胡话……"继而，又长长地叹了口气……

就在姚王氏心急如焚之际，事情出现了转机。

这天，一位身背胡琴满面沧桑的老汉，领着一个眉清目秀的年轻女子，进了姚家。

姚王氏打量着这两个不速之客，眼眸中透出几分犹疑。过了片刻，她那双混浊的眼睛，猝然发出异样的神采。

"是你？"

"是我……"

"几年不见，你……你都到哪儿去了？今天怎么又回来了？"

"俺估算着，晖哥儿也该成家了，就回来了……这闺女，与晖哥儿正是天造地设的一对。"

晖哥儿似未听到。他的目光，早已牢牢粘在姑娘绯红的脸上。他甚至无暇去寻思，这老头儿究竟是什么来路。

——晖哥儿从没听娘讲起她年轻时的故事。其中藏着一段美丽，更藏着一段无奈。

当年，姚王氏与这个男人苦苦相恋，却遭到父母的极力反对。在万不得已的情况下，她嫁给了姚百慕。

劳燕分飞，让这对有情人饱受内心的煎熬。

迫于生计，心灰意冷的他沦落为贼，得到“夜叉”这一绰号。但他盗亦有道，从不对穷人下手。

一次，夜叉偶然得知姚氏兄弟想霸占翡翠葫芦的阴谋，便在姚百慕死后先行下手。为了将戏做足，不露痕迹，他还硬着心肠偷走姚王氏的所有钱财。

夜叉深知孤儿寡母的艰难，时常伸以援手，暗中接济。那天夜间，夜叉冒充更夫，钱郎中猜出是他，自然不敢得罪。

至于这姑娘，乃是逃荒孤女，名唤秀珠。夜叉见她可怜，便收为义女，而后远走他乡，靠卖艺为生。

姚王氏喜泪盈眶。她拉着秀珠的手说：“好姑娘，只怕要委屈你了。俺家穷得连聘礼都下不起呢。”

秀珠羞答答地从脖颈间掏出一物。姚王氏一见，正是丢失多年的翡翠葫芦，一时恍在梦中。

夜叉道：“原本就是代为保存，如今总算物归原主了。”

见秀珠正要将翡翠葫芦取下来，姚王氏一把拦住，笑道：“傻孩子，这是姚家的传家之宝，理当由你来戴！”

（原载《短小说》2019 年第 1 期）

一 生

凤 凰

父亲和儿子在工地上干活。父亲希望天天天晴，天天都能干活，天天都能挣钱。儿子却希望天天下雨，下雨不用干活儿。

儿子盼，盼啊盼，终于，天下雨了，是一场小雨。下小雨，可干，可不干。父亲要出工，但儿子不愿意出工。好不容易下一天雨，儿子当然希望能休息休息，放松放松。

这时，父亲说，拿上工具跟我走。父亲说着就拿了自己的工具。儿子不拿工具，说，爸，我想休息！父亲生气了，就下这点儿雨，你就想休息？你不想挣钱？儿子说，当然想挣钱。父亲说，那就拿着工具跟我走啊。儿子说，可是我更愿意休息！父亲说，真不知好歹！你想想看，一天二十块钱，不干就是损失，那多可惜。儿子说，一个人就算从二十岁干到六十岁，那能干四十年，得挣多少钱啊，不在乎这一天！父亲说，是啊，能干四十年，能挣不少钱。可是人的年龄终究有限，能挣的钱也有限，要是少干一天，那就少一份钱。钱是越多越好，对吧？儿子点了头。父亲拉了儿子一把，走吧！儿子只得拿上工具跟父亲走。

大雨天很难遇上，小雨天倒是常遇上，每次儿子想休息，父亲都讲道理，都说人的年龄有限，能挣的钱也有限，多干一天活儿，就多一份钱。钱是个好东西，谁都不嫌多。儿子只得听父亲的话跟着去出工。

一晃，二十年过去了，父亲老了，父亲干不了活儿了，儿子成了顶梁柱。当然，儿子的孩子也跟着他一起干活儿。

儿子希望天天天晴，天天都能干活儿，天天都能挣钱。但父亲却希望下下雨，那样，儿子就不用干活儿。孩子希望天天下雨，那样天天都不用干活儿。

雨来了，是一场小雨。下小雨，可干，可不干。儿子要出工，但孩子不愿意出工。好不容易下一天雨，孩子当然希望能休息休息，放松放松。父亲也希望他们父子俩能休息休息。

这时，儿子说，拿上工具跟我走。儿子说着就拿了自己的工具。孩子不拿工具，说，爸，我想休息！儿子生气了，就下这点儿雨，你就想休息？你不想挣钱？孩子说，当然想挣钱。儿子说，那就拿着工具跟我走啊。孩子说，可是我更愿意休息！儿子说，真不知好歹！你想想看，一天八十块钱，不干就是损失，那多可惜。孩子说，一个人就算从二十岁干到六十岁，那能干四十年，得挣多少钱啊，不在乎这一天！儿子说，是啊，能干四十年，能挣不少钱。可是人的年龄终究有限，能挣的钱也限，要是少干一天，那就少一份钱。钱是越多越好，对吧？孩子点了头。儿子拉了孩子一把，走吧！这时，孩子拿上工具，就要跟儿子走。

父亲发话了，还是别出工，难得下一天雨，难得休息一天。儿子好不容易说动了孩子，父亲居然叫他们休息，于是挺生气地说，爸，一天八十块钱，不干就是损失，那多可惜！父亲说，钱固然是个好东西，固然重要，但人更重要！我以前要是不逞强，现在就不会落下病。这雨虽说小，但人淋了终究不好。年轻扛得住，年纪大了，那就是一身病。好好休息一天，一辈子长着呢，挣钱不在这一天！儿子看一眼父亲，爸，你别担心，这雨小，没事。儿子说着拉了孩子一把，然后便出了门。孩子跟着出了门。父亲看着他们父子俩走进雨中，湿了眼睛。

一转眼，儿子也老了，也干不了活儿了。这时，干活儿的只有孩子。

孩子希望天天天晴，天天都能干活儿，天天都能挣钱。但儿子却希望下下雨，那样，孩子就不用干活儿。

儿子盼，盼啊盼，终于，天下雨了，是一场小雨。下小雨，可干，可不干。孩子要出工，儿子让孩子别出工。儿子说，难得下一天雨，难得休息一天。孩子说，爸，一天一百五十块钱，不干就是损失，那多可惜。儿子说，钱固然是个好东西，固然重要，但人更重要！我以前要是不逞强，现在就不会落下病。这雨虽说小，但人淋了终究不好。年轻扛得住，年纪大了，那就是一身病。好好休息一天，一辈子长着呢，挣钱不在这一天！孩子看一眼自己的父亲，爸，你别担心，这雨小，没事！孩子说着拿上工具便出了门。儿子看着孩子走进雨中，湿了眼睛。

（原载《金山》2019 年第 3 期）

在城市写下你的名字

李伶伶

每次工地开工，长明都盼着大楼早日完工，完工后他就可以给大楼外墙刷涂料了。比起盖楼房，他更喜欢干这个。他小时候就喜欢在墙上涂涂抹抹，朱花就是因为这个喜欢上他的。

想到朱花，长明就满脸的幸福。朱花长得好看，给她介绍对象的人有的是，她都不同意，独独看上了他。就凭这点，他就得一辈子对朱花好。

大楼建成后，老板把涂料交给长明，说，五遍，一遍也不能少。长明不是第一次给大楼外墙刷涂料，知道能说出这话的是好老板，有的老板只让他刷两到三遍就完工了。

给大楼外墙刷涂料，前后有十道工序，第一道是检查墙面的基础情况并做记录，然后清点墙面，处理墙面的孔洞及裂缝，等等。做完这些才开始刷第一遍涂料。

第一遍涂料还没刷完，长明接到朱花的电话。朱花说，你干完活儿了吗？咱俩见个面吧。长明一想，他跟朱花有两个月没见了。

两人在一座城市打工，朱花在城东一家饭店做服务员，长明在城西近郊一个工地干活儿，相距不足五十里，见一面却不那么容易。长明的工作没有休息日，除非下雨。朱花每月休息两天，但有时饭店一忙也休不了。刚来城里时，朱花总是想长明，不到一星期就跑出来见长明一面，有时就是看看他，说几句话就得回去。长明心疼朱花，改成他去看朱花。长明白天没时间，晚上吃完饭赶到朱花那里，都快十点了。赶上饭店收工早，两人能多聊一会儿；赶上饭店红火，长明就得坐在一边等，经常是朱花还没忙完，长明就睡着了。这时朱花又心疼长明，不让长明来看她。她想长明时也会克制着，等两人都有空了再见面。这样，见面的次数就少了，有时一两个月也见不上一面。

长明很想马上见到朱花，可是他的活还没做完，就说，等我把第一遍涂料刷完就去找你。

挂掉电话后，长明心情很好，哼着小曲儿继续刷涂料。忽然心血来潮，在墙边的空白处用滚刷的头画了只小猪，又在小猪的头上画了朵小花，然后在下面写了“朱花”两个字。

他第一次画带花的小猪是两人在一起不久后，忘了因为啥，长明惹朱花不高兴了，他不知道怎么哄，就木木地站在一边。想抽支烟，掏烟时碰到了兜里的铅笔头，灵机一动，把烟盒撕开，在上面画了起来。画完递给朱花说，这就是你。朱花看到烟盒上画着一只憨态可掬的小猪，头上还带着朵小花，又气又笑，转身就来打长明。长明赶紧躲，朱花追着他打，直到长明承认画的是他自己，朱花才罢休。之后，每次想起这事，长明都忍不住笑。

长明用手机给小猪拍了张照片，想给朱花发过去，想想又没有，等见面后再给她看。他收起手机赶紧用滚刷把小猪和名字抹了，要是让老板看见，可坏事了。

刷完涂料后，得晾一晾，趁这空，长明去了朱花那里。朱花正好不太忙，让长明去外面等她。

长明在街边的银杏树下等朱花。不一会儿，朱花出来了，手里多了个兜子。

朱花把兜子交给长明说，这里的东西都是你给我的，现在还给你。

长明不解地问，为啥呀？朱花说，咱俩分开吧。长明很惊讶，说，为啥分开？朱花不说话，不管长明怎么问，她都不再说话。

那天，长明不知道自己是怎么回到工地宿舍的，他好像把自己灌醉了，睡了很长时间。醒来时头很疼，心里比头还疼。他发现自己一直抱着朱花给他的那个兜子，打开兜子，掏出里面的东西，有衣服，有裙子，有金项链，还有他画过小猪的那个烟盒。看到那只戴花的小猪，心里再次疼了起来。

老板给他打电话，问他涂料刷几层了，他才想起活儿还没干完。

长明开始刷第二层涂料，刷到他画过小猪的那面墙时，停了下来。小猪虽然被他涂抹了，但是还能隐约看到一点影子。他赶紧用滚刷在影子上又刷了一层涂料，影子更模糊了，但是朱花的身影却一点也没有模糊，顽固地盘踞在他脑间，挥之不去。

当初来城市打工，是朱花的提议。长明想跟朱花结婚，朱花父母说，要结婚必须先盖新房。长明家拿不出盖新房的钱。朱花说，不怕，咱俩去城里打工，一人一年挣两万，两年多就能挣够盖房子的钱。朱花的计划很好，可实际情况却没那么乐观。虽然每月都挣钱，可是也要花钱，长明出来三年了也没能攒下两万块钱。

朱花是因为这个离开的吗？

刷完第二遍涂料，长明又去找朱花，想跟她好好谈谈。还是在下午人少的时候去的。还没走到饭店门口，就看到朱花跟一个穿着体面的男人从饭店出来，上了一辆轿车。长明跑过去想跟那男人干一仗，还没跑到跟前，车已经开走了。

那天下了很大的雨，长明被浇成了落汤鸡，回到宿舍发了高烧，躺了三天才好些。老板见他病了，想换个人刷剩下的涂料，长明说啥都不同意。这栋写有朱花名字的大楼，他一定要自己刷完。

两个人恋爱，朱花一直顶着压力。五年来他确实没给过朱花什么，尤其是来城市这三年，连见一面都不容易，还谈什么照顾。朱花有追求自己幸福的自由，他不怪她。

刷完第五遍涂料的时候，他画小猪和写朱花名字的那个地方一点痕迹也看不出来了。看着那个地方，长明在心里说，朱花，我原谅你了。这么说的时候，眼里有东西涌了出来。

（原载《天池小小说》2019 年第 6 期）

夜 明 砂

高 薇

午后时分，从南面汶河上徐徐吹来的风，带来一些凉爽，也飘来缕缕高粱花的清香。刘佈堂坐在南窗前，手里在不停地用自制的木模做药片，但眼睛却不时地向街上瞅一眼。连日来他和几个老人为八路军筹集给养，加上最近邻村又出现了疫病，身为一个医生，刘佈堂心里很是着急。

可是，更让刘佈堂着急的是，今天早上接到的一个新任务，上级命他无论如何将情报送到双泉峪子村去，让活动在那里的八路军过汶河绕到万良庄的日军背后，岸堤干校的队伍从艾山东这边开赴万良庄，隐藏在村西边的松树林里，定好在半夜时分，对敌人进行两面夹击，做到干净利落地消灭这一小股日军。

被日军扫荡过的街道上，到处是砸坏的家具、农具和死去的牲畜，家家户户的门都紧闭着，没有人敢出来，到处一片凄凉颓败的景象。

这时，街角处突然出现了一辆木推车，刘佈堂赶紧放下手里的活，眼睛直盯着外面。

木推车吱吱呀呀地停在了药铺门口，刘佈堂赶紧迎出去，见推车的是一个壮年汉子，刘佈堂上前和他一起，把车上的病人抬进了屋里。他扒开病人的眼皮，又摸摸病人的脉说，这病多久了？壮年汉子说，已经一个多月了，近五天高烧发热，神志昏迷，大便已有七日未行。

刘佈堂默然肃立，半晌才把手从病人腕上抬起，他说，怎么才来看？

壮年汉子说，这是我兄弟，在淄博日本人开的煤矿上干苦力，病得不行了才被赶了出来，嗨，一言难尽呢！

刘佈堂说，此病乃因邪热久稽入里，形成结热腑实，病情虽属危重，但尚存一线希望。我给你开两个药方，先以通腑泄热，急下存阴之方，用“大承气汤”重剂，一服便通，随后高热降下，神志也会转醒。再一方是养阴清热之剂，做善后调剂，七天后便差不多了。

两张药方开完后，刘佈堂递到汉子手里，郑重地嘱咐道，你认真看看，这是两张药方，第一味药千万不能少，也不能替换，弄错了后果可不得了！

壮年汉子接过两张药方，放在一起看了看，眉头紧皱成一个疙瘩。片刻之后，他抬头望着刘佈堂，眼睛里放射出一种坚定的光芒，他使劲点点头说，先生，我看明白了，我一定会遵照先生的去做，早日把我兄弟的病治好。

刘佈堂和汉子抬起病人，放在木推车上，怕病人掉下来，又用一根粗麻绳将病人拦腰绑了几道，一边做着这些，刘佈堂又嘱咐道，你家离这里这么远，我开的药必须在半夜前吃上，可要记牢了呀！

汉子点点头说，先生放心吧，东波池那边有个亲戚，让他和我一起去，两人倒替着推车，一定会按时到家的。

刘佈堂说，那就好，赶紧走吧。

汉子答应一声，弯腰去推车子，可就在这时，街头突然传来一阵吵嚷声，刘佈堂站在那里没动，汉子推着车刚走几步，四个伪军和汉奸已经到了跟前。其中一个头目样子的瞪着眼问道，你是干什么的？私通八路的可要枪毙！

汉子一脸伤悲，他说，我兄弟今年才四十，家里有五个孩子，得了这种病，我老娘眼睛都哭瞎了……说着话，他呜呜地哭起来。

什么病？是不是霍乱？要是霍乱就赶紧找地方埋了，怎么还弄着到处跑？为首的伪军掏出匣子枪指向汉子，自己却在连连后退。那几个伪军一听到霍乱，就吓得和为首的那个一样，一边倒退着，一边掏出了匣子枪。

刘佈堂赶紧上前，赔着笑说，不是霍乱病，但也奄奄一息了，在发热高烧阶段，还是少接触的好。

几个人一听不是霍乱，便上前把汉子浑身搜了，当他们搜出两张药方后，为首的那个举着一张看了又看，嘴里嘟噜着，半……枝莲……最后把药方递给了汉子。接着，举起另一张，看了看，嘴里骂道，什么玩意儿！然后把药方扔在地上，带着几个人走了。

送走汉子和病人，刘佈堂重新回到南窗前坐下，又拿起自制的压药片的木模，做起药片来。他静静地坐在那里，一直做啊做，药片做好了他就用纸包好，一包一包放在桌子上。夜深了，家人几次叫他吃饭，他只是摇摇头，也不言语。直到第二天清晨，有来看病的人说，昨夜里万良庄的日军遭到了八路军的袭击，往西有人堵截，往北是河，往东往南也有人埋伏，这一次真是太痛快了！

刘佈堂听着，脸上露出一丝不易察觉的微笑，病人拿上药走后，他才感到浑身疲惫，但内心里仍感到有一种兴奋，使得他一时并不想去休息。

不知不觉间，刘佈堂来到了盛药的壁橱前，他拉开一个小抽屉，从里面拿出一味中药，在手里捻了捻，嘴里轻轻念道，夜明砂，呵呵，好药，好药啊……

（原载《天池小小说》2019年第6期）

一只天鹅在抱窝

闫建军

嘎子带着八岁的儿子唤儿深一脚浅一脚地在湿地走了一个多小时，终于进入了芦苇丛里。

嘎子在前面搜索着，唤儿在后面踉踉跄跄地跟着，不时有水鸟和野鸭子在身边突然飞起，唤儿就喊，爸，鸟！鸟！

嘎子虽然这几年带着唤儿在外打工有几年没有到北湖湿地转悠了，可这次回来看到北湖湿地里这么多鸟禽，心里很兴奋。记得头几年这个季节这里只有极少数的水鸟，连野鸭子都极少看到了。嘎子没有着急，而是端着猎枪继续往湿地深处搜索下去，他要看看在里面有没有大一点的猎物。

这边，这边——唤儿发现了目标。

嘎子悄悄转过身来，扒开芦苇，远远地就看见一只雪白的目标，那是个用干芦苇堆集成的帽状形一个大大的鸟巢，就在水面的一块浅水滩上，巢上趴着一只白色的大鸟，大鸟羽毛雪白，黑色的嘴，鼻子是黄色的，一动不动地趴在那里。嘎子小心翼翼地向前摸去，盯着那个目标，瞪大了眼睛，原来是只大天鹅。怪了，这天鹅好几年都不来了，啥时回来的呢？

爸，这么大啊，这是什么鸟啊？唤儿紧跟着嘎子小声地问。

这是天鹅！嘎子说，这片湿地过去经常有天鹅从遥远的西伯利亚迁徙过来过冬，那时，打鱼打猎的人多，水里没有小鱼小虾了，天鹅又老被祸害，天鹅就不来了。现在没人打猎了，环境好了，它们又回来了！

老师说打天鹅是犯法的！唤儿说，爸，咱别打了！

这荒郊野地的谁管啊！不是让你开心嘛，就这一次！嘎子头也不回地说。

爸，我有点害怕！唤儿大声地说，然后自言自语着，天鹅真傻，难道看不到我们吗？

别说话，天鹅会惊到的！嘎子说着，就举起了枪。

爸，爸——唤儿声音有些抖了。

别喊，等一等，天鹅是配对的，另一只一定是出去觅食去了，它们终生不离不弃，一会儿准回来！嘎子头也不回地小声说。

不是，爸，爸，我是说——

这时，只见嘎子瞄准了。唤儿见状心怦怦地狂跳起来，双手捂住了耳朵。

嘎子就许久许久地瞄着那只趴在窝里的天鹅出神，他看见了大天鹅身子下露出的四个小脑袋。原来，这只天鹅在抱窝孵卵。此时，那只天鹅也发现了嘎子，惊慌地抻长了脖子，仰天哀叫几声，然后便紧紧地搂住了自己的孩子，绝望地注视着嘎子的枪口。

爸——唤儿急忙喊着。

嘎子举着枪没有动，也没有说话，此时，只要他一扣动扳机，那只天鹅就会毙命。然而，他没有扣动扳机，就一动不动地瞄着眼前趴窝的天鹅出神。

他的眼前浮现了这样的场面，那是八年前的晚秋傍晚，出去打猎的他背着四只野鸭子一进屋，就见媳妇躺在炕上，血漫了一炕。嘎子不知所措地跑到寨子后院，找来了有接生经验的憨婶。憨婶看到流了那么多血，直怪嘎子没正事，老婆都要生了还出去打猎，真是拿生命开玩笑。憨婶急忙采取措施，可孩子却生不下来。憨婶就焦虑地说，看来只能保一个了。嘎子毫不犹豫地喊道：不，我都要，我都要保住！憨婶也无奈，只好劝道，来不及了，这里离医院太远了，咱现在又没有急救药，如果出现大出血可就危险了。嘎子不再吱声了，焦急得不得了。憨婶催道：快点吧，否则都保不住了！嘎子眼含泪水，不假思索地说：那就保大人吧！这时，媳妇突然睁开了眼睛，两只手本能地就紧紧地护住了自己的肚子，恳求地看着憨婶，断断续续艰难地说，不，保，保孩子……

爸——唤儿不停地喊起来。

这时，一只天鹅由远急匆匆飞奔过来，俯冲到嘎子的头顶，歇斯底里地尖叫着，不停地拼命用嘴啄着他的头发。嘎子知道这是另一只天鹅回来了，他回头看了看唤儿，又望了望那只抱窝的天鹅，突然啪的一声，他把枪踹断了，然后仰望天空喊道：天下的母爱咋都一样啊！

唤儿急忙奔过去，抱住嘎子的大腿，仰起头笑了。

嘎子搂住了唤儿，说，这只天鹅有孩子了！然后将唤儿一下扛在了肩上，说，唤儿，想妈妈了吧，走，去看看你妈吧！

此时，天空上飞起一群天鹅，不停地在他们头顶盘旋、长叫着，一直把他们送出了浩浩荡荡的芦苇丛……

（原载《国家湿地》2019年第6期）

赵老汉的心事

王世虎

自赵老汉的老伴去世后，他独自一人生活在乡下。城里的三个子女怕父亲太孤单，争着要把他接到自己家尽孝，可赵老汉说在城里住不惯，谁家也不去。

这天，当公务员的大儿子开车回家，老远就看见父亲坐在门前的大槐树下兀自发呆，心事重重。父亲这是寂寞啊！大儿子突然想道：对啊，父亲年轻时不是喜欢养狗嘛，后来因为供我们三兄妹读书，没有时间和精力照看，所以才把家里的狗送了人，给父亲买条狗做伴不是正好吗？想到这里，大儿子一脚油门，掉头返回城里的宠物店，花三千元买了一只全身雪白的贵宾犬。赵老汉看见狗，黯淡的眼神中顿时充满了激动，高兴地把狗抱在怀里。大儿子心里的一块石头总算落了地。

可是半个月不到，赵老汉就给大儿子打来电话："老大啊，你这几天有空就回家一趟，把这只狗带走吧！"

大儿子担心地问："爸，怎么了？是狗不听话，还是咬人了？"

"不！它很听话，也很讨人喜欢，可……可我做的饭菜它一口都不吃，顿顿都要吃火腿肠、喝牛奶。每天晚上洗完澡才肯睡觉，而且不睡狗窝，非要上床睡！"赵老汉惆怅地哀求道，"儿子，老爸知道你孝顺，可你给我带回这么个'狗爷'，我真的伺候不起啊！"

大儿子没辙，只好把贵宾犬抱走了。

一个月后，做生意的二儿子回家探亲，看见厨房的冷灶冷饭和卧室里乱七八糟推挤成山的脏衣服，心疼不已。看来家里没个女人就是不行啊！二儿子的脑海中灵光一闪：对啊，给父亲雇个保姆不就行了吗？既解决了他一日三餐和洗衣服的难题，又能陪他说说话聊聊天，可谓一举两得。第二天，二儿子就从家政公司高薪聘请了一个四十多岁的女保姆，据说她不仅做得一手好饭菜，还会唱戏曲呢。女保姆进门后，现场即兴表演了一小段，乐得赵老汉拍手称快，二儿子也非常满意。

可是刚过一个星期，女保姆就气汹汹地给二儿子打来电话："老板，你就算付给我双倍工资，这活儿我也不干了，这不是侮辱人嘛！"

二儿子赶紧给父亲打电话，问发生了什么事。只听赵老汉在电话那头生气地咆哮道："不错，是我把她赶走的！她是很尽职，每天变着花样给我做饭，帮我洗衣服，唱曲给我解闷，可……可是村里的风言风语都传遍了，说儿子给爹找了个'小三'伺候呢！我这张老脸，现在都没法出门了！"

二儿子挂掉电话，无奈地摇了摇头。

两个月后，三兄妹聚会。提起父亲，大儿子和二儿子一脸的忧心忡忡，说有段日子没回家了，也不知道父亲过得如何。

做律师的三女儿笑着说："大哥二哥，你们就放心吧，咱爸现在过得可充实可开心了！"

"充实？开心？"大儿子和二儿子满脸疑惑。

"怎么，不相信啊？那好，反正今儿个都没事，我们就顺便回家看看。"说完，三人驱车开往了老家。

一个小时后，到家了。大儿子和二儿子推开院门，顿时被眼前的场景惊呆了：只见自家的院子里坐满了邻里乡亲，有老人、小孩，还有一些小年轻，大家正聊得热火朝天。赵老汉一边哼着欢快的小曲，一边给大家烧水、倒茶、抓瓜子，忙得不亦乐乎。

大儿子和二儿子诧异地问："小妹，这到底是这么回事啊？"

三女儿神秘地一笑："大哥二哥，实话告诉你们吧，之前你们帮老爸买狗和请保姆的事情我都听说了。其实，你们的孝心我都懂，可就是尽孝的方式方法不妥。咱爸在农村生活了一辈子，骨子里早就习惯了邻里之间互相串串门、拉拉话的热闹日子。可现在年轻人都进城打工了，村里剩下的留守老人又整天宅在家里，不愿意出门走动。所以我就对症下药，想办法把乡邻们'吸引'过来。"

"行了，别卖关子了！"大儿子和二儿子迫不及待地催促道，"快说，你到底做了什么？"

"我只不过花了几百块钱，给家里拉了村里的第一根宽带，并安装了免费的Wi-Fi而已。"三女儿得意地说，"院里的这些人啊，都是专程过来蹭网的，年轻人玩游戏追网剧，老年人天天过来和城里的孙子视频聊天呢……"

（原载《荷风》2019 年第 1 期）

拯救地球

陈树茂

一个月前的某天凌晨，紫金山天文台收到一组奇怪的数据。天文台将数据解密后立即送往当局指挥中心。科伊看着解密数据，喃喃自语，难道是外星球发来的信号？他立即封锁消息，只密告了几个高层。

过了十天，天文台收到同样的数据。科伊依然不予理睬。

天文台连续十几天收到同一数据，频率越来越高。科伊继续保持沉默。当局高管中一位天文专家提议，要不尝试回复一下？科伊立即反驳，我不允许地球有冒险行为。其实科伊最近一直在抓紧时间研究外星文化，科尔也充当了助手。

科尔从科伊紧张的表情猜测，外面出现紧急状况了。科伊上班后，科尔在家里继续研究外星文化。外太空就像一个黑洞，深不可测。她研究着迷了，24小时不停研究信息。有时科伊会诧异她懂那么多天文知识。她笑笑说，某个哲人说的，我不过是用别人喝咖啡的时间学习而已。

一周前的某个凌晨，天文台又收到同一组数据。当局有点恐慌，立即召开高层会议。科伊保持沉默。其余四名高层也默默无语。如此频繁的信息，接下来会是什么？大家心里没有底，都不敢轻易表态。

网络上流传：外星人要来攻打地球了！科尔知道事态已经很严重了。她通过几千年的天文历史数据分析，初步判断信号来自X星球，一个距离地球上千光年的遥远世界。是敌？是友？一切未知。地球人对X星球了解甚少。据说，在中国的秦朝，秦始皇与X星球人有过接触，但没有留下任何官方文字记载。

科尔立即联系了科伊。科伊不在信号范围内，他在开高层会议，屏蔽了信号。科尔开启自己研发的天文软件计算X星球的数据，并不断搜索各空间有关X星球的记录。忽然，她发现在古中国的秦朝有一则民间记录：X星巨人降落骊山，秦始皇亲自迎接，交流甚欢，不久便离去。

计算软件发出嘀嘀响声，数据显示外太空防护网有外来物入侵。一年前，科尔建议在外太空设立防护网，科伊同意这一举措。按距离计算，不用三天外来物就会抵达地球。

科尔再次联系科伊，依然没有信号。天文台也收到同样的信息，但难以准确判断外来物的到达时间。时隔两千多年，X星人再次造访，是何用意？科尔有些担心起来。近年来，智能科技高度发展，人类习惯于安逸，战争已经远去，没人有忧患意识。两个月前，科尔在皇家科学院发表“新智能时代的忧患意识”的主题演讲，提醒地球时刻做好外星文化入侵的防备。这论调被众多科学家嘲讽，说她杞人忧天，地球科技如此发达，还怕外星人？科尔很清楚，科伊是支持她的，否则不会安排她去演讲。科伊和科尔作为全球最高级的智能机器人，非常清楚自己的使命——捍卫地球。

科伊一晚未归。科尔知道当局已异常紧张了，她答应过科伊无论何时都不去当局大楼找他的。她给智能秘书留了言，一直没回复。她只能继续跟踪X星球的数据，令人震惊的是，外来物速度超出计算范围，显示已经接近大气层。防护网对他们形同虚设！X星球科技竟如此发达！地球人太高估自己了！

X星人来了！科伊知道这消息时，已经晚了！他们只来了一个飞行器，八个巨人，降落在中国西安骊山。地球人如临大敌，派了战斗机器人过去，还未靠近就全部系统瘫痪。

科伊再次派出飞船准备轰炸行动，飞船刚刚到达就系统全部无法启动，统统失灵。

科伊绝望了，他下令发射八枚加强型中子弹，同时飞向外星飞行器。奇怪的是，中子弹到了飞行器周围全部不爆炸。

地球人在直播中看到了这骇人的一幕幕景象。

最强救命武器也无效。地球科技在外星人面前不过是小儿科，或许他们瞬间就可以消灭地球。

外星科技太可怕了！大家这才想起科尔的忧患理论。但一切都太晚了，地球眼看随时会灭亡！

忽然，直播现场出现了一架飞船，一个身穿中国古代皇袍的人从飞船中慢慢走下来。中国历史学家惊叹，难道是秦始皇穿越回来了？那古代人向外星飞船作揖示意友好。没想到，飞船门打开了，一个巨人出来邀请他上去，外星人竟然毫无敌意。大约十分钟，那古代人出来了，神情喜悦、满载希望。一会儿，外星飞行器就飞走了。

那古代人是谁？那个拯救地球的人是谁？全球都翘首期盼着他露出真面貌。

那人慢慢脱下皇袍，竟是科尔！

科尔是英雄！科尔是拯救地球的大英雄！

科伊后来反复追问科尔，你怎么知道对方不是敌人？怎么知道要身穿秦始皇的衣服？

科尔笑笑说，我也是赌一把，两千多年前他们就来过一次，或许这次他们只是路过呢，结果真的赌对了。

（原载《羊城晚报》2019 年 7 月 9 日）

自尊无价

王　咏

张杰是市实验高中的校长，这天，高三五班学生刘铭的父亲刘希望来找他，刘希望穿着一身旧的迷彩服，面皮黝黑且瘦削，表情木讷，张杰很热情地接待了他，给他端来一杯水，刘希望喝了一口，就说起了来意。

刘铭的母亲身体不好，常年抱药罐子，全家都靠刘铭的父亲耕种五亩土地支撑。去年，西瓜有个好行情，卖到了一块五一斤，种西瓜的农民发了财，引起了其他农民眼红。今年，很多农民都不种庄稼了，在地里种上了西瓜。刘铭的父亲也跟风种了三亩，原想着也能赚几个钱，把欠下的债务还清，没想到西瓜种植面积过大，再加上风调雨顺大丰收，西瓜上市时，大街小巷涌满了卖西瓜的各类车辆，有三轮，四轮，摩托车，推车……西瓜价格越卖越低，刚上市是五毛一斤，到后来二毛钱一斤也没人要。刘铭的父亲看着满地的西瓜，愁上眉梢。

听到这儿，张杰似乎明白了，刘希望是来求援的，他说："一人有难，八方支援。你有了难处，校方一定不会袖手旁观的。"接着张杰说出了自己的主意，就是发动全校师生一起购买刘希望的西瓜，全校一共一千五百多名师生，每个人买十斤，就是一万五千斤，每斤按五毛钱算，就能给刘希望带来七千五百元的毛收入。

刘希望听完张杰的打算，连连摆手，说："这可使不得……"张杰以为他是怕自己麻烦，就说："当今社会，很多人都觉得金钱至上，其实这是一个误区，这个世界应该是充满爱心的世界。我们作为教育工作者，就要负起灌输这种正确观念的责任……"刘希望说："您说的我都懂。您也看到了，七千五百元对我家来说，是一笔巨款，我们家很需要这一笔钱。可是，我家有特殊情况，而且，我来的目的也不是求援的。”

刘希望说，刘铭是一个特别敏感、内向的孩子，因为家里穷，他很自卑，觉得自己老是比别的孩子矮一头，上学放学一直独来独往，也不愿意和别的孩子打交道。上初二那会儿，本地刮了一场七级大风，别人家只是被刮飞了一些瓦片，他家的房子因为年久失修，倒塌了。刘希望没能力盖新房，就去求村里，村里发动村民捐款，大家伙凑了五千多块钱，帮他家新盖了三间房子。可就从那之后，刘希望发现儿子的性格更加孤僻了，见了人就远远地躲开。事后他才知道，刘铭觉得，村民给自己家捐款，就像打发上门乞讨的叫花子，任刘希望怎么解释，他就是纠结于此，不能释怀。

要是自己这次再接受了张杰提出的半捐助计划，敏感的刘铭一定会有上一次做乞丐的感觉，一定会更自卑的。

张杰问：“那您来的目的是什么呢？”刘希望说：“我来是准备把地里的几万斤西瓜全部捐给学校。”张杰没想到刘希望会这么做，他脱口而出：“捐西瓜？您家现在这么穷，把西瓜全部捐了，不是更困难了吗？”刘希望说：“是的，把西瓜全部捐助，我会更穷，但它会让我的儿子摆脱一直困扰他的自卑感，我觉得还是值得的。”

张杰觉得刘希望做得是对的，但他实在不忍心接受他的西瓜，怎么办呢？

一天后，一辆卡车缓缓驶入了实验高中，在教学楼上的张杰一见，就对学生们说：“同学们，告诉大家一个好消息，咱们班刘铭同学的爸爸见最近天气炎热，怕同学们身体吃不消，特地捐给咱们学校两万斤西瓜，大家鼓掌欢迎。”顿时，教室里传出一阵雷鸣般的掌声，掌声中，刘铭脸儿红了，但分明带着一种很明显的自豪感，张杰又说：“大家别愣着了，快帮着去卸西瓜呀！”

那次之后，刘铭的性格明显开朗了很多，也愿意与人交往了，有什么不会的题也愿意请教老师和同学了，他的成绩提升得很快。高考时，他以六百多的高分被一家名牌大学录取。

多少年之后，在外地某高中教学的刘铭接到父亲的电话，昔日的校长张杰得了癌症，已经是晚期。刘铭赶紧请了假，准备去探望他。

刘铭先回了一趟家，父亲老泪纵横，他拿出一万块钱，说：“儿子，你把这钱还给张老师。”“还？”父亲为什么要用这个字，刘铭问起来才知道，那次父亲给学校捐助了两万斤西瓜，其实西瓜钱是张杰出的，一共是一万元。

（原载作家网 2019 年 4 月 30 日）

最后一封信

李 建

村里的二狗子，是我读小学时六年的同班同学，他从小调皮捣蛋，偷鸡摸狗，没干过一件好事。当年村里的大人们给他起了一个外号：混世魔王。

二狗子从小就不爱读书，成绩始终名列班级倒数第一，当年有个同学为了和他争倒数第一的宝座，试卷上一个字也没有写。而二狗子则因为胡乱填了几道判断题和选择题，答对了几分，光荣地名列全班第二名，还因此得到了他爸的奖励。

二狗子拿到文具奖品后很高兴，说他有个好爸爸，等他长大了，要赚好多好多的钱，把爸爸妈妈都接到城里去住，和城里人一样过上衣食无忧的好日子。

可村里的人哪里能信二狗子的鬼话啊！他从小不学无术，自己都管不好自己，长大还能到城里赚大钱？不干坏事蹲大牢就算不错了。

后来二狗子果然连高中都没有考上，他爸只好送他去上了县城里的一所技校，学了当时最热门的电脑专业。但没过多久，二狗子的爸爸就被技校老师喊到学校里教训了一顿，原来二狗子利用中午午休时，趁老师不注意，偷偷摸进电脑机房，将电脑主机全拆了。

二十年前的电脑可是很金贵的，二狗子他爸被老师训得一声也不敢吭，生怕叫赔钱。可二狗子却不服气了，对老师说，我不就是把电脑主机都拆了吗？又没搞坏掉，我再给装上不就完了，至于这样训我爸吗？跟他有什么关系？

老师不信二狗子这个新生能把电脑全部再装起来，便带着二狗子和他爸来到电脑机房。可没想到这二狗子虽然学习成绩差，但动手能力非常强，不到一节课的工夫，拆散的电脑主机全被他组装好了。

老师见状，揶揄着说，你既然这么厉害，也不用再上学了，去大城市里电脑销售公司，帮他们组装电脑吧！还能赚大钱。

老师的一番气话，二狗子却当了真。期末考试结束后，他便孤身一人进城打工，到电脑销售公司里帮人组装修理电脑。

就这样，二狗子通过在电脑销售公司里上班，跟同事学会了做生意，卖电脑配件。

原来做生意这么简单，低价买进，高价卖出，以次充好，这对于机敏过人的二狗子来说，一学就会，易如反掌。

二狗子很快在城里站住了脚，当上了电脑销售公司销售员，成了老板的得力干将。

据说，1999 年春节放假，他就挣到了三万块钱回家孝敬父母。

那年，我没见到他，因为我在读高三，除了大年初一到初三回到家里过年，其他时间都在学校里补课。

我考上大学时，听说二狗子在城里开了一家属于自己的小店。我大学毕业时，听说他已经当上了大老板，一年营业额有几百万。

工作了几年后，五一劳动节，我坐着公交车回到村里，而二狗子，则开着辆大奔回来了。

老同学多年未见，我说，二狗子，回来了也不跟姐说一声，好搭一下你的车。

二狗子听后，一愣，说，你怎么知道我在开黑车？

我说，二狗子，不带这么开玩笑的，姐不就是想搭你的车回城吗？你还要跟姐收钱？白费了我们小学六年的同学情啊！

二狗子说，唉！你哪儿知道，我被人骗了，投资失败了，钱全赔进去了，现在就剩这辆奔驰车了，舍不得卖，平时开黑车赚点油钱，你可千万别跟我爸说啊！

原来家家有本难念的经，表面风光的二狗子又变成了一穷二白的浑小子了。

多年之后，老同学聚会，听说二狗子已经去世了。他留了四百万给他爸，说是感谢当年他考倒数第二时给他的奖励，这是他这辈子最感动的事情。

妈妈对我说，二狗子当年并没有破产，他看见我一个堂堂大学生坐公交车回家，怕伤了我的自尊心，所以编造了谎言。

二狗子为什么会死，听同学说是累的，据说他喜欢班上当年考倒数第一的那个女孩儿，可是那个女孩儿后来考上了大学。二狗子觉得配不上她，于是拼命挣钱，挣很多很多的钱。可是，钱是永远没有止境的，就像我看书，书也是永远看不完的。我每天都会看很多的书，却始终也没有勇气打开二狗子去世前写给我的那封信。

上小学三年级那年，我走到村口，看到二狗子被他爸追着狂殴。二狗子的爸爸说，你要是这次考试再考倒数第一，就别活着回来了，你要敢回来，我也会把你活活打死。

于是，那次考试，我交了白卷。

公布成绩时，老师，也就是我二舅，说，从今以后，班里不再公布每位同学的成绩与排名了。这次考试，特别要表扬一下二狗子，他的进步最大，提升了一个名次。

可是，发试卷时，二狗子看到了那张白卷上主人的名字。那一节课，二狗子一反常态，不再调皮说话，特别的安静……

（原载《上海故事》2019 年第 4 期）

汗 蒸

张 弯

珍姐把车开到“阿三水泥黄沙建材店”门口，喊阿花一道去汗蒸。

正是秋老虎的天气，门面朝西晒，阿花从隔壁小卖部的玻璃门后走出来，用手挡着额头的太阳迎向珍姐：“谢谢珍姐好意，我不去了，要看店呢，阿三他们都送货去了，门口没人不行。”

偏这会儿刚子来了，张口应道：“嫂子你去吧，我来给你看店。”

“你中暑好了吗？不在家歇着来这儿？”阿花问。刚子是老家村庄的堂兄弟，他们店里送货工人，昨天扛水泥上楼，热过头了，今天歇工休息在吊生理盐水。

“在家净蹲着没劲，出来转转。你尽管去吧，平时也难得有空，阿三哥回来我跟他说声。”刚子说。

阿花还想推辞，珍姐不由分说连拉带拽地将她按到副驾驶位子，自己转到驾驶室，挂挡踩油门。

“那家汗蒸馆的设施和服务，啧，我带你体验体验，保你试过会喜欢。”

“这大热天的我在门面前多站一会儿，再多汗都流出来了。”阿花笑着答，“我可从没蒸过这高大上的养生。”

“不懂了吧？这蒸出汗和晒出汗是两码事，所以说带你来尝尝鲜。”珍姐道。

阿花没再说什么。珍姐老公是本市一知名装潢公司副总，但凡没有电梯的多层家装户需要黄沙水泥，基本都介绍给他们做了。珍姐人直爽，平时和阿花很聊得来。

进了汗蒸馆，早有服务人员笑容可掬地迎接。

“这我阿花妹妹，等会你们按我平时的流程给她来一遍。”珍姐吩咐。

“珍总放心，包你们满意。”服务员熟练地将她们往楼上引。

楼上大厅小憩区，服务员泡好花茶端上。

“蒸出汗后再整个玫瑰花浴，接着来个按摩松松皮子，这里几个小帅哥手法蛮好的。”珍姐放下包，转到阿花身边笑着低语，并挤挤眼。

阿花脸一红，心跳怦怦地加快。听阿三说过，珍姐老公有次带他去“死怕（SPA）”会所，“套餐项目”做到中途他“吓”得溜回来。

阿花想掩饰下自己的不自在，走到窗户前，掀开窗帘往外看。

眉心蓦地一蹙。

她看到对面的老旧小区临街那栋楼下，阿三将一包水泥从车上翻到肩头，在肩上挪了挪，然后歪着头进了楼道。虽隔着一条马路，他背部湿透的蓝布褂和脏水泥嵌进布眼的样子，在这边都看得清清楚楚。

阿花的心里一阵疼。

忽地手机响。阿花折身拿桌上小包里的手机。

是一个推销公寓房的骚扰电话。

阿花眉间一动，离珍姐走远几步，手机依然附在耳畔，声音有些急促地说：“我等一会儿回去不行吗？必须马上回去？那……好，我跟珍姐说下。”

“什么事这样急吼吼的？”珍姐也听到阿花的回话，问。

“门面上有个事，刚子搞不定，真对不起了珍姐，我要先回去。”

“啥事啊，要不我也不蒸了，送你回去。”

“不要不要，我出门打个出租就行，你尽管去做吧。”话音刚落，阿花慌不迭地提了包，急急下楼，生怕珍姐真的撵下来。

阿花在“庐州贡鹅”店门前下的车，绕到外卖窗口买了阿三最喜欢吃的鹅肫和鹅膀子。中午阿三动身时说天太热，今天送完这趟就歇，大概五六点就能回来。

结果七点多还没见人影。阿花打阿三电话。

“快了，快了，大概还有半个小时。又接了一个打墙的小杂活儿。”阿三回答。

“中午不是讲好送完这趟就休息吗？”阿花嗔怪。

“回来说，挂了。”

阿三回来收拾收拾，清洗清洗，已是晚上八点多。看见桌上摆好的冰啤酒和鹅膀爪，忍不住在阿花脸上亲了下。

“去去，看着像什么。要跟我说的话呢？”阿花问。

“下午在市里扛楼（扛水泥上楼），看到珍姐的宝马停在汗蒸馆前，好像珍姐说过，她的颈椎疼就是在汗蒸馆蒸好的。你的颈椎不也时常犯天阴难受嘛，想想就又接了个打墙的事。反正力气聚财，出掉又来，赶明儿叫珍姐帮你也办张卡，你也去蒸蒸。”

阿花抿了抿嘴唇，眼里涌起潮潮的泪。

（原载《小说月刊》2019年第2期）

梨　花　白

赵淑萍

这世上，大部分的良善之人，不会咒别人死。当然，谋财害命者除外。但是，对于村里一个叫“梨花白”的人来说，就不一定了。

因为，他是给死人穿衣的。村里的老人们，在生前，就准备好了一套寿衣，专为以后赴阴曹地府时穿。入殓或者火化前这行头就得全副换上。那寿衣，往往是中式衣服，老太太的鞋子，还绣着繁密的花，和戏文里的一样。为了留在阳间的最后的印象，这衣服当然要穿得光鲜、体面，不能皱巴巴的。可是，死者的身体僵硬了，不好穿，而且亲人们穿，又怕眼泪掉在上面，怕逝者后世流泪烦忧。于是，就有了专门给死人穿衣的人。这钱好赚，以前二三百，现在七八百了。而且，主家还得给穿衣人好酒好烟地伺候着，伺候他也等于在给死者尽孝。

这村里能够给死人穿衣服的也就俩人。有一人已经很老了，穿得不利索了。现在，有丧事的人家都来找“梨花白”，甚至，外村的人也慕名来请他。

“梨花白”眉清目秀，长得不赖。他爹娘去世得早，就剩下了他和弟弟两个。以前大家都穷，这两兄弟孤苦伶仃的日子更难过。平时，就种点庄稼，还给人家干点杂活儿。“梨花白”的弟弟，绰号叫“猫头鹰”，经常小偷小摸。比如别人家地里的瓜熟了，番薯可收了，他就半夜三更去偷，但是，绝对是东家偷一点，西家偷一点，匀开偷。偷瓜挑熟的，绝不踩死瓜藤和生瓜蛋子。偷桃子常偷那种歪劣干瘪的，但不偷饱满丰润的。除了吃的，其他东西都不偷。日子长了，村里人知道是他，只是骂几声，也不怎么理论。因为昼伏夜出，就有了“猫头鹰”的绰号。起初，人们怀疑“梨花白”也参与了。但有一天，有人经过他们的破败的屋，漏风的墙里传出了“梨花白”的厉声呵斥：“我是管不了你了，但偷来的东西，我饿死也不吃！吃了，脏了手，怎么给死去的人穿衣？”有一次，人高马大的“猫头鹰”，在一个外乡人那里讹钱（按今天的话说就是“碰瓷”）。这时，“梨花白”赶来了，甩手就是一巴掌，“猫头鹰”就乖乖地跟着哥哥走了，从此再无此行径。

“梨花白”面庞白皙，夏天空闲的日子，常穿一件雪白的纺绸衫，摇着一把折扇，很有点文化味。因为爱听说书，那三国、水浒、隋唐英雄传之类的，他熟了，乘凉时就讲给别人听。他讲得最生动的是“三请樊梨花”。凡此种种，就是他被叫“梨花白”的由来。要说他那双手，不仅白，而且巧。他穿寿衣，平整，妥帖，整个像被熨过一样。穿时，他戴上手套、口罩，那神情是凝重肃穆的，如在进行一项无比庄重的仪式。人们对他客气，也跟他聊天，但终究不会长谈，更不会深交，可能多少有点忌讳。

村里死人，对这家来说是噩耗，对“梨花白”来说无疑是个好日子。有一年夏天大热，村里的老人被生生热死的就有七八个。“这下可好，‘梨花白’发财了。”村人说。可是，“梨花白”的一大半钱都给了弟弟。“猫头鹰”就带着这笔钱和一个寡妇住在一起了。不久，四十多岁的寡妇，居然添了一个漂亮的女娃。

村西的一位孤老婆子，年岁高了。不知什么时候起她每晚都穿着寿衣睡。她怕自己有一天睡着睡着就醒不来了。她孤身一个，又没钱，没人给她穿寿衣的。你想，大热天捂着寿衣睡，不病也得捂出病来。后来，“梨花白”特地跑去，劝她：“别担心，有我呢，我会给你穿寿衣的，我不要一分钱。”老婆婆顿时神清气爽，身体硬朗了不少。

但是，人们还是判断，“梨花白”一定每天盼着这村子死人。死了人，他才有生意。特别是富户李三，就说过，人不为己天诛地灭，“梨花白”铁定盼着有人归天。李三因为自己带了好多种病在身上，当面对“梨花白”特客气：“我说‘梨花白’，我高血压，心脏又不好，什么时候两眼一闭就去了。到时，你给我穿衣。我备了上十一下九件，你一件件都要给我穿得齐整、舒服，我儿子一定给你双倍价。”

那天，李三从外面回来，天色已晚，抄近路走小道，走得急了点，突然感到晕眩、气闷，跌倒在路边。而这时，路边只有“梨花白”一人经过。“梨花白”二话不说，平时文质彬彬的他，咬破了李三的手指，然后背起李三狂奔，跑到附近的诊所。就这样，李三捡回了一条命。后来，人们再没说过他盼村里死人的话了。

年复一年，“梨花白”也老了，头发雪白了，但身子很硬朗。他孑然一身，仍然在给逝者穿衣。

那天，“猫头鹰”的亭亭玉立的女儿，在梨花地里举着手机拍照。“梨花白”和“猫头鹰”打路边走过。“我说侄女，你别拍梨花了，拍我们吧。我们两个，头发也跟梨花一样白。”夕阳中，“梨花白”脸上的笑容很灿烂。可是，不知怎么随即黯淡了。他对弟弟说：“我给那么多人穿了寿衣，谁又给我来穿呢？又有谁会像我这样把‘穿寿衣’当一回事？”

（原载《文学港》2019 年第 2 期）

打　劫

秦兴江

电影散场了。大宝摸出兜里的手机一看，竟然有十二个未接来电！大宝吓了一跳，十二个未接来电都是“她”打来的。

“怎么啦，有事吗？”跟在身旁的阿霞眼尖，马上问他。

“没，没事——是她，打来的！”

大宝声音很轻很轻，特别是说到“她”的时候，声音更轻，好像不曾发出声。但是大宝知道阿霞还是听出来了，那个“她”就是他的老婆。“你不是说她从来不给你打电话吗？”阿霞问。是呢，这可是从来没有过的事情啊！

几年前，大宝刚到深圳打工的时候，为了省电话费，老婆不给他打，也不让他老给家里打。没事打什么电话呢，有什么好说的？这是老婆挂在嘴边的一句话，所以他们顶多就是相互之间发一个短信问候一声：吃了吗？回家了吗？睡了吗？就这三句话。而且，这三句话还不是一起问，有时一天只问一个问题，或者三天都是问同一个问题。

老婆只上过小学，文化低。后来智能手机虽然普及了，可老婆说不会用，因此他们还是保持先前发短信的习惯，每次都是他问吃了吗，老婆又转发过来问他，吃了吗？他回两个字，吃了，老婆也发回两个字，吃了。

这天晚上下了班，本来工友们是喊他一起喝酒的，可阿霞约他看电影。阿霞是他新带的徒弟，阿霞最喜欢看电影了。到了电影院，阿霞一把扯住他的胳膊就往里拽……没想到看一场电影的工夫，竟有十多个未接电话。难道家里有事？不然的话老婆突然打这么多电话干啥呢。他不敢往下想了，急忙把电话回拨过去。

“大宝，你在哪里，在干吗？给你打了这么多电话也不接急死我了！”电话刚接通，老婆就打机关枪似的一连声问他。

“刚才有事，没带手机。”

大宝第一次撒谎，还没说完，额头就冒出一颗颗豆大的汗珠。

“没事就好！我寻思你出事了呢。大宝，我刚才梦见你被坏人绑去了，把你往死里打，还要好多钱……”老婆急促地喘着粗气，在电话里听得清清楚楚。

“怎么会呢？怎么会呢？”大宝一连声地安慰着老婆。

“真的，我梦见你被人家绑架了！那个人跟你要五十万。”老婆还在喘着粗气，在电话那头说得有鼻子有眼，活灵活现，“我还梦见，绑架你的是个女的……”

“这深更半夜的，你瞎说什么，瘆人！快睡觉去……”大宝忍不住提高了音量，对着手机瞪着眼睛喊，结果一喊就把阿霞喊没了。

醒来的大宝愣怔了半天，开始使劲想，想阿霞，想梦里的事情。前几天晚上，他是跟阿霞一起看电影了。阿霞比他小几岁，刚来半年，在他手下学徒。看得出阿霞也喜欢跟他在一起，偶尔会约他一起看电影，阿霞最喜欢看电影了。记得那天晚上阿霞说要跟他说一件事，可电影散场以后他们就回去了，他忘记问，阿霞也没有说。当然也没有发生什么事情。一起看场电影有什么呢，难道老婆有第三只眼睛？大宝摇摇头，不由得自己笑自己。真傻，这只是一个梦啊。

谁知，刚隔两天晚上，阿霞又约大宝看电影。

这次看完电影，阿霞说：“咱们散散步吧。”大宝说：“好。”两个人顺着小街默默地往前走，走了一会儿阿霞开口说：“大宝啊，我这两天一直想跟你商量一件事呢。”“啥事啊？”大保转过头看着阿霞。阿霞含情脉脉地说，“大宝，我好喜欢跟你……”

大宝瞪大了眼：“怪不得家里那个说梦见我被一个女的打劫了，原来你就是那个——打劫的人啊！”

“你神经病啊——”

阿霞骂他一句，转身跑了。

大宝没有去追，他知道阿霞真生气了，他觉得自己有点过分，有点对不起阿霞。他想打电话道歉，阿霞不接。再打，还是不接。大宝独自徘徊在异乡的街头，路过一个小超市，买了一包烟。平时他是不抽烟的，他不会抽烟。

点上一支烟，他开始往家里打电话。响了三下，通了。

“半夜打什么电话！不是说好不打电话吗，啥事？”老婆开口就责问大宝。

“老婆，我梦见你打电话给我，说我被打劫了。”

“我是梦见你被打劫了，可我寻思着就是个梦，我没打电话给你啊。”

“打了，你打了。”

“我什么时候打的？”

“在梦里，你在梦里打给我的……你真神，你是怎么知道我被人家打劫了啊？”

“啊？你真被打劫了吗，丢了多少钱？”

“没丢，没丢，一分没丢！”

大宝说着，竟然有点激动起来，一滴眼泪悄悄地从眼角滑落。

（原载《百花园》2019年第5期）

培　训

林万华

按惯例，每月第一个星期四，公司核心管理人员培训，聂总直接负责，雷打不动。参加培训的人员有公司副总、办公室主任，以及经营部、工程部、安保部、客服部的经理。

聂总，五十出头，生有一女，女儿在外企工作。

聂总经营酒店。酒店管理繁杂琐碎，她却很轻松，不像那些同行老总，忙得昼夜不分。她手下的各位经理，都称得上职场精英，培训对于他们已司空见惯，实属例行公事。聂总心知肚明，培训随即改换模式：会议室的长桌上，摆上小吃、时令水果、饮料……各位经理一时摸不着头脑，围桌而坐，心里猜测着，不会是鸿门宴吧？谁又要倒霉了：批评、罚款、降职、辞退？结果全否。聂总和他们聊家常、谈时髦话题，偶尔还拿某位经理调侃几句，博得大家开心一笑。渐渐地，经理们把培训视为工作期间一段休闲放松的时光，天天盼着。培训免不了谈工作，各项指标、任务，聂总事先已让办公室主任打印成文，发到经理们手中。她只强调重点，三言两语，聪明的经理们心领神会，下去落实即可，聂总要的是结果。

这个月的培训，聂总把地点安排在一家西餐厅，时间是午餐前。西餐厅内，光线柔和、绿植点缀、乐声轻柔、洁净温馨。服务生清一色俊男靓女，统一着装，面带微笑、言谈举止、大方得体，不卑不亢，人至此地，顿觉宾至如归、身份提升。经理们此刻心生感慨：在西餐厅培训，花费少不了啊。

落座。聂总点单，未遵常规，而是每人一份套餐，外加一杯咖啡，简便、实惠。这足以让经理们受宠若惊，毕竟，这是培训时间。

很快，服务生便手捧托盘，将餐品分别摆放到位，并微笑着示意他们用餐，随后侍立一旁。用餐时，聂总极少讲话，经理们更是小心翼翼，刀叉握在手里似乎都不听使唤了。

餐毕，一位戴着餐厅经理胸牌的女士，走到聂总身旁，躬身递上一份精致的折页夹，随后说：聂总，您女儿周日的婚宴都准备好了，这是程序详单，请您过目。聂总摆摆手：再约时间吧。

各位经理，心头一颤。

聂总面露微笑，望着各位经理说：大家别在意，餐厅经理图省事，见我来了……好，不提了，就当她没说，咱们言归正传。今天的培训，你们感受如何？聂总目光诡异，经理们均沉默，做沉思状。聂总并未指望他们回答，接着说道：这里的服务管理模式，与国际接轨，员工们工作中的一举一动、一言一行、一颦一笑，每个细节，都值得我们学习借鉴。随后，聂总带着经理们参观了整个西餐厅。

经理们心中似有所悟，也感觉五味杂陈。

第二天一上班，办公室主任招呼各位经理，商量随喜的事。副总说：昨天我兜里正好揣着钱，喜钱给了。大伙一愣，有落伍的感觉。办公室主任问：出了多少？副总伸出两个手指：不瞒你们，兜里就这么多，没剩。说完，转身离去。身旁的经理们一脸苦相，心里嘀咕：那顿西餐好贵呀。办公室主任心生嫉妒：不愧是副总，脑子灵、行动快，啥事都抢先。看着身旁一脸苦相的四位经理，她说：副总两千，咱们也不能少，凑个吉利数：8800，每人2200。经理们面面相觑，不情愿地点着头。

经理们拿着银行卡，去楼下柜员机取钱，8800元很快就凑齐了。

办公室主任准备了红包，在红纸上写了贺词并附上人名单，写钱数的时候，她觉得后面那两个零不顺眼，想了想，便自掏腰包加了88元。“8888”“发发、发发”，她在经理当中抢了头名，虽然心疼，却觉得值，兴许，聂总一高兴……

上午，聂总刚进办公室，她便敲门而入，笑着对聂总说：昨天的培训新颖别致，大家开心又开眼，如何管理酒店、增加收益，我们深受启发，今后这样的培训您得多搞。说着，她将两个红包递了过去。

原来，昨天下午培训回来，办公室主任便将聂总女儿结婚的事，悄悄告诉了公司里与她要好的职员，他们都随了喜钱。

聂总接过红包，会心一笑，说：培训不仅是提升管理水平、增加经济收益的手段，还是考查管理人员对公司忠诚度的有效方式之一。

就是，就是！办公室主任边说边往外走，心里有一种说不出的滋味。

（原载作家网 2019 年 9 月 1 日）

卖凉皮的小男孩

郑玉超

天水，一个很诗意的名字。它拥有历史上最早茶马互市的茶马古道，位于甘肃最东面的城市，和陕西宝鸡接壤。二十多年前，在兰州大学读书时，我曾坐晃晃悠悠的绿皮火车，许多次经过那座城市。

那时，天水火车站并不大，三五条铁道横亘在站外，乘客也稀稀拉拉。倒是做生意的很多，男男女女，老老少少，透着股精明。他们一律挎着个竹篮，篮子大小不一，里面放着兜售的物品，有红红的花椒，有茶叶蛋，有包子油条，给我印象深的还是天水凉皮——当地最出名的风味小吃，方便盒子装着，一块钱一盒。吃在嘴里，凉凉的，滑滑的，口感甚好。倘在夏日，又渴又饿时，吃上筋斗绵长、柔滑细腻的天水凉皮，胜似天上美味。

那天由兰州乘火车去徐州，刚坐上火车不久，困意袭来，很快睡着了。到了天水站时，已是中午，叫卖声吵醒了我。我打开车窗，见车下站着许多叫卖者。一个小男孩，瘦瘦的，酡红的小脸蛋，肩上斜挎着一个小书包，碎花布做成，赤橙黄绿青蓝紫，调色板一般，焕发低调的灿烂，上面用笨拙的字体绣着四个字：好好学习。

小男孩手里也拎着竹篮，比大人的小了许多，里面整整齐齐放着盒子，一看便知是凉皮。他不像别人那样高声兜售，一言不发，躲在人群里，满脸羞赧，像是生怕被人发现似的。

看样子是小学生，瑟缩着身子，他的眼光躲闪着。我向他招招手，他望着我，不动一步。站在他身边的老太太推了推他，说：尕娃子快去，那叔叔要买你的凉皮呢！

小男孩机械地移动了两步，趁老太太不注意，像拉长的弹簧突然失去了外力，立马又缩回了原处，低着头，重新躲到了人群后。

我好奇地看着这有趣的一幕。小男孩抬起头，瞥到我望去的目光，忙又怯怯地低下了头。我忙喊：小男孩，给我来份儿凉皮。

小男孩又抬头。我又向他招了招手。他确信我在喊他后，一丝喜悦不经意地滑过嘴角。他红着脸，半是羞涩半是开心地跑向我，篮子有点重，他跑起来像只可爱的小企鹅。

我从窗口递出十块钱给小男孩。他踮起脚尖，先将凉皮塞了进来，然后，放下脚尖，个儿一下子矮了下去。他手忙脚乱，解开书包的纽扣，开始找钱。

这时，"咣当咣当"的声音传来，火车启动了。小男孩似乎还未反应过来，依然弯着腰找钱。我对余钱已经失去了希望。

忽然，小男孩发现车子开走了，忙追上来。路面并不太平，我看到他磕磕绊绊的样子，一种心疼从心底里浮起来。我连忙向他摆手，大声喊：不用找了，不用找了。

火车渐渐加速，小男孩根本不理会，他边跑边喊不远处的一个汉子。那汉子急急抓过钱，风一般奔跑着，很快靠近了我的窗口。我清晰地看到汉子鼻尖上沁出的汗珠。他气喘吁吁，将捏成一团的钱扔进车窗，声音远远地送来：娃子来不及找了，钱给你。

我一看，十元钱。我的鼻子一阵发酸，我飞快地又将钱扔出窗外。那汉子走过去捡起钱，交给已走到身边的小男孩。我远远地望见，那个小男孩呆呆地立着，望着载着我的火车远行的方向。

良久，才见他扬起小小的臂膀，挥着，挥着，直到消失在我的视线之外。

那以后，我每一回经过天水，都会下意识地张望。我希望能从来来往往的小贩子里看到熟悉的身影，然而，我失望了，再也没见过那身形瘦弱的小男孩。

终于，有一回我看到了一张熟悉的面孔，是替小男孩追我的那个汉子。听了我的描述后，汉子笑了笑：你说的是小马驹啊。那时，他的爷爷身体不太好，小马驹跟着他奶奶一起来卖凉皮，脸皮薄，张不开口。

汉子忽而想起来，告诉我：那次你是不是付了十元钱，买的一盒凉皮？他一家人一直在念叨呢，小马驹直跺脚，说自己贪了你的大便宜呢。

那小马驹不卖凉皮了？我笑了笑，问汉子。

爷爷病好后，小马驹就安心上学读书了，每回考试都是优呢。红脸汉子张开大嘴，乐呵呵地笑着，像是在说自己的孩子。

（原载《骏马》2019年第2期）

包衣捏儿麻

尤秀玲

包衣捏儿麻从小没了娘，几年后又没了爹。但捏儿麻很有福气，主人待他比其他的奴才更好一些。捏儿麻的爹曾经为主人挡过一箭，那是支毒箭，爹因此丧命，临终前瞪着眼睛，神情异常痛苦。主人伸出手合拢他的眼皮，轻声承诺他会善待捏儿麻。

捏儿麻吃的食物是精细的，做的活计也是最轻巧的。等长到八岁的时候，他就什么活计也不需要做了，他每天都陪在少爷身边聆听先生的授课。少爷不喜欢先生教的那些兵法和文章，捏儿麻却听得如醉如痴，记得一清二楚。

那天主人难得清闲，早早下了朝，回到府中将少爷和捏儿麻唤到书房。他要考考少爷的功课，结果少爷张口结舌，答非所问。主人怒气冲天，要上家法，捏儿麻扑通一声跪在那里哀求主人饶了少爷，他愿意替少爷回答主人提出的问题。捏儿麻跪在那里，微垂着头，说出了正确的答案。主人惊喜，伸手搀起捏儿麻，夸赞道：“聪明的捏儿麻，好好跟着先生学功课，将来我可推荐你考取功名。朝廷里有家生奴才做官的先例。”

捏儿麻感动得热泪盈盈，他趴在地上连连给主人磕头。这时，从门口传来一阵呵呵的笑声，原来是小姐瑛媛来了。她刚刚五岁，却美得无法用语言来形容。在那之后，只要看见瑛媛，捏儿麻的世界就变成黑白的了，所有美丽的色彩都凝聚在瑛媛一个人身上了。

花园里，凉亭上留下了他们玩耍的足迹。瑛媛泛着光泽的水一样的目光和她轻柔的笑声深深住进了捏儿麻的心里，并在那里生根发芽。

捏儿麻十三岁时，瑛媛十岁了。十岁的瑛媛再也不能和他们一样玩耍了，她每天只能待在绣楼里，潜心钻研女红。主人说，再过个三年五载，瑛媛就该出嫁了。听见这话，捏儿麻的眼前都黑了，脑袋里轰隆直响。

两年后，主人被奸臣陷害，官职下降，俸禄减少。主人遣散了一些家奴，留下的家奴，重新安排了他们的职务，并分别找他们谈话。可主人唯独没有找捏儿麻谈话也没有安排他干什么，主人仿佛正在考虑一件大事。

很多天后，主人找到捏儿麻，交给他一个最重要的任务。那就是保护小姐瑛媛，主人说从今天开始，瑛媛扮作丫鬟跟着捏儿麻，若是将来自己再次被陷害，很可能会被流放或是杀头。那时，捏儿麻娶瑛媛为妻，带着她远走高飞。

捏儿麻感觉自己正处在冰火两重天的境地，一边是极其痛苦的主人被奸人所害，遭受的磨难；一边是难以自抑的兴奋，可以和心仪的瑛媛相守一生。他暗自发誓，哪怕是付出生命的代价，他也要给她幸福和快乐。

又过了两年，老皇帝归天，新皇帝登基。奸臣被革职下狱，主人官复原职了。官复原职后，主人所做的第一件事就是修复宅院，收买奴仆，第二件事就是张罗瑛媛小姐的婚事。只不过，瑛媛要嫁的人是当朝权贵的儿子而不是他捏儿麻。

捏儿麻近乎疯癫，他对主人说：“您说过的我也可以考取功名，您说过的将瑛媛小姐赐我为妻。”

主人笑了，他抚摸着捏儿麻的头说道：“事过境迁，只能这样。”

小姐瑛媛风光出嫁，上轿前有风刮过，掀起的盖头一角露出了那张梨花带雨的俏脸。捏儿麻看后，胸中涌起一股热浪，一张嘴有鲜血喷出。吹吹打打的迎亲队伍已经走远，捏儿麻心里想的依然是瑛媛，想他们在一起度过的七百多个日子，想她给他缝的荷包，想她的笑容，她的声音，她的呼吸……

从此，捏儿麻佝偻了腰身，眼神黯淡，少言寡语。主人曾劝慰，世界之大，五彩缤纷，切莫为一人一花拒绝了人生的所有美好。捏儿麻苦笑，他想说，哪里还有什么五彩缤纷，我的世界只剩下一种颜色，那种颜色是黑色。

（原载《北大荒文化》2019年第3期）

取　　名

韦晓鸿

往常，何西笠是不随便在村里哪户人家吃饭的，不就是给人家刚出生的孩子取个名儿嘛。问题是何西笠老先生不是谁都请得动的，偌大一个村除田仲前的大儿子田源外，就他在县城上过学。

按照多年约定俗成的惯例，把何老先生专程请来取名，辛苦费是必须付的，至于给多拿少何西笠不介意，多少他都收得下，看到进兜的钱何老先生是从不退回去的。何西笠私下对人说，他退还或者找零取名费，这个名字算他白作为啦！

今天的何西笠却一反常态，像变了一个人，晌午前到的他磨蹭着等吃罢午饭才忙不迭地打开麻布包，拿出泛黄的老皇历给田仲前家刚出生的女儿取名儿。不过，一袋烟工夫，田仲前家小女儿名字就取好了。小女儿取名何映月，田仲前很满意。田仲前说，好有墨水的名字，送她读好书长大一定嫁个大户人家。田仲前的大儿子也是何先生取的名字，听说现在已经从县城读到国外去了。

几声闷雷把何西笠从屋里震出来，大块大块的黑云漫天涂鸦。金佛山那边不知下了多大的雨。何西笠说，雨快落过来，我得先走了。田仲前叫家仆给他找来一个斗笠，何西笠嫌麻烦没要，他说，这雨一时半会儿下不来的。

何西笠起身走，由小到大的雨也脚跟脚地下起来，待走到河边，天像决了口子般大雨倾盆而下。何西笠回去要途经庆顺河，眼看跨过河间石蹬，河对岸那个杂树遮掩的岩洞就可以避雨了。但就在这时，一道刺眼的闪电砸向河面，阵阵惊雷肆无忌惮地撕裂着天空，雨下得更大。就在何西笠即将到岸的一刹那，张牙舞爪扑来的还有气势汹汹的洪水。何西笠毕竟年纪大了，本来他应该咬紧牙关快步冲上对岸的，关键时候他反而跌倒进河里。

何西笠心说，我死了，为别人取名一辈子，没想到自己留给后人的名字叫水鬼。然后何西笠感觉自己被河水吞没的同时，又像被空中飞来的什么怪兽迅疾捞起再重重地抛向河岸。

何西笠慢慢睁开眼睛，蹲在他面前的是一位身穿蓑衣光着臂膀的小伙子。他认识，这不就是村里赵麻子的小儿子赵碾米吗？你是赵碾米？何西笠问，是你救了我？赵碾米点点头。老先生快回去换衣服。赵碾米站起身回望一会儿河心，长舒了一口气说，我先走了。

赵麻子家穷，长期靠给田仲前种地混吃穿。赵麻子老婆病恹恹的什么也不会，但是生娃还算行，接连给赵麻子生出七个娃儿，他家娃儿的名字根本谈不上算名字，老婆生出娃儿来就看那会儿赵麻子在干什么！七个娃儿名字依次是起早、出门、种豆、犁田、歇稍、晒谷、碾米。五个女儿嫁的嫁，抱养的抱养。赵麻子老婆生的第二个是儿子，十五岁就出去逃难，前几天却奇迹般人模人样地回来了。

赵麻子的大儿子赵出门在外晃荡几年后参加了国民党，还混上一个不大不小的军官，这次是专程回来接赵碾米去当兵的。村里人传言，日本人轰炸重庆激怒了川军，赵出门回来就是带上赵碾米去出川抗击日寇。

雨开始变小。何西笠用手抹去脸上的雨水，忽动恻隐之心，站起来高声喊叫已经走出百米开外的赵碾米。何西笠说，碾米，你回来。赵碾米呆杵在那里，一时没反应过来。

良久，赵碾米才闷声闷气地眯着眼说，老先生，莫非你要给我改个名字！何西笠怔住了，还没容他回过神来，赵碾米已笑容可掬地跑回来。赵碾米说，我明天就要跟着哥哥去打小日本了，老先生给我改个名字吧。说是说，赵碾米还真想我给他改名字呢。何西笠立刻狂喜地喊了一声，太好了！

何西笠抬头顺着出村的方向望了望，拍着手说，有了，就叫赵胜归吧，我这把老骨头啦，就等着你们哥儿俩随川军打败小日本胜利了早早归来！好不好？赵碾米乐得胸脯起伏，嘿嘿笑着拉住何西笠的手说，我要回去告诉娘，老先生也给我取名字啦，我叫赵胜归！不叫赵碾米！我叫赵胜归！不叫赵碾米！然后脱下蓑衣一路飞舞着跑了。

何西笠取名一辈子，总算取出来一个好名字。这是赵碾米跟随刘邓大军路过顺便回村来看望他的爹娘时，何老先生说的。

赵碾米唏嘘不止，风趣地说，是何老先生给他把名字改好了，死过几次他在去阴曹地府的路上还忍不住唠叨，我要胜利归来！我要胜利归来呢！赵碾米还说，当时怎么就没有想到要何老先生给他哥哥也改个名字呢，哥哥不叫赵出门，也许他就不会死在抗击日寇的藤县了。

别忘了，赵碾米不再叫赵碾米，他的名字叫赵胜归。

（原载《金佛山》2019年第1期）

野生江鲇

谭贵珍

江河里的水越来越混浊，整整三天没吃到东西的江鲇小心谨慎地从石头缝里探出头，忽然眼前一亮，前方不远处就有自己最喜欢吃的大青虫。它像离弦的箭一般飞过去，哪知美食还未咽下，它就感到钻心的疼痛。

江鲇听到钓者说："嗬，好大一条野生江鲇！"

旁人说："魏老，您运气真好！快送到野生大鱼坊去，这东西现在可金贵了！"

于是，江鲇就到了野生大鱼坊史老板的专用水池里。

一想到不久就要成为人类的盘中餐，江鲇沮丧极了，绝望地将腹部朝天，漂浮在水面上。

史老板果然惊慌地说："小王，快过来！这条江鲇好像严重缺氧，你赶快把池子里的其他鲇鱼捞起杀掉，再把水池清洗干净后，换上新鲜的水，打开增氧机，再把江鲇放进去。"

江鲇不知史老板葫芦里卖的什么药，心想，你要吃我就吃吧，何必猫哭耗子假慈悲！

“小王，好好伺候这条江鲇，如果让它死了，我拿你是问。”史老板临走时还警告小王。

水池里的同类被捞出后，环境清新了，水质净洁了，氧气充足了，江鲇慢慢恢复了生机。

“史老板，有啥新鲜的野味没有哪？”

“有有有，廖局，您真有口福，今天早上有人刚送来一条鲜活的野生江鲇。”

“真的假的？现在野生江鲇可是稀罕物哦。史老板，你不会是拿家养的来糊弄我吧？”

“怎么会呢？您是我的财神爷呢！您吃得多见得广，请亲自到后院水池看看吧！”

“哇，还真是条野生的江鲇哩！这么大的江鲇，在江河里长，少说也要七八年。”

“廖局您眼力不错，行家啊！”

“史老板，让李师傅给我清炖，时间要炖长一点，要把它的野味炖出来，我叫几个主要领导过来尝尝鲜！”

史老板要小王将江鲇捞起，当着廖局长的面过秤。廖局长一边上楼上的包房，一边给几位领导逐一打电话，要他们马上来尝野味。

江鲇知道死到临头了，它不肯就这样窝囊地死去，便使出全身力气，从篮子里蹦了出来。

小王抓住江鲇，放到案板上，刚举起刀，就被史老板低声喝道：“你要干吗？”

“不是要杀了它清炖吗？”

“胡来！快给我放进池子里去。我给你说好了，今后我不开口，谁也不准杀它，否则，我扣你一个月的工资。”

小王蒙了：“那还咋给廖局长清炖呀？”

“死脑筋，冰箱里不是多的是鲇鱼吗？”

史老板亲自将江鲇放进水池里，又向池水中撒了一些鱼食。

看来史老板是不想让我做饿死鬼，他撒下的该不是诱饵吧？管它呢，先填饱肚子再说。江鲇仿佛忘记了自己的处境，一时精气神十足，在池子里欢快地游起来。

“史老板，好长时间没吃到你这里的野生鱼了，你这块招牌是不是要撤了？”

“哟，是田局啊，欢迎欢迎！”史老板的声音里透着前所未有的热情，“您今天有口福了，早上刚收到一条野生的大江鲇！”

“野生江鲇？别是唬我吧，这东西现在可金贵了！”

“不信？田局您亲自到后院水池来瞧瞧吧。”

“嗨，还真是宝贝。中午把江鲇给我炖了，我请个大领导来尝尝鲜！”

当小王再次将江鲇从池中捞起，放进篮子里过秤时，江鲇吓得三魂掉了两魂半。可当田局长一离开，小王又悄无声息地将它放回了水池。

经过了几次生死考验，江鲇悟透了史老板不杀自己的玄机。他在利用自己的野生身份招揽生意。那些公款吃喝的人，看的是野生的江鲇，吃的是冰箱里的鲇鱼。

于是，江鲇也默契地配合史老板，只要客人来了，它就在水池里欢蹦乱跳，尽显野性。客人一开心，愿意出高价吃自己的替身。而史老板更开心，因为他进的是真金白银。

江鲇以为自己可以高枕无忧了。不料这天来了一位千娇百媚的女人，她看见池子里摇头摆尾的江鲇，拉过史老板的手放在自己的小腹上，撒着娇说：“我有了，听说江鲇最补……”

“小王，把这条江鲇杀了！”

史老板话音刚落，江鲇的身子就悬空了，接着啪的一声，江鲇的血溅了那个漂亮女人半边脸。

（原载《小小说大世界》2019年第2期）

下　课

杨庆发

S公司要确定一名办公室主任后备人选，然后就相继有三个人来报名。

S 公司这两年始终拖总公司的后腿，就地换了两任，依然是不见起色，后来总公司下狠心派去一名经理。经理是换了，但是其他班子成员却没动。新上任的高经理决定培植新鲜血液，于是在班子会上宣布要提拔一名经理助理的决定，让班子人员提供候选人，然而两位副经理和其他班子成员却一致力推办公室的李主任是最佳人选。

高经理不动声色地说，既然大家都推荐李主任，那我也没意见，但是办公室不能一日没有主任，咱们得先把办公室主任的人选定下来。然而这一回意见却出现了分歧，A 副经理推荐的是他的表弟吴某，而 B 副经理推荐的却是他的小舅子贾某。班子其他成员的意见也是各随一半。这回大家把目光都集中到高经理身上，就等待他来表决了。然而出乎意料的是，高经理居然宣布这回要通过考试来选取！

这时负责会议记录的办公室秘书齐某举手有话要说，高经理知道他是 S 公司中唯一的名牌大学生，历任经理都赏识他有文化，原则性强，所以一直沿用他担任公司的文秘工作。但是此人性格耿直，处事太讲规矩，因而不会讨好领导，所以每次提拔新人都没有他的份儿。

经过高经理准许后，齐某发言：原来提拔新人都是班子铁定，我不争，因为不给我竞争的机会。这次提拔新人是通过考试选取，那我要争，我要通过这次考试来竞争，恳请领导们给我这次考试的机会。两位副经理当然不乐意了，所以立即黑下脸来就要表态，没想到高经理抢先表示了同意的意见。

会后，高经理找来李主任布置说，我正好从总公司带来了考试题，你马上把考题抄下来。然后又提醒说，这可是带着标准答案的卷子啊。

李主任受宠若惊地表示，我只抄题不抄答案，而且不离开你办公室半步。高经理说，这样也好，这样也免除别人无端的猜疑。李主任抄完之后又请高经理核实一遍，这才去按着高经理的指示主持着筹备考试事宜。

A 副经理悄悄地找到李主任说，我表弟这回可就指望你了！李主任明白，A 副经理这是来找为推荐他当经理助理这个人情的，于是他回答说，放心吧，我在高经理办公室抄题时，趁他去洗手间的工夫，用手机把答案都全部拍照下来了。A 副经理举起大拇指夸奖他说，你真高！

B 副经理偷偷地找到李主任说，我小舅子这回可就全靠你了。李主任明白，B 副经理也是来找推荐自己当经理助理这个人情的，于是他把和 A 副经理所说的复述了一遍，B副经理也举起大拇指夸奖他说，你真高！

按着“严格”的考试程序尘埃落定，李主任将三张考卷当场封好，然后毕恭毕敬地交给高经理。

在S公司员工大会上，高经理宣布了这次的考试结果，然而出乎意料的是除了齐某得到满分外，吴某和贾某都是零分！这一结果不啻一声惊雷，惊得两位副经理和李主任目瞪口呆！高经理不失时机解惑说，之所以他二人都是零分，原因是他二人的试卷答案和我带来的那张卷子的错误答案一模一样！

你不是说那是标准答案吗？A副经理认为自己是被李主任耍弄了，所以这时恼羞成怒地审问李主任。

是呀，和我也是这样说呀！B副经理此时也觉得自己是被李主任愚弄了，所以这时也不再顾及他的面子。

我是听高经理说的呀！此时逼得李主任只得脸红脖子粗地实话实说了。

高经理笑着接着解惑说，我和李主任是这样说的，但我那是故意做的一份标准的错误答案卷子，目的实则也是对你李主任的一次考试。然而你还真的把我说的标准答案当成了正确的答案了，而且还误人子弟，这就是你吃了不学无术的亏了！

这回，李主任意识到自己提拔经理助理已经无望，为了保住现有的职位，他明智地当众做了深刻的检讨，然后表示自己痛改前非，今后安心地做好办公室主任工作。

办公室主任已经有人选了！高经理平静地告诉他。

那我……李主任似乎看到经理助理的位子上又向他投来一线光明。

因为你的这次考试没能及格，所以你现在的唯一选择只能是——下——课！高经理郑重其事地宣布。

啊?！李主任险些从椅子上掉下来……

（原载《红山晚报》2019年4月23日）

杜老师的眼镜

张守新

调皮学生张成刚为了报复自己所痛恨的数学科代表，预计着他会在某个时间抱着作业本进入教室，经过与众多同时也痛恨他的同学们一致商议，就把教室的门虚掩着，然后在门的上面放上一个扫把，等他推门进来的时候，扫把就会落在他的头上。结果，不知怎么回事，那个数学科代表没有先进教室，而是班主任杜娟老师为了通知这节数学课改成语文课而提前进入了教室，结果扫把就不幸地落在了杜老师的头上，把杜老师戴在鼻梁上的近视眼镜砸落到了地上，镜片摔碎了好几道裂缝。近视的杜老师看到班里的学生们笑得都像哈哈镜里的人一样，羞得红着脸捡起了地上有些破碎的眼镜戴上，怒问谁是这个事件的始作俑者。

由于扫把砸中的是班主任杜老师，同学们都有些害怕了，又由于同学中叛徒的出卖，张成刚不幸地被揭发了，杜老师用她那白皙秀气的手扭着张成刚的耳朵把他提溜到黑板前站着。为了不耽误语文课顺利地进行，张成刚在黑板前站了整整四十五分钟的课时。

下课后，张成刚被杜老师像押着俘虏一样押到了办公室里，站在她的办公桌前。张成刚想到他可能会挨杜老师一顿暴风骤雨般的训斥，或者她会用她白皙秀气的手给他一耳光。因为之前班里另外一个调皮的同学挨过杜老师的耳光，在那个时代挨老师的耳光是很正常的事情。他低着头等待着杜老师的批评，谁知杜老师坐下后，并没有严厉地批评他，而是用她那白皙秀气的手帮张成刚把衣服上的扣子扣整齐了，又帮他整理起了他那皱皱巴巴的露出肚脐眼的小褂。杜老师在批评张成刚时的态度完全和事件发生前的态度相反。

她批评张成刚的时候语调极为温柔，她说你怎么能把扫把放在门上去砸人呢？

张成刚感觉有些委屈地想解释，但嘴只是动了动，并没有说出什么。

她说看你都五年级的大同学了，还那么调皮，还猴子般地那么脏。

说着她用她那白皙秀气的手抚摸着张成刚的小脸，替他擦拭着他脸上黑色的污迹。接着她又站起身来，把张成刚晾在一边，出去了。不大一会儿，只见她端来了一盆清水，放在了她坐的椅子上，把张成刚的脸按在脸盆里，她的手指划动清水与张成刚脸庞温柔地摩擦，让他享受到了儿时的温柔。

一连接着有好多天，杜老师都是戴着她那副破了好几道裂缝的眼镜在上课，一直上到了学校放了暑假，张成刚清楚地记得那是一九七八年初夏发生的事情。

暑假期间，小学生张成刚为了能在下个学期给杜老师赔上她的眼镜，他在副食品公司里找了一份卖冰棍的事干。刚卖冰棍的第一天，张成刚还不好意思把“卖冰棍了”这句话喊出口，他就在那丁字路口的树荫下看着大街上来来往往的行人。在做生意这方面上，他是一个生手，他怕遇见熟人，就这样眼睁睁地夕阳快要落山了，冰棍还没有卖出去几支。这时候，一个六七岁的小女孩穿着漂亮的花裙子，胖胖的小手里拿着五毛钱，对张成刚说，大哥哥，我要买冰棍。

张成刚从冰棍箱里拿出了一支冰棍递给小女孩。

小女孩说，不，大哥哥，我要买十支。

于是张成刚又从冰棍箱里拿出来十支冰棍包装好递给了小女孩，小女孩拿着冰棍欢欢快快地跑向远方了。

有小女孩开了第一桩生意，他扫除了心中的胆怯，大胆地向路上行人喊起了卖冰棍了，卖冰棍了。

第二天、第三天，接连着有好多天，每当下午四五点的时候，那个穿着花裙子、有着一双胖胖小手的小女孩都会拿着五毛钱来买张成刚的冰棍，还笑着对张成刚说，大哥哥的冰棍真好吃，真甜。

以至暑假快要结束的时候，张成刚手里也赚够了一定的钱了，感觉能赔得起杜老师眼镜的钱了，他就不卖冰棍了。但是他的脚步有时候还是不由自主地走到了这个暑假里他卖冰棍的地方，他随意地在这个地方转了转，接着他又看到了那个穿着花裙子有着胖胖小手的小女孩。她也看到了他，欢快地向张成刚跑来，美丽的花裙子跑成了喇叭状，嘴里喊着大哥哥，大哥哥。小女孩身后的一个妈妈对着小女孩喊，丽丽，你慢点跑。于是张成刚就听到了熟悉的声音，他看到了跟在小女孩身后的是杜老师……

（原载《短篇小说》2019年第2期）

光　头　强

刘怀远

老年间，孩子哭闹，当母亲的舍不得打，就连吓带哄，找一个具体的狠物或狠人说事儿。

在慈惠墩，也是这样的。孩子坐在地上撒泼打滚儿地哭，母亲会说，快起来，地上有蛇！孩子眼都不睁地接着哭。母亲又说，老虎来了，谁哭吃谁！孩子依旧号啕。母亲又说，大灰狼来了，狼牙尖呢，比老虎咬着更疼！孩子依然啜泣不止。有脚步声由远至近，母亲会凭空指着脚步声悚然地说，哭吧，光头强来了。孩子即刻云开雨散，一双水汪汪的大眼睛恐惧地四下逡巡。

光头强是谁？会比狼虫虎豹更狠？

光头强来了，浓密的头发一直从头顶长到下巴，浓眉怒眼，膀粗腰圆，无论冬夏都会习惯性地和人边说话边挽袖子，一只胳膊上刺了一条蛇般模样的蹩脚青龙，另一只胳膊刺着一柄工艺笨拙的宝剑，剑前还有一个大大的字：忍。刺“忍”字的人偏又大多不忍，还平地生事。反是众人遇到胳膊上刺这字的，大多会忍了。

光头强的诨名源于小时候，七八岁还不长头发，人们喊他时就在名字前擅自加了形象。后来家遭变故，父母双亡，成了孤儿的光头强从慈惠墩消失了几年，再出现，就成了这副模样，还带了一个外乡女子来，说是他老婆。他既不种田，也不打渔，全靠这副凶神恶煞的模样在街上横行，在集市上强拿强要。好在具体到每个摊贩，他拿得也不多，这家一小块肉，那家一把菜，各家也就忍了。光头强挽着袖子说，我不白吃的，今后有什么事，我保护你们。

再有别的无赖强行来拿，摊贩们会去找光头强，光头强果然会噔噔地跑来，把那人撵走。也有过路的两三个混混不买光头强的账，斜着眼睛问，你是什么人？光头强并不答话，也斜着眼睛把对方盯住，慢慢地挽袖子，先露出张牙舞爪的青龙，后露出宝剑和忍。有时，对面的人还没看到“忍”字就忍了，悄不声地溜走。人们更加认可了光头强的拿，哪天他没来摊子上白拿东西，人们还纳闷，今天怎么没来呢？

可谁也没想到，光头强竟然是色厉内荏外强中干的㞞包蛋！

有次集市上又来了几个混混，白拿白要，有人就去找光头强。一溜小跑，到了光头强家，哗啦一下推开门，见光头强的媳妇正一手持刀，一手抓着扭弯了脖子的鸡，血从鸡脖子直淌。强哥呢？

屋里呢，有事？

来了吃白食的，请他辛苦一趟，把人撵走！

强，有人找！光头强媳妇扯着沙哑的鸭公嗓朝屋里喊。

光头强在里面应一声，就走出来，刚出屋门，看他老婆一眼，就哼的一声软在地上。

怎么回事？来请他的人吓蒙了。

光头强的媳妇说，他呀，晕血，见不得一滴血，刚才我杀鸡他是躲到屋里去了。快，帮我掐人中！

怕血还会是不要命的主？就像他的诨名，满头浓发，叫个光头强，原来是假的！

慈惠墩的人们再不买光头强的账，任凭他把袖子挽到了腋窝，露出的胳膊再多些，再拿谁摊上的东西，摊主会说，放下，这是卖的，给钱再拿！卖肉的郑屠夫还故意当着光头强的面儿，在自己粗壮的胳膊上割破一点皮肉，让血慢慢淌……

集市上，再没有光头强的身影。

五年过去，附近一座荒废了多年的小雷音寺又燃起了香火，汉水两岸的善男信女纷至沓来。慈惠墩去烧香回来的人却说，那里的和尚眼熟得狠，怎么那么像光头强呢。

光头强？光头强会皈依了佛门？

好奇的人们约着一起再去，仔细打量了，果然是光头强。

有人就喊，强，是你吗？

这一喊，原本有节奏的木鱼声一下就慌乱了，和尚的大眼珠子骨碌一下朝众人望过来，念一句佛号：南……南无……无阿弥陀佛！

真的是他，光头强！

强，你怎么来当和尚了呢？

光头强打个稽首，说，各位乡亲，我皈依佛门，不去打扰大家，反让佛祖来保佑大家，岂不是好事？

好事好事啊，强你多在佛祖面前烧香，祈求咱那儿五谷丰登，每个人都生意兴隆！

好的好的，强一指佛像前的功德箱说，只要大家心诚，我一定做到！

好的好的！佛祖在上，众人纷纷解囊。

每天晚上，光头强会捋起袖子，露着青龙和宝剑，花费很长时间清点功德箱里的钱。旁边一个鸭公嗓的比丘尼说，看，我这主意不错吧？这不比你在菜场挨家拿菜强多了，也不担惊害怕，还都是主动给送来的。

光头强忙把食指竖唇前，说，别多嘴，你平日里少说话，把僧帽儿压低些，把胸脯子勒紧点儿，别让人看出是个娘儿们来！

（原载《小说月刊》2019 年第 4 期）

我怎么会没有缺点

陈小莲

没有缺点就是最大的缺点。大东玩味着那天姚副总的话，以及姚副总说话时镜片后面那双似笑非笑的小眯眼。

那天大东走进姚副总办公室时，姚副总和经理不知在说着什么，气氛很活跃。见他进来了，姚副总指指他：你说说看，他大东有什么缺点？经理看看他：我还真没有发现他有什么缺点呢。

哈哈，没有缺点就是最大的缺点。当时姚副总就说了这么一句。当时他也没太在意。过后一想，全不是滋味，是夸他呢，还是骂他呢？他可听人不止一次提醒他，做人做事都不能太满，要故意出点差错，而且还要是那种很容易看出来又很容易改正的差错。他当时还觉得奇怪，现在想想话中有话啊。难不成，他几次提不上来都跟这有关系？

没有缺点就是最大的缺点，没有缺点就是最大的缺点，没有……天！大东倒吸了口冷气。最近他喜欢上了写小说，也听了一些名家的课，有一个讲小说人物塑造时曾说，写好人，不能把人写得百分之百地好，要让他有那么一点点毛病；写坏人时，也不能写成十恶不赦，要让他有那么一点点的好，这样人物才显得真实。

这么说，他们认为我这人不真实？虚伪？

肯定就是这意思，所以你要让领导和同事多看到你的缺点。妻子小兰说着，然后又歪着头看他：你那么多缺点，他们怎么会看不到呢？他瞪了妻子一眼，心里突然就有了主意。

大东一向上班积极，早上八点上班，他一般七点就到了，同事每次都问他：你怎么来那么早？他心里呛道，上班来得早还有错啊？但嘴上却应着：习惯了，习惯了。这天八点早过了，他还没到。奇怪的是，经理没有打电话骂他，平时要是别的同事来晚了，经理电话早打过去劈头盖脸就一顿骂了：怎么还没到？那为什么不请假？你还有点组织纪律性吗？

大东进办公室的时候，同事们只顾忙自己的，都没有抬头看他，他不禁有些失望。他瞥了一眼对门的经理室，正好经理抬头看到了他，两人目光相接，经理竟笑着对他点点头。他有些不安地坐下来，等了一会儿，经理没有叫他过去的意思，也没有过来批评他。于是他主动进了经理室：经理，我今天来晚了。

嗯，知道，没事的，谁家没有个事呢。要换成平时，大东都感动坏了。此时，他有点失落。

你去忙吧。经理这么一说，大东就不好说啥了，郁闷地离开了经理室。

刚回座位，电话就响了，是下属单位一个同事，问新装的系统怎么使用。突然一股火气冲上来，忍了许久的话脱口而出：你是猪啊，这么笨，都教你多少次了，还没记住，自己看手册去！他重重地挂了电话。电话过一会儿又响了，是刚才那位同事：你最近没有什么事吧？没有！他恶声恶气地。家里没有发生什么事吧？没有！你家里才有事呢！他仍恶声恶气地。那好吧。对方说完也没有挂电话，他也没有挂，结果对方沉默一会儿就挂了电话。

唉！他怎么不回骂我呢？大东心里悄悄叹了口气。不过，当他一抬头，发现办公室的人都吃惊地望着他时，心情竟然好了起来。不过，晚上哥们儿的电话又让他有些闷闷不乐了。哥们儿在电话里说：我找人都打听过了，你的同事都在夸你呢，没有说你不好的。

这绝对是捧杀。妻子小兰说。

捧杀？夸别人还能把人杀了？他还是头回听说。

就是把你捧高高的，让你摔下来痛死。你没听人说啊，要害一个人，就选他当先进。你记得我们单位那小虎不？市十佳青年啊，结果一上电视了，公安局的就找上门了。原来他在公安局有案底的，单位都不知道，公安局的人一看，这样的人还能当先进？你猜最后怎么样？被开除了。真是知人知面不知心啊。

他心里咯噔一下，倒不是他做过什么见不得人的事。只是老被人这样捧着确实不好，具体怎么不好，他也说不上来，就是感觉不好。怎么主动暴露自己的缺点给大家呢？大东为这个都想破了头。很巧的是，经理说部门这次支撑基层满意度测评得分很低，要大家实事求是查摆问题，开展批评和自我批评，批评要不留情面，有一说一，有二说二，不能搞一团和气。

这是一个好机会啊。大东回去认真地给自己找了几个问题，并进行了深刻的思想剖析。当然，他也给同事们找了好些问题。会上，大东的检查受到了经理的表扬，说他很诚恳，问题找得准。轮到大家批评他了，他不禁端正了坐姿，拿起了笔，一脸真诚地看着同事。

嗯，我批评大东同志一点。一个同事清了清嗓子说：大东同志就是太懒了，只顾着工作，平时都很少起身喝水上厕所的，工间操都不做，这样长久下去对身体是不好的。希望大东同志以后多加强锻炼，只有身体好了，才能更好地为基层服务。

我也批评大东同志一点。另一个同事喝了口水说：大东同志性子太急了，所以他老想着怎么服务好基层。基层提的问题他总是希望在一天之内就解决完，这样他就老是要加班。家庭和谐是做好工作的基础，对吧？所以希望大东同志以后多陪陪家人和孩子。好，我就说这么多。

大东举起的笔，久久没有落下。

那你给他们找的问题都说了没有？妻子小兰问。

你当我傻啊，哪能真批评啊，以后……话没说完，大东似乎就明白了什么。

（原载《琼山文艺》2019年第2期）

选　择

何亚兵

他其实早就认出了他。

在车上第一眼就认出来了。二十多年不见，他的变化挺大的。也对，岁月不饶人，这些年他应该会有一些内疚吧，这瘦削的双颊，还有眼镜背后憔悴凹陷的双眼，都显示了苍老与疲惫。他似乎在看窗外，胸口起伏着，是搜寻还是回忆着什么？想到这儿，他觉得有点心酸。

他还是不想原谅他。

那一年地震发生时，他才五岁。一个五岁的孩子，在地震来临的那一瞬间，本能地想着寻求大人的帮助。但是地震太猛烈了，任他怎么叫喊，也改变不了那突如其来的静默，而后是昏迷。醒来后，他发现自己伤了，不是很严重，但是很疼，很害怕。周围都是疼痛的呻吟声。

好在他们很快被人救了出来。这时他看到他来了，穿着白大褂，和一群白大褂一起。他明显也看到了他。他以为他会过来，他也确实迈开了步子，打算朝这边走来。突然，一个小女孩因为疼痛呼叫了起来，他张开嘴似乎对他说了句什么，然后停下脚步，帮小女孩清洗包扎起来，接着是旁边的老人，再接着是一个中年妇女……他再也没有朝他这边看过来。另一个白大褂为他做了包扎，然后嘱咐他等在一旁，等会儿一起到医院。

这时，毫无征兆地爆发了一次非常猛烈的余震，破坏程度不比之前的地震小，这不远的距离瞬间被灰尘和尖叫声隔离了。等再次醒来，他已经被转送到了一个陌生城市的医院，在那里有不少像他一样脑袋被砸得绑满绷带的人，实际上已经有不少人因为颅内出血死去了。

起初，他还等着他来找他，后来他发现自己慢慢开始恨他。他为什么不第一时间走过来？他为什么不第一时间找到这儿？所以，当有人来询问时，他莫名其妙地回答说没有家人，什么都记不起来了。他想，我可不就是一个人吗？

这么多年，他过得还算不错，毕业后工作也很好，谈了个女朋友，不久后就会结婚。要不是这次有个进修班在这里，他不会回来的。

他估计有点累了，闭上了眼睛，胸口一起一伏的，跳动得很快，看着有点让人害怕。他不再看着他，他也试着看向窗外，搜寻和回忆着，可惜全是陌生的图景，找不到任何熟悉的感觉。熟悉的应该只有车里的他吧，他想。

嘭的一声，不知道和什么撞在了一起，司机临机转向太猛，中巴车立马侧翻过去，就像电影里一样翻滚了起来。好在年轻有力，他牢牢抓扣住了座椅，等车在一片哐当声中安静下来，他发现自己除了几处擦伤，竟然什么事也没有，他搂着自己的包爬了出来。车里一片狼藉，不少人都受伤了，还有人被甩出车外。在路人的帮助下，车里的人都被抬了出来。他看到他也被抬出来了，头上殷红一片，胸口急剧起伏着，好在眼睛还睁着，人还清醒，腿估计骨折了，躺在那儿。

他突然想起了自己的身份，赶忙从包里拿出白大褂穿上。出于职业习惯，幸好还随身带着一些急救的仪器物品。他大声喊："我是医生，请大家不要慌，也不要乱动，在120救援来之前，我来帮大家处理！"进入工作状态，他镇静下来，他的白大褂起到了很好的镇静作用。他看到他看了他一眼，胸口起伏得更剧烈了，他正想着过去检查一下他的头，那一片殷红，让他有点担心，在儿时那座医院里，看过太多人死去。

步子还没迈出，一个中年人喊了一声，医生，我的手断了，好疼，受不了了。他只好停下来，先帮着简单固定起来。果然好多了。其他人看见有效，于是也不停叫着，在路人的帮助下，他只好一个个进行急救处理，一直到120赶来，他也没能走到他身边。有那么一瞬，他甚至忘记了他。

他也是伤者，虽然不重，也跟着120到了医院，作进一步的检查和治疗。他走到他身边，他的伤却很严重，又没有第一时间得到急救，可能有点麻烦。他看着他，他也看着他。他说，我回来了；他说，你回来了。他说，对不起；他说，你当时的选择是对的。他也说，对不起；他笑了笑说，你当年的选择是对的。

其实，在车上，他第一眼也就认出了他。

（原载《雏燕》2019年第1期）

二叔的消费卡

田诗范

我读书的学校和二叔打工的工地在同一城市，我好容易找到他，对他说二婶因肾病住进了医院，卖掉家里所有值钱的东西只够一个星期的药费，家里一年多没收到过汇款，现在医院已停了药，正等着拿钱回去救命呢！

二叔含着泪，什么也没说，我气得想走，他拉住我，要我陪他到酒店吃顿饭再走。我很奇怪，他平时连工地上订的盒饭都舍不得吃，总躲着工友，在墙角架三块砖，用饭盒煮苞谷洋芋吃。看着他脱下发臭的工装，放下满是灰浆水泥的裤腿，那裤腿只有放下那截有些颜色，望着他青筋凸暴、棕黑干瘦的身材，我不禁一阵阵心酸。

他把我带到一家豪华大酒店门口，门口等着他的一个工友王叔叔，他问王叔叔："刘老板会不会来？"王叔叔说："我跟他是老乡，俗话说，老乡对老乡，两眼泪汪汪，再说我们还带点亲戚关系呢，这点面子一定会给。"

一会儿，酒店外开来一辆小车，他俩急忙迎上去，可那刘老板没下车的意思，在车上不耐烦地说："啥子事？快点说，老子忙得很！"

王叔叔哈着腰："里面说，今天田师傅请客。"

刘老板不屑地说："这全城，老子啥子山珍海味没吃过？你那点钱……"说着，他看见我叔叔背后的我，又止住了嘴。

王叔叔见状，忙拉过我介绍说："这是田师傅的侄女，大学生。"说着他暗中拉了下我的衣袖，我知趣地点点头："刘老板好！"

刘老板这才跨下车，堆出一副笑脸："好哇，有个大学生，赏脸吧！"我进了门，见二叔没来有点慌，急回头，见门童拦着他，听二叔说："我请客。"门童问："有钱吗？"只见二叔掏出一个卡片说："消费卡。"

我想，嘿，那消费卡是富人的玩意儿，二叔一个打工仔什么时候也有了它，怪不得一年多没给家里寄钱！

刘老板拉着我坐在他旁边，二叔递过菜谱要我点菜时，我觉得他手在抖，我知趣地点了麻辣豆腐、番茄鸡蛋汤几个素菜。我见这些都是几十块钱一份的，心中有些不忍，瞟了二叔一眼，他低着头，脸色苍白。

刘老板连菜谱都不看，对侍者说出一大串“金龙伴醉虾”“白虎衔青羊”等一大堆怪头怪脑的菜，又问我来点什么酒，我说“随便。”他举起右手，在空中打了个响指对侍者说：“红酒，路易十八。”

酒过三巡，趁刘老板脸上泛起红潮，王叔叔不失时机地提出正题：“刘老板，你是好人，田师傅一年多没给家里寄钱了，他老婆病着呢，是不是把他消费卡中的五千元换成现金？”

刘老板一脸的无奈说：“我也没法呀！你晓得，我们给大宝公司做了工程，他们拿不出现钱，这家酒店就属他们公司，只好开出消费卡这玩意儿，我说呀，拿到这东西总比什么也没拿到好，钱在这卡上，你不吃白不吃，来来来，吃吃吃，喝喝喝。”

说着他举起大肚酒杯，我见杯中红酒一荡一荡的，我这才明白二叔请客的原因，我觉得这杯中哪是酒？分明是我二叔和他工友的鲜血。只见刘老板仰天一倾，一大杯血酒灌了下去，一抹嘴角，唇边还挂着一滴滴血淋淋的液体。

刘老板趁着酒意，摇摇晃晃，扶着椅背走到我面前说：“大学生，秀色可餐，来陪哥儿干一杯，这一席就算我的！”说着把嘴凑到我耳边，热烘烘的酒气熏得我脖子发痒，我一推，酒洒在我胸上。他居然拿着餐巾在我胸部上下抹擦，趁机还在女孩子敏感的部位捏了一把。我大怒，一杯酒向他脸上泼去。

二叔见势不好，急忙招来侍者，掏出消费卡说：“算账！”一会儿侍者又来到桌前说：“对不起，划去消费卡上所有的钱，你还欠八百元。”

二叔含着泪，一屁股瘫坐在椅上。那刘老板擦干脸，掏出八百元说：“算我的，今天我为这小姐买单。”

王叔叔见状，急忙抢过那八百元，掏出他的消费卡说：“现金给我，欠的在我卡上扣！”

（选自《美洲虎》，江苏凤凰美术出版社 2019 年 3 月出版）

义　犬

孙兆贵

这天中午，张海廷跟他的朋友贾六正在酒楼上饮酒。无意间，张海廷瞧见街心上有一条黑狗。

这狗瘦骨嶙峋，肚子稀瘪稀瘪的，站在那儿直打晃。张海廷见这狗饿得实在可怜，便招手把伙计叫到了近前："你把这碗饭给它送去吧！"

伙计瞧了眼碗里的饭，笑嘻嘻地说："爷真是好心肠，不过狗是不会吃这碗饭的。"

张海廷皱了皱眉头："此话怎讲？"

伙计道："因为狗是不吃豆子饭的。"

贾六插嘴道："看它饿的那熊样儿吧，啥不吃呀？"

伙计很认真地说："这您就不懂了。狗就是再饿，也不会吃一口豆子饭的。为什么呢？我听老人说过，豆子是狗的舅舅。就是饿死，也不能吃舅舅呀？"

张海廷问伙计："这是谁家的狗？"

伙计说："不知道，不过一看它就无家可归了。"

张海廷从桌上端起一碗红烧肉，手扶楼梯下了楼。他来到街上，把这碗肉放到了狗的面前："这是送给你的，赶快吃吧！"黑狗望了望张海廷，见他很友好的样子，就把尾巴摇了摇，低下头没几口就吃光了碗里的肉。张海廷见它没有吃饱，说："等着，我再去给你取一碗！"

张海廷的右腿有毛病，走起路来一瘸一拐的，再说都五十好几的人了，身体又比较胖，费了很大的劲儿才爬上酒楼，也不说话，端起桌上的另一碗肉就要走。贾六忍不住说道："大哥，不就一条狗吗？你这又何苦呢！"张海廷说："狗一向忠心耿耿，令人敬佩。如今它落难，我又岂能袖手旁观？"

伙计道："爷就是这样的人！"

张海廷为人仗义，这是人所共知的。他的祖上是做官的，传到他这儿仍然有些产业，可他喜欢交朋友，扶危济困。时间久了，这点财产也就快让他折腾光了。

就在前两年，有个名叫小红的卖唱女子随父母来到了小镇。没多久，便遇上了一场瘟疫，小红的父母双双染病身亡。小红叫天天不应，叫地地不灵，她正打算投井自尽，却遇上了张海廷。张海廷不但帮助小红安葬了老人，还拿出来一笔钱让她做盘缠回老家。

小红感动万分，在地上跪着不起来，恳求张海廷收留她，愿当牛做马报答张海廷的恩情。张海廷早年丧偶，已无再娶之意，但还是被姑娘的真情打动，便把她娶进了家门。

小红一十八岁，天生丽质，稍加打扮，犹如雨后的梨花。虽说老夫少妻，倒也十分恩爱。

小镇上有个土豪，此人姓陈，三十几岁，脸上有几颗麻子，人们都管他叫陈麻子。

陈麻子有钱有势，光姨太太就有六个。有一次，陈麻子在街上遇见了小红。只看了一眼，陈麻子就迈不动步了。陈麻子简直不敢相信，小镇上还会有这等美人!

回到家，陈麻子立即派人出去打探，那人回来告诉他，说这女子是张海廷的老婆。陈麻子自知斗不过张海廷，也只能自叹福浅命薄了。

此刻，陈麻子坐在对面的茶馆儿里喝茶，看见张海廷两次从酒楼上下来喂狗，觉得有些奇怪，就问这狗是谁家的。有人对他说，这狗是李友亮家的。

李友亮是革命党人，前几天被官府砍了头。张海廷喂李友亮家的狗，那张海廷是什么人？他一定就是革命党了。陈麻子不由得心花怒放：哈哈，只要能除掉张海廷，那他的女人可就是俺陈麻子的了。陈麻子哪还顾得上喝茶，急忙前去衙门举报。

张海廷没等离开酒楼就被抓走了。

革命党人是要被杀头的。张海廷的朋友虽说不少，可是都怕受牵连，谁也不敢替他鸣冤。没过多久，张海廷就被问成了死罪。

陈麻子派人前去提亲，小红见张海廷大势已去，想他已经不可能活着回来了，自己正愁没有靠山，又听说陈麻子有钱有势，便满口答应下来。

小红是在张海廷被砍头这天跟陈麻子拜堂成亲的。陈府大摆酒宴，小镇上有头有脸的人都赶来祝贺，其中还有张海廷的朋友贾六。法场上，没有一个人去为张海廷送行。

这天晚上，陈麻子问小红："娘子，我跟张海廷比，哪个更好呢？"

小红娇媚地一笑："一个瘸腿吧唧的糟老头子，哪点儿能比得上爷呀！"

陈麻子闻听此言，忍不住开怀大笑。

就在这时，房门开了道缝，钻进来个东西。陈麻子抬头一看，不觉大吃一惊，这不是在街上见到的那条黑狗吗？

这狗眼露凶光，凶狠地扑到了床上，小红吓得"妈呀"一声晕了过去。

陈麻子正想喊人，但为时已晚，狗扑过去一口咬断了他的喉咙。

（原载《小小说大世界》2019年第3期）

父亲的鞋子

高 军

"爹，走吧，你再住在这里，我就不好看相了！""不好看相"是当地方言，就是脸面上不好看、说过不去的意思，儿子指着这间凋敝残破的护林房，耐心劝说着，"咱家在村里盖的楼房也是数一数二的，里面很宽敞，咱们可以互不相碍。你爱怎么着就怎么着，住着很方便很自由的。"

儿子指着的这间护林房可有些年头儿了，当年他从村里被选为林场的护林员，林场专门在大山深处盖起这间小房子。他经常住在那里，栽树绿化，防盗防火，间伐修枝，几十年就下来了。

现在他早已退休，林场也在另一个地方建起了更好的护林房，训练有素的几个年轻护林员也早已上岗，他完全可以搬下来安享晚年。但是他对这里太有感情了，竟然想一直在林场废弃的这间破旧护林房里继续住下去。年龄越来越大，体质越来越弱，儿子一直想接他到自己家里住以方便照顾，但是他就是不同意。他经常会在山里转转，拍拍这棵树干，拉拉那个树枝，和树木花草鸟兽们说说话，脸上就都是满足自得的神情了。儿子理解父亲对大山的感情，但是一个孤独的老人居住在深山里，也确实不能让人放心。

这次，儿子做了充分准备，就是打谱彻底说服他的，于是继续劝说着：“再说了，咱家一辈子从没占过公家的便宜，人家这个房子是林场的公有财产，你已经退休不是护林员了，还住在这里也不合适啊。”儿子考虑了几天，觉得这样说会有力度的。

“场长说了，这个房子林场已经不用，作废了……”

“作废了也是公家财产啊。”

他沉默了，儿子知道父亲已经心动，就继续坚持着。

过了大半天，父亲才又开口：“好吧，我拾掇一下，到时候再搬吧。”

并没有多少东西，也根本没有什么好收拾的，但儿子还是尊重了父亲的要求：“用我帮你吗？……不用啊？……那好，你收拾彻底了，咱们明天来搬。”

儿子离开后，老人在房内这里转转，那里看看，最后才开始拾掇起来，林场里的工具都早已交回去，收拾半天竟然大多都是他穿破的鞋子。他拿出一条麻袋，开始一双双慢慢往里装着。

他拿起一双千层底的布鞋，两只鞋的脚大拇指部位都是窟窿，鞋底脚掌和脚后跟部位也都透了气，一个个麻线针脚还能模糊地看出来。他停下来认真凝视着，眼圈慢慢红了。这是妻子用心为自己做的，连搓麻线、纳鞋底、做鞋帮，一直当绱起鞋来，费了老婆几天几夜的工夫呢。做这双鞋的时候他们才刚结婚，现在妻子竟然已经去世五年了。当时他对这双鞋很珍惜，走在山路上有时候就脱下来提在手里，光着脚板走路。妻子知道后，心疼地说：“你是有家有口的人，你尽管使劲穿就是。我都跟着你了，还能少你的鞋穿？”妻子说到做到，经常为他做出新鞋子来。可是他每天都要巡山几次，磨损得太快太厉害，一双鞋子用不多长时间就穿透了气。为让妻子少受点累，他后来摸索出一个办法，就是每到一个有水的地方，轻轻用鞋底蘸一下水，让底面略微湿一下，这样鞋子就会更加耐磨一些。但是绝对不能湿了鞋面，那样的话就会毁得更快。想到这里，他苦笑了一下：“老婆子啊，俺还想穿你做的鞋呢。”

扒拉着，扒拉着，一双用车轮胎皮做鞋底、皮襻交叉钉在上面的自制皮凉鞋露了出来，这种鞋过去都叫鞋垫子，发生孟良崮战役后见了世面的当地人又叫皮坦克，再后来又有了个时尚名称沂蒙凉鞋，过去集市上很多摊位都在卖，价格很便宜，但很耐穿，深受欢迎。“孬处就是磨脚，得先磨破皮肉，然后再磨出来硬皮茧子才成。”他又无奈地摇摇头，陷入了沉思。这双鞋可让他吃苦头了，有一次碰上来偷树的，他一心想抓住人家，结果先是被山坡上的碎沙土滑到了几次。山上陡坡处随地长着很多擦脚草更让他出尽了洋相，这种草叶片修长，密密麻麻的，地上就像覆盖了一层厚厚的碧绿毛发，踩在上面一不小心就会滑倒。那次他滑下去近百米，眼看要追上的偷盗者向一边跑去，结果他停住的地方距离那人更远了，最后只好眼睁睁地看着那人影消失在密林深处。那次他的裤子后腚都擦破了，后来还是妻子给缝了两个对称的补丁才又能穿出去，屁股上擦破的地方过了好多天才结痂痊愈。

第二天儿子来到的时候，看到的除了很简单的几件生活用具外，最大的需要搬的就是两个大麻袋，儿子一看都是不能再用的破旧鞋子，开始有些烦，随即明白了是怎么回事儿，转过头去偷偷抹了一把泪，蹲下给父亲往远处的车上背了过去。

下午，儿媳妇精心准备了一桌丰盛的酒菜，他为父亲满满地斟上一杯酒，恭敬地端到手中，然后端起自己的来：“爹，我敬您一杯，在咱们家里你愿意怎么摆弄就怎么摆弄，尤其那些鞋子都记载着一段您的经历，咱们好好保存。你愿意到山上去转转，也随时去就是……”他感到眼里热热的，赶紧努力忍住，“爹，咱爷儿俩干了。”

儿子看到，父亲转过头去看了那两个麻袋一眼，眼里也有了泪花。

（原载《小说月刊》2019年第9期）

挂 靴 记

肖曙光

都梁城虽与京城相距千里，却是商贾云集，信息发达的地方。一条消息传到京城，只需一两天的时间。

这天，官道上飞奔着一辆马车。车里坐着尚书大人的管家。他脸色凝重，不时催促着赶车人，快点！快点！但紧赶慢赶，到都梁城天色已晚。他顾不上喘口气，便趁着夜色匆匆去了县衙，见了张县令，劈头就问，那条消息是怎么传出去的？

张县令高个儿，清瘦。他不慌不忙地问道，什么消息呀？

就是……管家环视一下四周，等几个衙役走了，才悄声说，杀人偿命，黄全要被砍头。

哦！张县令一下子醒悟过来，说，你是为这事而来？

可不是。管家瞥了眼张县令，刀条一样的脸上露出一抹凶光，老爷很生气，如果你敢杀他外甥，你的脑袋……

误会了。张县令低声说道，孰重孰轻我拎得清，你看，我把官靴都挂墙上了。如果办不好这个案子，我就走人。

管家抬头一看，墙上果然挂着一双靴子。这是挂靴明志啊。看来他是铁了心要把案子办好。管家脸色缓和了些，说，要尽快查明散布消息的人。

我查过了，城里的百姓都在传。

一群刁民。管家破口大骂。

两个月前，黄府的少爷黄全，在城里古玩店内看中了一件古瓷器，伸手就要拿走。掌柜不肯，黄全执意要拿，于是起了争执。黄全人多，将掌柜打死了。第二天，掌柜的老婆和女儿准备到衙门告状。半道上，被黄全带着家丁拦住，掌柜的老婆又被他们打死，还要抢走掌柜的女儿。围观的百姓愤怒了，一哄而上将他们团团围住。

平日里，黄全就是都梁城一霸，仗着尚书这座靠山，欺行霸市，无恶不作，百姓敢怒不敢言。今日这事，就像捅了马蜂窝，犯了众怒。张县令将黄全关进大牢，听候发落。

老爷说了，马上放人。管家命令道。

张县令答应了，领着管家就去了大牢。张县令在前面引路。路上坑多地滑，张县令不时低声提醒。他的恭敬，让管家很受用。一路上，抬头挺胸，一副趾高气扬的样子。进了大牢，就见一衙役慌慌张张进来，说，不好了，大牢被围了。

仔细一听，大牢外人声鼎沸，一群人在齐声嚷嚷，不许放走黄全。

管家大惊，他们是怎么知道的？

张县令叹道，都梁城消息灵通之地，恐怕我们还没进大牢，消息就传出去了。

管家冷笑一声，一群刁民敢闹事？不要怕，快把人带走。

外面的喊声却越来越大。

强行把人带走，恐怕引起民愤影响尚书大人的名望。张县令低声劝道。

管家想了想，无奈地垂下头。临行前，老爷特意交代他要低调处理这件事，不能太过招摇。

带不走黄全，就完成不了任务，回去怎么向老爷交代？管家一夜未眠。思来想去，生出一条计策，把黄全押往宝庆府，离开这个是非之地，或许可保全他的性命。

翌日，赶往县衙，还未开口，就见张县令在唉声叹气，不好了，百姓们又在传，尚书大人要大义灭亲呢。

大义灭亲？狗屁话。管家气急败坏道。

百姓们传得有鼻子有眼，说尚书大人的姐姐到了京城，大人都不见她一面，还说姐姐管教不严，教出这样的逆子，死有余辜呢……

没等张县令说完，管家恶狠狠地说，一派胡言！老爷哪会说这样的话，你要严惩这般传谣言的刁民。

遵命。不过，张县令看了眼管家，说，只怕消息传到京城，皇上知道了……

管家心里一颤，皇上一向痛恨徇私情的官员，如果皇上知道了，老爷就回天无力了。他仿佛看见老爷阴着一张脸，大声斥责他的样子，便催促道，快……快把黄全押送宝庆府。

不行啊。尚书大人都同意砍他的头了，宝庆府谁还敢保他的命？张县令一脸无奈地说。

这如何是好？管家心急如焚。

回去禀告尚书大人，让他再想想法子吧。

听了张县令的话，管家觉得也只能如此了，便叮嘱张县令要好生照顾黄全，否则……他做了一个砍头的动作。

管家走后，张县令悄声对师爷说，你再放出话去，就说百姓称赞尚书大人不徇私情。给爱面子的尚书大人脸上再贴贴金吧。

师爷听了，不无忧郁地说，不怕他怪罪下来？

张县令淡淡一笑，要怪就怪黄全。这个恶少，几任县令怕掉乌纱帽，都不敢治他。我再不惩治他，都梁城的百姓怎么活？

这年秋天，黄全被砍头示众。都梁城一片欢呼。百姓敲锣打鼓去衙门，只见一双官靴高高地挂在了墙上。

（原载《荷风》2019 年第 1 期）

窗　外

冷　江

今天上课，我始终有些心不在焉。本来要给孩子们朗诵鲁迅的《从百草园到三味书屋》，可是眼睛不听使唤，总是情不自禁地往窗外瞥。

就在距离我不到五米的窗外，我又看见了那张熟悉的脸。那是一张稚嫩的脸，就像刚长大的桃子还没有完全褪去绒毛。因为要一直踮起脚来才能透过窗户看见黑板，他小小的额头上沁满了密密的汗珠。那也是一张因为营养不良而显得面黄肌瘦的脸，以致后来我一直怀疑他得了黄疸。

这张脸已经不是第一次在窗外闪现了。自从我九月份来到这所深山中的小学，在上第一堂语文课时，我就发现窗外有一张充满好奇的脸。

我曾经几次试图走出教室来找他谈话，每一次都是还没到门口，警觉的他就像惊弓之鸟一样瞬间跑远了。于是我只好采用缓兵之计，装作视而不见，那时他就像土拨鼠一样突然从地底下冒出来，又出现在窗外了。

事实上，我的心里已经做出了无数个推定：这应该是本村的小孩，父母应该在外地打工，家里很可能只有爷爷或奶奶留守，孩子应该很渴望读书，可为什么不读书呢？是交不起学杂费吗，还是有别的原因？

昨天下课后我找校长了解情况。校长听我问起窗外的小男孩，不免皱起了眉头，这孩子啊，可不是你说的留守儿童，而且他家里也不是贫困家庭。

那可就奇怪了，为什么不上学呢？

校长见我有点着急了，这才告诉我事情的来龙去脉。原来，这孩子叫大虎，不会说话。刚生下来时好好的，两岁多时，一天晚上突然发烧，烧得很厉害，他父母当时以为是普通感冒，没当回事，只是简单用湿毛巾敷了下额头。没料到第二天，孩子嗓子就哑了。后来也曾经送到八十里外的县上医院去诊治，医生说瞧晚了，没法治了。农村里人很容易认命，父母万分懊悔的同时也只能怨自己命不好。很快父母又生下了弟弟。

他弟弟就在你班上，叫冷二虎的那个孩子。你要觉得他影响上课，我可以让他父母把他领回去。

哦，不用不用！我想校长是误解我的意思了。

今天，我怀着极度复杂的心情上课。我不用看，都知道窗外那张稚嫩的脸上，充满了渴望和羡慕。如果不出现那个意外，他应该和教室内二十多个孩子们一样骄傲地坐在课桌旁。

窗外起风了，稠岭山区里深秋的风已经有了些许凉意。我看见他小小的身子还是穿着两件单薄的外衣。

我捧着书本，一边领读一边走到二虎面前，我对着孩子的耳朵悄悄说了几句话。二虎不解地望着我，半天没有回过味来。我微笑地点了点头。

从二虎紧张的脸上我看得出孩子内心的困惑。虽然没有完全明白我的意思，他还是转身跑出了教室。

应该说，我对自己突然的决定并没有十足的把握。事实也证明了这一点。两个孩子在窗外发生了轻微的拉扯行为。很显然，二虎听从我的指令试图去把他站在窗外的哥哥拉进教室，而他的哥哥被这个突然的举动吓住了。

我始终微笑地望着窗外，我尽量使自己说话的声音听起来更柔和。我说，二虎，愣着干啥，快把你哥哥请进来，你们兄弟俩坐同桌，一起学习！

二虎再次用力去拽他哥哥，试图把他拖入教室。大虎这孩子却顿住脚，死活不愿意进来。我笑了，这样吧，大虎二虎，咱们打个赌好不好？

两个孩子一下子都瞪大了眼睛，好奇地看着我。我很认真地对孩子们说，你俩掰个手腕吧，我敢肯定大虎不如二虎！

这招还挺有效！大虎不服气了，不用二虎拉扯，自己走进了教室。兄弟俩就在课桌上掰起了手腕。我和其他孩子们一起喊起了加油。平静的教室一下子充满了欢声笑语。

那天比赛的结果不用我说，你们一定都猜得出来。而我印象最深的却是大虎的脸，那张在窗外多次闪现的怯怯的充满渴望与希冀的脸，从那一天开始，终于浮现出了真正属于一个孩子自己的童真和无邪！

六个月的支教很快就结束了，来年的三月，在一个春暖花开的清晨，我打起行装，最后一次回望这个深山中的小学，带着一种复杂的情愫离开。

快到村口时，前方不远处突然闪现出一个小小的身影，一直注视着我。我的眼睛湿润了，我又看到了那张熟悉的脸。

（原载《中国青年作家报》2019 年 4 月 2 日）

入 伏 饺 子

王春喜

小暑刚过，天儿热得要命。

她请了假，也没有啥事，就是心情不好，不想上班，只想一个人睡到自然醒，不用为上班的那个时间点儿所顾忌，不用一大早起床忙碌洗头刷牙，试穿衣服，直到把自己打理得整整齐齐，在镜子前照了又照，才装出一副自信的样子出门上班。

空调开着，冷风嗖嗖，她盖着被子，像冬天一样，蜷缩在被子里美美地睡着，脸颊上带着微笑，好像在做一个非常美好的梦。

门外，一声电动车上锁的刺耳的嘀嘀声，紧接着是开门的声响，推电动车子的动静儿。这些声响把她吵醒了，她知道是她来了，对门那人家的那个妇人，这时应该到了午时三刻。

平时她十一点半下班，回来坐电梯时，经常会遇到对门的妇人，她也是这个时候下班，都是这个点儿，十一点四十五左右。

她把头蒙了起来，知道对面的动静马上就开始了。

果不其然，切菜的声音，抽油烟机的声音，排风扇的声音，葱花炝锅的声音，叮叮当当翻炒菜的锅勺声儿，踢踢踏踏的走路声儿，都从对面透过门缝传了过来。

听声儿她就知道，对门又没有关房门，味儿飘进了她屋里，她闻到了那香味，一种爸爸妈妈当年做饭，自己赖在床上闻过的久违的味儿。

她刚住到这里几个月，离上班的单位近。她逃离了原来生活的地方，她想逃得越远越好，甚至想离开这座城市，但她没有勇气，也没有经验，不知道离开这座城市能去哪里。

对门的妇人每天午时回来后就开着屋门，从做饭，到吃完饭，她一家子的动静，一层楼住的家家户户都听得清清楚楚，包括他们经常的吵架声，也不避讳。

阳光透过窗帘的缝隙射进来，她感到了阳光的气息，加上对门叮叮咚咚奏起来的锅碗瓢盆交响曲，她再也睡不着了，爬了起来，下床拉开了窗帘，阳光照进来，她没有感到热，却精神一爽，伸了个懒腰，开始刷牙洗漱。

“你做的菜能吃吗？不会看着点，又煳了！”对门的男人埋怨。

“嫌我做得不好你做啊，在家里没事也不做饭。我一边炒菜还要洗衣服呢，爱吃不吃啊！”对门的妇人不甘示弱。

“做饭就专心做饭，一边做饭一边洗衣服，饭做不好，衣服也洗不干净。这菜煳得，吃了致癌呢。真不会过日子，冰箱里不是还有昨天晚上我做的酸菜鱼和排骨吗，就不能热一下吃……”对门的男人反驳。

“我不会过日子？我上班回来，还要做饭，洗衣服。你待在家里啥也不干，嫌我不会过日子，你去找你会过日子的女人啊！赶快搬出去，今天下午就搬出去，找一个会过日子的……”

接着还听到了乒乒乓乓摔东西的声音……

她刷牙的动作停止了，悄悄走到屋门口，透过猫眼看。但看不清对门屋里的情况，她就屏息听，可是啥也听不见了，对门好像不再有动静了，一切静止了。

她感同身受妇人的心情，这一幕简直就是自己离开那个小区前的翻版，唯一不同的是她不吵，就是要和他离。他甚至跪下来求她，她铁了心，就是要离。这她才搬来了。

洗漱穿戴完毕，镜子前她照了又照准备出门，想去外边透透气，顺便吃点啥。

对门的门还开着，她装作不经意向对门屋子里一看，对门一家四口人围在餐桌上吃饭，好像啥也没有发生一样。

她想不明白那妇人后来是如何想通的，反正换作她是想不通。

回来时，对门已经关上了门。邻居家的门开着，邻居家慈祥的老奶奶搬一把凳子坐在门口。过来住以后，老奶奶还一直问她有没有对象，想给她介绍对象呢。

屋里停水了，她想洗一把脸，就端着脸盆到邻居老奶奶家借水。她假装问老奶奶："俺对门的一家经常那样啊？"

奶奶压着声儿说："你来几个月了还不习惯了吗？前两年吵得才厉害呢，还经常动手，一开始我还去劝架，后来我也不劝了。越劝啊他们越上劲，都说自己有理。据说为了孩子，现在是离婚不离家。唉，年轻人，慢慢就好了，这就是生活啊。"

半夜里醒来，天还没亮，她再也睡不着觉了。屋里很静，只有空调的风声，像冬季的寒风一样呼呼直吹。独处让她害怕，甚至产生一丝恐惧。她觉得浑身发冷，感到害怕。她开了灯，关了空调，让屋里的灯一直亮到天亮。

第二天中午下班，在电梯里碰到了对门的两口子，两人有说有笑，俨然不像一对离过婚的人。男的手里提着鼓鼓囊囊刚买的菜，两人商议着说明天初伏，准备饺子馅晚上包饺子，商议着说儿子爱吃肉馅闺女爱吃素馅，要调两种馅，还客气地邀请她一起吃。

她看着他俩，也有一种想包饺子的欲望。

入伏第一天，她带着一盒自己努力包得不成样子的煮熟的饺子，回到了自己原来生活着的小区，敲开了他的门。

（原载作家网 2019 年 6 月 21 日）

一瓶药酒

杨海标

老王外出旅游，带回一瓶药酒。

带这瓶药酒回来并不容易。它是玻璃瓶装，有两公斤重，为了保证安全，商家找了个泡沫盒子保护，用废纸塞紧空隙，外面再用纸盒包装，再用透明胶带绑紧，之后写明地址，用飞机托运。

下了飞机，老王在取行李的传送带上找到了那瓶酒，一提，沉甸甸的，他就知道酒安全了。

回到大院，楼上的老李和楼下的老赵正在溜达，见他大袋小袋的，便热情地过来帮忙。老王也不客气，多年的好友了。上楼梯时，老赵问："去云南买得什么宝贝回来呀？"老王喘着粗气说："别的都没买，就买了一瓶药酒，等下我们尝尝。"

进了客厅，老王叫老李和老赵先坐坐。几天没见，老李和老赵也想听老王聊聊云南的见闻，于是两人在沙发上坐了下来，老王则把行李搬进房间。老王回到客厅，把放在一边的那个纸盒提到老李和老赵面前的茶几上，当面一层层地剥开，最后露出一个玻璃瓶来，完好无损。透过玻璃里略呈黄色的液体，里面有一条狰狞的五步蛇以及乌龟、海马等多种动物尸体和一些中药。

老李问："这东西很贵吧？"

老王露出一丝微笑："那老板喊价三千五，被我砍到两千呢。"

老李和老赵同时露出一丝惊讶。

老赵说："这么贵的药酒，都有哪些作用呀？"

老王戴上老花镜，凑到酒瓶前，看着那张贴在瓶子上有些模糊的文字边辨认边念道："有舒筋活络、活血化瘀、滋阴补阳、驱寒散热、定惊镇痛作用，可治疗坐骨神经痛、颈椎病、腰椎间盘突出、肩周炎、骨关节炎、骨质增生、骨质疏松、风湿性关节炎、风湿骨痛、周身痛、四肢麻木、偏头痛、偏瘫、口眼歪斜等疾病，预防中风、痛风，软化血管，防止动脉硬化，延缓衰老，可防治绝大部分中老年人易患的疾病。"

老王接着说："我坐骨神经病痛多年，那天在现场用这药酒擦一下，就感觉轻松许多。"

老李和老赵立即放出艳羡的目光："看来真是好东西，怪不得你大老远带回来啊。"

老王用力把盖子旋开，即刻有股药酒味飘出。他从厨房里拿出三个小酒杯，用勺子小心翼翼地舀一点倒到杯子里，先递给老李："我知道你有肩周炎，你先喝一点，再擦一擦，看看效果怎么样。”然后又递给老赵，“你的腰椎这段时间还痛吗，喝点试试。”

三人都不约而同地用舌尖试探一下，然后放在嘴里抿一抿，再慢慢吞下去。酒在三十多度左右，有股动物的腥味和中药味在喉间弥留。

老李和老赵要出门时，老王说：“我给你们每人带一点回去。”

老李和老赵即刻摆手：“哪能啊，好贵的东西，哪能拿来分呢。”说罢迅疾出了门。

老王知道他们讲客气，便找来两个小瓶子，洗干净后装了大约二两的药酒，先送到楼上的老李家。老李推辞不过，便从房间拿出一瓶珍藏了多年的高粱酒，两人推搡了很久老王才收下。

老王来到楼下老赵家时，老赵的儿子刚好去钓鱼回来，老赵便将鱼一分为二，两人又是推搡了很久老王才收下。

老王、老李、老赵每天都一起去公园锻炼身体，他们经常聊着药酒的功效，大家都感觉喝了那个药酒后病症轻了，精神好了。于是唱唱跳跳，不亦乐乎。

一天晚上，老王准备喝点药酒后再休息。他走到放酒瓶的墙角，看看没剩多少了，便把它放到餐桌上。他要把剩下的酒倒出来，然后再泡上新酒。酒他几天前就买好了。他找来一个宽口瓶，“嘴对嘴”地慢慢往下倒，酒咕嘟咕嘟地落进瓶子里。老王睁大眼，抿着嘴，一边手紧紧地抓住瓶口，一边手托着瓶底。不觉间手还是抖了一下，酒便从旁边流了出来，老王赶快纠正姿势，突然瓶子从手上滑了出来，一声清脆的炸裂声刺破了夜的寂静。

老王惊慌失措，急忙拿起一个脸盆把那些蛇呀、龟呀装起。一捏，不太对劲，再一捏，全是塑料做成的！

老王把这些塑料制品和碎玻璃瓶用废纸包好，趁夜色丢进了垃圾桶。

老王不再提药酒的话题。而他的坐骨神经又无由来地隐隐痛起来。

（原载《精短小说》2019 年 5、6 期合刊）

心　境

龙会吟

范老头儿和徐老汉都退休了，每天，除了刮风下雨，基本上都要去公园里溜达几圈，溜达累了，就坐在公园里的长椅上聊天，聊国内外大事，也聊家长里短，有时还像女人一样，聊聊对方的衣服。

范老头儿和徐老汉的衣着有很大的区别，范老头儿一年到头，总穿着那几件旧衣，好像很少买过新的。而徐老汉的衣服却换得很勤，今天穿着这件，过两天又换了另一件，款式也变来变去。范老头儿就忍不住问，你的衣服怎么换得这么勤？徐老汉嘿嘿地笑了笑，说，崽买的，不穿他就不高兴。

你的崽经常给你买衣服？范老头儿惊讶地问。徐老汉又嘿嘿地笑了，说，我现在是穿崽的，吃孙的，什么都不用管。范老头儿眼里全是羡慕，想到自己的儿孙全是"啃老族"，不是要他出钱买这个，就是要他出钱买那个，他们自己看见衣服就买，就是没想过给老人买一件，退休金不多的他，现在也成了月光族。还是你福气好，穿崽的，吃孙的，神仙也没有你幸福。范老头儿由衷地夸赞着。

当着徐老汉的面夸赞，在儿子儿媳面前，他还在喋喋不休地夸赞。你们知道徐老汉有多幸福吗？他现在是穿崽的，吃孙的，什么都不要自己管，不像我和你妈，月月都是月光族。儿子惊讶地望着范老头儿，望了好久好久，仿佛才明白了老爸话里的意思，说，爸，你是不是羡慕徐老汉穿崽的？徐老汉说当然羡慕，穿崽的就不要自己买衣服了。儿子说那以后你就莫买衣服了，以后你就穿崽的，说着就拿出了几件旧衣服，说这几件衣服我正想丢到垃圾桶里去，现在不必丢了，就给你老人家穿，免得你再去买新衣服。范老头儿惊讶地盯着儿子手上的衣服，说，你是要我以后穿你的旧衣服？儿子说你不想穿？不想穿，我就扔掉了。范老头儿看那衣服还有七成新，扔了实在可惜，便说别扔别扔，我穿就是了。

孙子正在吃饭，他厌食，鸡蛋羹吃了几口就不吃了，面条扒了几筷子就扔在桌上。儿媳对范老头儿说，爸，你不是还没吃饭吗，把这些东西吃了吧。范老头儿不高兴了，说，你要我吃你儿子的剩饭？儿媳妇说，你孙子又没吃几口，倒掉多可惜。范老头儿也觉得那白花花的鸡蛋羹和面条倒了太浪费，便拿了过来，三口两口吃到肚子里。

范老头儿和徐老汉在公园里见面时，徐老汉带着孙子在公园里玩，孙子手上拿着一个大馒头，有一口没一口地吃得很勉强。范老头儿来到徐老汉面前，苦笑着对徐老汉说，我也穿崽的吃孙的了。

那好那好，早就应该这样。徐老汉点头赞赏，望着范老头儿身上的衣服，眼光里露出惊讶，说，好家伙，终于看到你穿新衣服了，崽给你买的？

范老头儿又是一阵苦笑，说，他哪里会想到给我买衣服，这是他不要的衣服，扔了可惜，就给我穿。哪像你，崽经常给你买衣服。

徐老汉嘿嘿地笑了一下，正要说什么，孙子却抢着说了，我爷爷和你一样，也穿爸爸的旧衣服。

啊？范老头儿盯着徐老汉的孙子，好像在甄别他的话是真还是假。徐老汉的孙子却不明白范老头儿的心思，举着馒头对徐老汉说，爷爷，我不想吃了。徐老汉说不想吃了给爷爷，接过孙子吃剩的馒头，一把塞进嘴里，那副开心的吃相，使范老头儿十分奇怪：这个徐老汉，吃崽的，穿孙的，怎么就没有一点委屈感呢？

（原载《天池小小说》2019 年第 9 期）

小表舅相亲

李晓艳

媒人喝了一口水说：“大军，那姑娘怎么样？看好了没？人家这姑娘不仅长得标致，家里家外都是一把好手，巧着呢，做得一手好针线活儿，那花儿都被她给绣活了！人家脾气也柔和，见人不笑不说话。我是觉得你家世人品都好，和这姑娘般配，才给你们撮合的。那姑娘对你有好感，说你们见过几次了……”

一直低头沉默的小表舅忽然抬起头问：“啊，我们见过了？”“是啊！”媒人应着，接着说：“姑娘说见过几次了，你不记得？”“我……我没看到女方是啥样。”“啊！”听到小表舅的话，媒人和我舅姥爷都张大了嘴巴……

媒人一急，把围巾从脖子上一把扯下来，团成团握在手里，敲了一下桌子说：“我的那个娃呀！我这费劲巴哈地给你忙活了半天，你没看到人是啥样？！你俩对面坐着，你没看见人是谁？我的那个天儿呀！你这娃真罕见。我看着你长大，没见你是这样木啊！”

小表舅红着脸低头不语。舅姥爷恨恨地瞪了小表舅一眼，讨好地笑着对媒人说：“这女娃真不错！你看咱咋办？费费心吧，帮忙促成这好事吧……”

媒人很负责地问小表舅：“你是有人了，还是咋了？我做媒是想积德，可不能亏了谁呀，这是要过一辈子呀！你得告诉我为啥。”

被逼无奈的小表舅脸上像蒙了块红布，他挪了一下身子，把一直交叠在裤脚后的另一只脚放下说：“进门的时候发现袜子穿错了，两个色，怕人家看见……”

经他这么一说，大家的注意力唰地都集中在小表舅的脚上了，那并列的双脚颜色很跳跃。小表舅一脚穿着本命年表姨给买的、带着金喜字的大红袜子，一脚穿着灰色的线袜子，两个颜色的反差更突显了红的艳丽。

媒人也憋不住笑了，握着大围巾的手捂住肚子笑得直不起腰。小表舅更尴尬得无地自容了。

媒人止住笑，说：“不是别的问题就好，你这娃真呆！哈哈……”没说完话媒人又望着小表舅的双脚大笑，直至笑出了泪来。

“你是个实诚人，这门亲我帮你撮合到底了，你爹对女方也欢喜得很。这样再给你们安排一次见面，十五赶大集，你带着姑娘去赶个大集咋样？我就和女方说咱大军约的可行？”媒人问。

舅姥爷赶紧推了一把将头埋在胸前，脸涨成猪肝色的小表舅说：“行行，我看行。”小表舅也点头应了。媒人说：“你应了还不管用，我得问问姑娘的意思，约会地点姑娘来定吧……”

第二天，媒人回了话，姑娘答应和小表舅去赶集了，见面地点约在小学门口，那大人少，好认人。

媒人一个劲儿地嘱咐小表舅：“会来点儿事啊，给人买个糖球，买个小镜子啥的啊。主动点儿，过了这个村可没这个店了，给姑娘做媒的人多了去了，啊，主动点啊！……”

约会那天小表舅起得很早，收拾停当，临出门又一次检查了袜子。

小表舅最担心的是不知那人长啥样，怕认错了。表姨说：“小学门口人少，她认识你，你就找那个漂亮的、对你笑的人就不会错了。”

见面会不会顺利？小表舅忐忑着把擦得铮亮的自行车停在小学门口，紧张地瞅着来往不多的人，集市离小学很远，单人骑车要二十多分钟，载人的话时间更长，媒人就看好了这样长时间近距离的接触机会，才想着把约会定在赶大集。

姑娘来了，远远地望着小表舅羞羞地笑。是面熟，是漂亮呢！小表舅一见，更紧张了……

小表舅带着姑娘去赶集了，这一路上两个人都羞羞的，不好意思多说话。听了媒人的话，小表舅给姑娘买了糖球，但没看见小镜子，就买了一个小发卡。姑娘不好意思要，两个人一让一推，碰到手了，都小鹿乱撞的，羞怯紧张到找不到北了。

赶集的人好多，他们相互瞅着，怕丢了对方。走出集市，两个人再对视的时候就更羞怯了。

小表舅赶紧上自行车，因为是上坡，姑娘直接坐上车起不了步，姑娘说：“你先骑着走，我跳上去就好了。”这一说话两人眼神又碰触了，又羞到不行，小表舅收回眼神，蹬起了车子，感觉车后一晃动，小表舅就快速蹬车融进满是车流的小路。清风飞扬，心情愉悦，上坡也不觉得累，小表舅想：这姑娘好轻，带我姐的时候，上个坡费老劲了！

想起这一路的眼神和送发卡碰触的手，小表舅满满的幸福感，车蹬得更有劲儿了。

迎面碰到了熟人儿，人家问小表舅：“今天一个人来赶集呀？”“啊？一个人？”小表舅一回头，后车座是空的。

小表舅顾不得和那人打招呼，掉转车，急急地往回找。

原来，那姑娘看小表舅开始骑行，一跃跳向后座，结果坐空了，摔到了地上，她手拽着后座尴尬地“哎、哎”了两声，就被羞羞的小表舅给落下了。集市人声鼎沸，小表舅根本就没听到，只被幸福催着拼命地蹬车……

虽然两次见面都尴尬到不行，但小表舅还是有惊无险地娶回了我的小表舅妈。

（原载作家网 2019 年 3 月 4 日）

希望在坚持

顾文显

阿娟跟六个小姐妹一同到省城打工。告别那个偏僻的山沟前，小姐妹们的父母都对自己的女儿说：“出去要看情况，能干咱就干，干不了就回来，家里饿不死人的。”阿娟的老爸却把女儿拉到一边，悄悄嘱咐：“按规定，你是十五号上班，进去后，哪里也别动，给老爸撑住了。爸下月十六号前后去看你，那时还有份更好的工作等着你呢，你在眼下这个公司，只能算是预习。”

姐妹七个到了省城，去事先谈好了的服装厂上班。环境很好，活儿也不十分累，就是老板太苛刻，动不动把孩子们给骂哭了。姐妹们哪里受得了这个呀。就私下里商量说：“不干了，省城有我的姨妈，找她去。”

就这样，七个姐妹走了两个。又过去几天，老板让另一个姐妹收拾仓库，把她累得半死，老板却还说她不会干活，最后，这个女孩也走了……结果刚过去一星期，七姐妹投亲的，回乡的，走了六个。

单单地剩下阿娟一个，还在那厂子里硬撑着。她在数日子呢，再有多少多少天，老爸就来接她换个好工作，回山沟还要搭上那么贵的路费，她才不会那么傻呢。

只剩下阿娟一个新工人，老板就分派她收拾库房。阿娟确实不熟悉业务，老板当然免不了还絮叨，说这里不认真，那里不干净。阿娟真要受不住了，她想，还差二十多天呢，现在得罪了老板，没地方待呀，权当忍气吞声等好工作吧。现在有吃有住，那份工资简直是白捡！想到好工作，阿娟一脸喜气，把老板逗笑了，说：“丫头，你替我管库房吧。”

阿娟当上了库管，工作得十分认真。可老板有病态心理，就是横挑鼻子竖挑眼。阿娟想，你当我愿意伺候你呀，我不过等那份更好的工作。想着，她还是一脸笑："老板别发火，我得慢慢进步，您看成吗？"

老板得寸进尺，又让阿娟兼管质量检查，只字不提涨工资的事。阿娟鼓励自己，得撑着，要不然，以前的气可真的算白受了。还剩下了十天，我要把事做好，先让她满意，到时候我一甩手走人，让她后悔去吧。

阿娟挨累时一身力气，挨训时一脸笑容，老板到底被她感动了："阿娟啊，小山沟过来七个女孩，没人经受住这样的考验，你真行啊。"老板当即提升阿娟为老板助理，负责很多事，工资也由一千二百元涨到三千五百元！"你就把我当亲姐姐看吧。从前我发脾气，只是考验你们，哪个经受得住，就说明她素质过硬，能当大任。我这法子没错吧。"老板一脸得意。

下个月十六号一早，阿娟接到老爸的电话，问还需要他来省城吗？阿娟说她现在挺好，暂时不用换工作了。老爸在电话那端笑了："傻丫头，老爸哪有好工作？我就坚信一个理儿，人在没有办法的时候，希望在于坚持，所以拿那个没影儿的事儿鼓励你呢。"

（原载《自学考试报》2019 年 5 月 24 日）

王二爷选婿

李训东

俗话说：一家有女百家求，求的人多，就有选择。王二爷家有四个女儿，个个似出水芙蓉，见人嫣然一笑，倾城倾国，十足的美人坯子。邻居大妈赞不绝口："人家这闺女长的，脸是脸，腚是腚的。"

乡下人虽不讲胸围、腰围、臀围，但也知道女人的屁股与脸同样重要。上过冬学的二爷可不这样夸女儿，而誉之为：赛西施、胜貂蝉、羞煞王昭君、气死杨玉环。

“赛西施”到了谈婚论嫁的年龄，媒婆踏破了门槛，可是选来选去，不知选什么样的好。正在此时，二爷听说镇上原来开照相馆的陈瘸子找了一个有钱的女婿，现在与老伴随女儿进城享福去了。二爷想：不会过日子跟人家学，就找一个有钱的。于是二爷选中了一个包工头的儿子。主意一定，老婆直夸二爷有眼力。

大女儿结婚那天，早上来辆车带女儿进城化妆，回来时穿了婚纱，做了发型，涂了口红，抹了粉，还上了眼影。事后二爷常说：“哎哟，那个美呀！没法说。”

中午，什么大奔、奥迪来了八辆，一个家伙，扛着一个黑匣子，像扫机枪一样，闭着一只眼，扫来扫去。二爷说：“到底是有钱人家，照相机都用大家伙的。”但有一点让二爷纳闷，咋不像镇上照相馆陈瘸子那样先吆喝让人注意呢？

“这是摄像，将来能像放电影一样，人还能动，也能说话，跟现在这阵势一模一样。”说话的是曾在城里打工的二柱子。

“唬谁呢？别瞎咧咧。”

“真的，不信将来走闺女家，您看看就知道了。”

二爷不由得感慨：“有钱真好！”

女儿婚后满月回家，刚进家门就扑进母亲的怀里哭了起来。二爷以为是想妈想的。

晚上睡觉，老伴唉声叹气。二爷问：“咋的？”

“都是你作的孽，把女儿许给这样一个孽种，结婚还没一个月，就对女儿没了兴趣，整夜在外鬼混。”

“咋是我作的孽，你当时不是还夸我有眼力吗？”二爷嘴上虽这么说，但心里还是自责看走了眼。

二女儿找对象时，二爷早就想好了，花花公子要不得。要找像喇叭里说的，应有发展潜力。

邻村有个外号叫“大算盘”的，请人到二爷家给他的儿子“活电脑”说媒。“大算盘”盘算了大半辈子，也没把家境盘算殷实了。倒是“活电脑”，虽没什么文化，但在外不像其他人做个木工、瓦工，而是贩卖服装、打火机什么的，听说冬天还到海南去贩西瓜运到冰天雪地的北方，冰冷天还会有人吃西瓜？就这么瞎折腾，每年下来却比出苦力的人赚钱多。二爷认为这就是发展潜力。

二女儿与“活电脑”结婚后，随他走南闯北，起早贪黑做买卖，未出五年，就把家业搞红火了。哪知穷人乍富，一阔，脸就变，买了一辆屁股冒烟的铁驴，见了老丈人也不下车，搞得王二爷很没面子。有一回二爷实在气不过，找上“活电脑”家门训他一顿，想不到二女儿却为“活电脑”帮腔：“老爸呀，现在都什么时代啦，哪有时间拉闲呱，现在时间就是金钱呢。”

“时间是金钱，难道老子就成狗屎了？好，你们两口子只认金钱不认狗屎。”二爷气昏了头，甩手就走。

二爷走在路上就做出一个决定：三女儿一定要找一个知书识礼的。

这次二爷为三女儿选中的是镇农技站的一个戴眼镜的大专生“四只眼”，“四只眼”书是读了一点，但识的理不是二爷的那个理，整天屁颠屁颠忙钻营。逢年过节总是忙着跑关系，想着向上爬，从来不顾家。三女儿田里家里忙，累急了，跟“四只眼”理论几句，他却说：“女人懂个屁，你以为整天围着锅台转就是顾家啦，官当大了就是最大的顾家。”

还算万幸，上次受一副县长受贿案牵连，没查出什么大问题，但组织上说了，问题虽不大，反映了一个人的品质，权力掌握在这样的人手中怎么能行？最终“四只眼”还当农技员。

王二爷选婿，一直难如己愿，难道真的应了那句“自古红颜多薄命”的古话了？二爷越想心里越发凉，对老闺女的婚事没了半点主张。

在二爷为四女儿婚事一筹莫展之际，四闺女却与本村的三愣子搞上了对象。三愣子是没相貌，没文化，没家产。但这门亲事二爷是同意也得同意，不同意也得同意。四女儿与三愣子在外打工，已经住到了一起。这回连平时不过问家事的“赛西施”的妈也按捺不住，跳上跳下地要扒三愣子家的房，砸三愣子家的锅。二爷却很开通，劝老婆：“儿孙自有儿孙福，别为儿女枉费心，只要闺女中意，随她去了。”

四闺女小两口尽管行动上有点过急，但很是顾家。每次农忙，小两口都赶回来帮着收割耕种。晚上收工，三愣子到小店拿瓶酒，买包烟，陪老丈人喝两盅酒，吧嗒两口烟，二爷心满意足。

有一次二爷多喝了两盅，直夸四闺女：“有眼力，比老子强。”

四闺女赶紧推推坐在身边的三愣子：“老爸夸你呢，还不快再敬老爸两杯。”

“咋是夸我呢？不是夸你有眼力吗？”

“对呀，夸我有眼力，找了你这么个好夫婿，瞧你愣头愣脑的样儿。”

“噢，也是夸我呀，好，老爸，我再敬您老两杯，过去人常说一个女婿半个儿，我不是您半个儿。”

“又说愣话了吧，两杯酒下肚就不认老丈人啦？”

“真的不是半个儿，是整个儿。不信，我起誓。”

老丈人赶紧端杯：“愣小子，起什么誓，喝酒！”

老丈母娘喜滋滋地为女婿夹菜：“快吃菜，打了几天工，就洋乎起来了，还老爸老爸的。”

一家人其乐融融。

（原载《淮网文学》2019年7月号）

逆　　转

蚂蚁飞

李老汉家住山区农村，六十多岁了愣是没有一天闲着，忙忙碌碌，就是没钱攒，种田种地也得花钱，种子、肥料、油盐酱醋，哪样都得花钱。山里挣钱的门路少，年轻人都出去打工，剩下老人们留守村庄。

春雨过后，李老汉心里盘算着，赶紧上山采竹笋，迟了就只能等下一场雨了。他找来一个蛇皮袋，一把小弯刀，对蹲在火灶前熬粥的老伴说：“我上山找竹笋，你一会儿割两把青草喂那两头羊，别让它们跑出去啰，吃村里的庄稼咱赔不起。”

老伴手里拿一只碗，边往碗里盛粥边答：“我知道哩，但你先吃了粥再上山吧，别饿肚子。”

李老汉接过老伴递过来的粥，吹几口凉风后，嘴巴在粥碗边画几道圈，把粥喝光就出门了。

中午刚过，李老汉一身泥巴地回家了，肩上的蛇皮袋鼓鼓的，收获不小，他庆幸自己去得早。

老伴赶快把饭菜摆上桌，打来热水说：“先洗洗，然后把湿衣服换了吧，免得生病。”

李老汉边洗手边说：“把竹笋扎捆成一斤一把，一会儿我就上街市去卖。”

“明天卖不可以吗？已经下午，时间怕来不及呢。”

“呵，这野生竹笋新鲜清甜，城里人喜欢，不怕卖不掉。”

老伴不再说话，继续低头扎捆竹笋。李老汉吃罢午饭，推出那辆陈旧的自行车，为了方便驮货物，车后座用绳子把一个长方形的木架子固定好，再把那一袋竹笋横在上面捆绑稳妥，骑上它向街市奔去。

李老汉这袋竹笋不但新鲜，而且价钱实在，很快卖完收摊，辛苦挣得了百来块钱，他购了些用品后就骑车赶回家。经过一段比较窄的路段时，也许正是下班人多，他靠右行的时候，没有留意自己车后座的木架子是两端伸长的，结果木架把停在路旁的一辆蓝色轿车刮了一下。李老汉停下来瞧那轿车，发现车门有一道刮痕。他看了看四周，人们来来往往，没有谁注意发生了什么事。他想，算了走人吧，这点小刮痕想必车主也不会计较的。可又一想，不行，错了就得承认，我李老汉从来不干缺德事，于是他站在车旁等待车主。

不一会儿，一个三十岁左右、衣着很时尚的男子，径直朝这辆车走过来。他正想开车门，发现有一道痕，环视了一下，刚想骂几句，李老汉在他身边喊：“先生，对不起，刚才不小心刮坏了你的车，我老汉既然有错，那该赔就赔吧。”

男子上下打量着眼前这个老农，心想：这老头儿挺有骨气，敢作敢当，他愿意赔，说明家庭经济不错。于是男子生气地说：“你知道这车多少钱吗？好，你愿意赔，那就拿 1350 元来吧。”

李老汉一听就彻底傻了，他以为百把块钱就搞定，沉默几分钟后，才难为情地说：“我没带这么多钱出门，你到我家里来取吧。”

男子也不客气地说：“好，你带路，我紧跟后面。”

男子估计李老汉家住城区附近，谁知七弯八拐，竟开进乡村公路，足足跟了四十多分钟才到了李老汉家。男子下车一看，这是个山区农村，自己从来没有到过这个地方。

李老汉把男子领进一椽老屋，那是一间破旧的泥瓦房，长年失修的缘故，有些摇摇欲坠的样子，泥墙外堆放不少柴草，屋顶的横木也残旧得变了黑色。再看看屋里，没有一件像样的家具，房子虽然破烂，但地面很干净，物品摆放也整齐。李老汉把男子带到后院的羊圈，指着两头羊说：“先生，不好意思，我没有现金，拿一头羊来抵吧。你决定要哪一头，我把它捆绑好让你带走。”

男子瞅了瞅那两头羊，沉默了好一阵儿，然后走出来，正好女主人进屋，看见有客人，急忙用袖子擦了擦凳子，再请客人坐。男子婉谢后径直走到门外，李老汉也跟在后面。男子在门外又一次把房子看了又看，心想：这样的房子怎能住人呢，老农的日子过得真不容易。于是男子问：“老人家，你家里都有什么人，有孩子吗？”

“目前就我和老伴两人。”李老汉顿了顿，“是有两个孩子。”

“应该都长大了吧，他们不在家？”

“女儿嫁得远，很难回来一次。”李老汉垂下眼帘，“儿子之前出去打工十年，挣了七八万，本想把这老房改建楼房，可去年儿子突然病重，住院看病花光所有的钱，我也把值钱的都卖了给儿子看病，最后他还是走了。”

男子听得心里一阵一阵地痛，他从心里佩服这个人穷志不穷的农村老汉。内心萌生出要帮助他的想法。于是男子从皮包里拿出自己刚才从银行取出，本打算明天办事用的两万元，诚心诚意地对李老汉说：“老人家，我这里有两万元，你拿去把房子修建修建吧。”

李老汉说：“这怎么行，本来是我欠你的钱，现如今你反给我钱，我……我老汉心里有愧呀。”

“老人家，别客气，我不要你还我的钱，这是送给你修房子用的。”

李老汉眼眶顿时通红，感动地说：“谢谢先生，你的大恩大德老汉我永远记住。请问先生你的大名，家在哪里？我老汉要在大众面前感谢你。”

“老人家不必了，下次要是路过这里，希望看到你的新房子。”

男子说完开车离开了，李老汉拿着沉甸甸的两万元钱，喃喃地说：“真是个好人啊，好人啊。”

…………

（原载作家网2019年2月4日）

祠堂榜

周崇贤

我们钱村姓钱的人有个传统，就是在家族祠堂两边设“红黑榜”，凡族人中有考取功名，或是在单位任有职务的，其个人事迹上红榜，以激励其他族人；凡族人中有违法犯罪的，其个人劣迹上黑榜，以警醒其他族人。没有人知道这个传统始于何年何月，反正村中老者小孩都知道，这是钱家老祖宗传下来的规矩。

到了我这一代，有个婶子生下了钱村有史以来的第一对双胞胎，而且都是带把儿的男娃，这在重男轻女的乡村，可以说非常激励人。经九叔公提议，这事破例上了红榜。

时光如水，眨眼间，这对双胞胎就能在祠堂里追逐玩耍了，当然也会不时跟着婶子，去祠堂聚餐、看榜、听教诲。

后来发生的事情更励志。因为钱哥考上了大学，其事迹上了红榜，和他的母亲排在一起。这可是我们村第一个大学生，族人因此喜气洋洋，杀猪宰牛，摆酒庆祝。

那天我也在场，我发现钱弟躲在边上，眼红红的，好像刚哭过。等庆祝的人们离开后，我看见他走过去，朝着钱哥的红榜久久地看。

钱弟跟我是同班同学，学习成绩比我好多了，甚至比钱哥还好，可是，命运弄人，他没考上。本来我想过去安慰他，可笨嘴笨舌的，也不知该说些什么，最后只能一声叹息作罢。

族人敲锣打鼓送钱哥坐车去学校报道。而钱弟，只能和我一样，背着行囊走向村口，外出打工。

多少年过去了，钱弟和我一样，一直在外边艰难打拼。听说钱哥大学毕业后进了一家大公司，很快又升了职，过年开车回乡，再次荣登红榜。

最让族人开心的是，钱哥发达后不忘大家，大手大脚地给族人派利是，都是红彤彤的百元钞票。此举让村中外姓人好不眼红。

婶子问他哪来这么多钱，他笑答："妈，咱姓钱，不差钱。"

那年我回家过春节，去祠堂给祖宗烧香时，看见婶子站在祠堂红榜前久久地看。我发现，当年美美的婶子，头发已经花白了，面庞也远不如记忆中的那般光洁闪亮。唉，真的是时光无情呀！

有一年，钱弟说他想回村做公益，把通向钱村小学的泥巴路铺成了水泥路，问我要不要一起。我也是钱村人，我当然满口答应。

说干就干，我们背着工具坐长途汽车回钱村，还带回来一帮打工兄弟。我们甩开膀子，热火朝天地干开了。等路修好了，村娃们上学就再也不用泥一脚水一脚了。想想都激动。

婶子也很激动，都一把年纪了，还忙前忙后，为我们煮饭、洗衣服，端茶递水。本来，九叔公觉得这事是可以上红榜的，弄得我很高兴，我们家可从来没人上过榜呢，而且是上红榜！要是我上了，那就是第一个……啊呀，真的是想想都激动呀！

可是，有人不同意九叔公的提议，说几个泥水匠，一没当官二没发财，要是修条路就可以上榜，岂不是坏了老祖宗留下的规矩？结果这榜就没上成，搞得我好几天不开心。

只是没想到，更不开心的事还在后头。我们路都还没铺完呢，坏消息就传回了钱村——钱哥因为贪腐被查了，抓起来了，戴手铐了。

没说的，钱哥的名字和照片被请下红榜，列入黑榜。

那天，我看见婶子站在黑榜前抹泪。

钱弟听到这个消息，连手都顾不上洗，就从工地上急匆匆地赶过来了。他搓着满手泥灰，站在婶子身后。那个场景，真的是让我感慨万千。

那天，我对我们钱村祠堂榜有了很深的认识。我在心里骂了句脏话，心想这辈子上不上红榜没关系，但老子打死都不想上黑榜。

"不要让父母流泪，不能给祖宗丢人！"这是我们钱村人都不知道传了多少代的钱氏家训。

那天，我真的很替钱弟可惜。当年，他也是考上大学了的，可是，家里的经济情况根本不可能同时供两个大学生，为了钱哥，钱弟悄悄地撕掉了录取通知书，外出打工养家，供钱哥上大学。

要不是有次他喝醉了，无意中讲出真相，我还以为是他没考上呢。

（原载作家网 2019 年 8 月 7 日）

对狼而歌

刘 泷

在辽西山区的一片峡谷，一对父子被困住了。

张大帅的兵卒在关内与吴佩孚交战溃败，战场的绵羊却在峡谷如同恶狼，烧杀抢掠，为非作歹。

一颗流弹，像钉子入木一样，猝不及防，楔进卓索图的父亲老巴图的左眼。岂料，左眼发炎，连累右目，老巴图将息多日，从此竟沦为盲者，暗无天日。

好在，在路边荒草里拾得一把马头琴。

弹奏马头琴是他们的天赋。走到有人的地方或村庄，老巴图就弹起琴来。什么《马头琴的忧伤》《马头琴的诉说》《遥远的马头琴》……嗡嗡琴弦嘈嘈切切，琴声低沉、忧伤，聆听的人不禁掉下泪来。有的一滴两滴，有的霏霏如雨。

如此，尽管不能果腹，也勉强度日。

但是，动辄遭遇散兵游勇，逃难的人难免内心惶惶。

到底，卓索图与老巴图被军兵、难民冲散了。

卓索图慌乱地站在山坡上，茫然四顾，禁不住泪眼涟涟。

一群乱兵冲杀而至，很多无辜的男女民众被乱刀砍死，乱枪射杀。一群兵丁围住了他，砍刀、枪口虎视眈眈对着他。他们狂躁，舞刀弄枪，詈骂，小兔崽子，胆儿肥呀，见着爷不躲起来！你这是找死呀？好，老子成全你！

他急忙匍匐在地磕头说，兵爷，不能杀我呀。我不能躲起来，也不能跑。因为，因为我的爸爸眼睛瞎了。这兵荒马乱的，我不能丢下他啊。

他额头的血都磕出来了。鲜血如同蚯蚓，涔涔而下，洇湿一片头皮下的草地。

那些乱兵问，你多大？

他惶恐，结结巴巴答道，十、十五。

有乱兵说，孩子不大，是个孝子，杀了他丧天良啊。走吧！

即刻，那些兵作鸟兽散。

望着兵匪四散而去，他仿佛做了一个梦。

翌日，衣衫褴褛的爸爸出现了，他跑上前牵住了他。

兵匪，饥馑，荒年，铜台沟的饿殍，像割倒的高粱，在门边路旁僵卧。无奈，他们相依为命，是出来讨饭的。

又一个春天来了，大地返青，河水苏醒，杨柳吐绿。

他们惦记着那几间茅屋，几垄薄田，蹒跚赶路回村。

岂料，就在翻越两个山梁即可到家的高山草甸，在距离村落近在咫尺的一处山坳，父子遇到了狼群！

也是，那时，在草原、在野陬遇到狼群不是偶然的事。

荒草萋萋，夕阳西下，狼群呈扇形围上来。

它们躬身爬动着，殷红的嘴巴大张着，阴白的牙齿龇出来，眼睛放射幽幽而阴森的光，淋漓出腥臭的垂涎。

卓索图紧紧依偎着老巴图，双腿都软了。

老巴图喃喃，孩子，不要怕。经书说，我们有什么样的心，看到的便是什么样的世界。世界只是我们内心的投射。

他问，我们怎么办？

老巴图面无惧色。他居然从背上取下马头琴，从容地席地而坐，拉起悠扬的马头琴来。

他拉的是《四季》。琴音不乱，深情、感伤。

倏地，卓索图竟张开喉咙高唱起蒙古长调来。

他不禁一怔。他是从来不唱歌的。但突如其来地，歌声从他的喉咙里俨然决堤的水，喷薄而出，奔腾不息。

当然，蒙古长调没有固定的模式，完全是心灵的抒发。他竟像一名娴熟的歌手，歌声高亢，悠远，声遏行云。

他和伴唱的马头琴是那样地和谐、流畅，穿越星空。

怪了，狼群立时安静下来，耳朵或抿或竖，谛听。

他们一直唱到天亮。

狼群竟然悄悄退去了！

后来，他想，从小仰望草原星空的蒙古人，心胸宽厚包容，目光辽远锐利，特殊环境下独特的无畏与喜乐成了挽救自己的生存方式。

抱着这样的信念，他克服各种困难，历经各种磨难，运用装饰音和假声的曼妙，用长调赞美美丽的草原、山川、河流，歌颂牧民的爱情、兄弟的友谊，表达人们对命运的思索。终于，他不仅进入乌兰牧骑，还脱颖而出，对流行草原的《小黄马》《走马》《威风矫健的马》《思乡曲》等长调，都有独到而震撼人心的演绎，一举成为草原蒙古长调的歌王。

人们如此议论，说卓索图是喷泉的意思，他的歌，就像喷泉，澄澈而明媚！

可是，就在无比辉煌之时，他却于六十耳顺之年低调回到了铜台沟，怎么也不肯出山了。

他说，我是被群狼逼出来的歌手，如今狼群没了，还唱个什么劲！

躬耕那几亩薄田的闲暇，他小楷临摹一位作家的话：当一个人真正懂得以退为进、删繁就简、去伪存真，真正开始把人生的圆圈往回收时，也许身上的光环减少了，也许不再那样鲜衣怒马得热烈。可是，真正属于自己的人生开始了。因为，好日子自带光芒。

九十岁，卓索图无疾而终。

村人说，他是修来的。

（原载《内蒙古日报》2019 年 3 月 26 日）

交印

东方了了

张星失业了，失望失意的他没有得到老婆小兰的安慰，反倒是听了个满耳的埋怨，一气之下，他来到刚刚交付使用的“江南水岸”小区。小区是本地最高层，他想从二十八层一跃而下来个彻底了断。就在手指按向电梯按钮的一刻，一张招聘小广告吸引了他的注意：高薪急聘：轻轻松松爬楼梯，日入千元不是梦。张星欣喜若狂，这正是天无绝人之路。

联系电话的那头是个急性子，说话爆豆般：“你健康吗？简简单单轻轻松松，日入千元，上不封顶，现在你来我这里报个到就算正式开工了。”

张星顿时心花怒放，来不及多想便直奔电话所说的地址。

在一片老旧小区的一间小门市内见到了“老板”，老板递上一个超大墙体广告印章：“你的工作就是让咱们的广告覆盖江南水岸的十二栋高层的各个楼层之间。盖一个章两角钱，工资日结。如果联系到业务，一单五元。别偷懒，我们会有专人检查。”

急于找到工作的张星没有时间思考工作的合法性，便一头扎进了江南水岸。不看不知道，原来被称为“狗皮膏药”的小广告也有很多名堂，套用一句成语来形容：后来者居上。

小广告之所以盛行且经久不衰，就是因为有市场。一如那个公益广告所言：没有买卖就没有杀害。小广告这个行业也是同理。生意的火热，让这个市场竞争呈恶性循环。比如眼前的这面墙，有几处粉笔写的办证电话；还有数张贴的东扭西歪的小字条“疏通下水道”；几枚大大的红色印章像一张张血盆大口，上面的几个字触目惊心：修锁开锁；还有重金求子、买房卖房、快速贷款……五花八门，无所不有，简直就是一个小社会。之所以说这里犹如一个小社会，是因为小广告之间的“花样”竞争，比如这个粉笔的电话号码被擦掉了其中的一个数字，嘿，妙招。再看这个红色印章，被修改成“8”的数字人为涂改痕迹非常明显。还有这个修锁的电话号，被后来的同行给覆盖了数层，厚厚的一沓纸在墙上迎风招展颇有3D立体感。

张星茫然了，自己的这个小广告要盖在哪儿？如果也效仿墙上把同行电话全部擦除一个数字，就会成为众矢之的；如果只想占有一席之地就擦掉其中一家，可刮掉哪家好呢？

正踌躇之际，突然听到一阵脚步声，张星一闪身躲进了楼道门后。这里是13层，估计这个高档小区的居民不会闲着爬楼梯玩的，那就只能是同行，姑且看看他的“现场教学”。

脚步声停在小广告墙前，哗哗一阵响后，又传来一阵咔咔的声音。张星控制不住好奇心，探出脑袋，看到老婆小兰正手握一柄刮刀，卖力地刮墙上的小广告。

“小兰，你这是干啥？”

小兰被吓了一跳，扭头看到是老公张星，一脸怒气：“不出去找份工作，到这儿瞎转啥？”

张星把手上的大印章背到身后：“我在锻炼身体。”

小兰看着言不由衷的张星，心里冒出几个问号：“以前懒到人神共愤，怎么突然之间转性了？”

“唉，这不是为了迎接新工作吗？”

“新工作？爬楼梯吗？”

小兰的笑里仿佛藏着一把刀，刺得张星心里一痛：“老婆，你今天不上班吗？怎么来刮小广告了？”

“公益协会组织志愿者协助城管和社区一起清理‘牛皮癣’，我负责这个小区。你看看这些小广告，贴得高、贴得多、贴得乱，你说这些人呀，有印小广告又四处张贴的时间还不如好好去做一份正经工作。”小兰踮着脚，费劲地伸着胳膊，浑身都是纸屑和墙体灰尘。

张星讪讪地交出手中“大印”，抢过小兰手中的刮刀在墙上挥舞起来。

（原载作家网2019年6月24日）

打　彩

凤穿牡丹

鹿江边的隆河镇，是个有两万人口的千年古镇。

隆河镇上的人都喜欢看戏，特别是上了年纪的人更喜欢。这几年，镇上人的生活条件好了，大部分的家庭都有了一些闲钱，大家就一起凑份子，请戏班子来隆河唱戏。一些当地的小老板和村干部，也趁此机会展示自己的形象，都愿意掏腰包，包场演戏给乡亲们看。于是一年十二个月几乎每个月都有戏班子来隆河镇唱戏。

隆河镇人对于戏班子的水平是很挑剔的，一个戏班子如果演得好，就能够继续演下去；如果戏班子水平比较差，得不到大家的认可，那就会换戏班子的。于是在隆河镇，三两天就会有戏看，而且戏种很杂：京剧、越剧、黄梅戏，轮番上演，东南西北的戏班子交换登场。可以说，在隆河镇，每个月都有新的角色粉墨登场，也有老的角色悲凉谢幕。

来看戏的人，都是不用买票的，反正在家里闲着也无聊，很多人到戏台下就是为了来聊天凑热闹的。香烟瓜子，水果甘蔗，在戏台子下面吃起来似乎比在家里要有味得多。还有许多的看戏人，兜里要准备一些散票子，那是看戏看到最精彩处，给自己喜欢的演员打彩用的。往往是戏到高潮，台下一片喝彩，叫好声此起彼伏，十元、二十元的纸币像彩蝶一样飞上台去。在表演最出色的演员面前，还有出手大方的，五十元、一百元甚至是几百元地扔到演员面前。每有一张钞票飞上台去，就会有一声荡气回肠的呐喊："好——"打彩的人越大方，演员唱得就越卖力；演员越是尽力，底下打彩的人就越有激情。真是戏台上下，快意人生。

打彩是古戏台前的一个传统，一个戏班子演出如何，关键看有没有好演员，一个演员的水平如何，从打彩的收入就可以分高下了。得到打彩的演员，收入是要如实交给老板的，老板再从中给演员提成。所以，演员能不能得到观众的打彩，直接关系到自己的收入，关系到自己在戏班子里的地位。

三年前，来自安庆的一个黄梅戏班子到隆河来演出。班子里有个唱青衣的演员，艺名叫雨蝶。身材、长相都很迷人，是多年以来到隆河的演员中最好看的。雨蝶的唱功也很好，尤其擅长唱秦香莲、孟姜女之类的苦情戏，是班子里的台柱，是老板的掌上明珠。

也不知道是不是隆河的水土有意和雨蝶过不去，雨蝶来隆河演戏的第一个晚上就出现了意外。那晚，雨蝶唱的是《孟姜女哭长城》，戏演到孟姜女千辛万苦到了长城，得到的却是丈夫已经死去的消息。此时，手捧寒衣，演孟姜女的雨蝶应该要跪下来，用眼泪用悲戚感染观众，用悲情挑动大家打彩。可是，就在雨蝶即将跪下来的那一刻，戏靴的后跟扭断了。雨蝶支撑不住身体，没有往前跪倒，反而向后仰倒在戏台上，把露出戏袜子的小脚朝着观众，引起台下一片闹哄哄的喝倒彩。有轻薄子弟，竟然浑水摸鱼，挤到戏台前去拽雨蝶那双小巧玲珑的脚。

正在情势危急的时候，突然从人群中发出一声大喝："都给七爷我静下来了！"声音洪亮，中气十足。话音落了之后，一沓百元大钞，少说也有两三千元，稳稳地打到雨蝶面前。大家一下子安静下来，他们看清了喊话之人正是隆河镇上威名赫赫的七爷。

七爷这年已经过了古稀，三个儿子都已成家立业，而且都是隆河镇上跺跺脚地面就会抖一抖的人物，大儿子是水果巨头，二儿子是水产大亨，三儿子更是远近有名的房地产老板。隆河镇一年演戏的费用，有一半都是七爷的三个儿子出资的。

七爷年轻时在上海滩上走过江湖，上海的老戏园子，没有一家不是七爷常来常往的。后来，七爷的夫人去世了，三个儿子都宠着老爷子，一个比一个孝顺。只要七爷嗜好的，儿子们都想办法满足他老人家。

七爷不抽烟不喝酒不打麻将，就是爱赶戏场子，一双老眼闪亮闪亮的，专门盯着台上漂亮的女演员。七爷每场戏都要打彩，女演员越漂亮，七爷打彩的钱就越多，一场戏下来，打个一千八百的，对于七爷就是家常便饭。七爷打彩出手大方，"投之以桃"之后，台上的女演员自然会"报之以琼瑶"了。所以，七爷看了戏打了彩之后，往往就会把年轻的女演员领回家中，用现在一句比较时髦的话就是：包养明星。

七爷看戏，战果辉煌，惹得一起看戏的老少爷们干瞪眼吃干醋，酸溜溜地说七爷是年轻时有枪有弹没靶子，老来有了靶子却又没枪没弹了。年老的七爷有没有枪弹不得而知，可他有的是钱却是毋庸置疑的。大把大把的钞票打彩，哪个女演员不对七爷喊“亲”？雨蝶也不傻，七爷不仅给她救了场，还给她巨额的打彩。雨蝶芳心大动，竟然以身相许，在隆河镇演出了一场老少恋的千古绝唱。

一树梨花压海棠，让隆河镇上人忌妒得直咬牙，他们都在背地里说：“婊子无情，戏子无义。等雨蝶把老骨头榨干了油后，一定会卷铺盖走人的。”可是，雨蝶却用自己的行动推翻了隆河人的断言。去年冬天，七爷得了半边风，三个儿子带着七爷遍访名医，奈何“医生医得了病却医不了命”，七爷最后还是瘫痪在床了。

就在隆河镇许多人都要看雨蝶抛弃七爷这一出好戏的时候，雨蝶却在家中和七爷玩起了游戏，游戏的名字就叫“打彩”：雨蝶每天要用一个上午的时间给七爷化妆，有时是小生，有时是花旦，有时是丑角，有时是青衣。到了下午，雨蝶就把化妆好的七爷扶坐在床上，然后给七爷唱戏，一边唱一边把各种面值的钞票抛洒在七爷的身上，让花花绿绿的钞票把七爷的身子裹成一团。

七爷虽然已经不能言语，但他还是知道，眼前的雨蝶正在给自己人生最后的一幕打彩。雨蝶给七爷打彩的时候，七爷的嘴角流下了口水，七爷的眼角流下了泪水，他的表情很兴奋，就像他这一辈子每一次在戏台下给戏台上的演员打彩时一样兴奋。

（原载作家网 2019 年 7 月 29 日）

当爱遇上“艾”

徐 剑

“谢恒，难道你想分手？”女友阿兰在电话那头大声质问。

“我、我……”谢恒期期艾艾，不知如何解释。

“今天是第六次了，我再给你最后一次机会——明天上午八点，我们民政局门口见。你来，领证；不来，就此分手！”阿兰带着哭腔掐了电话。

谢恒和阿兰相恋于大学校园。毕业后，谢恒追着阿兰来到了南京，人未抵宁，即报名了南京市的招警考试。他兴奋地告诉阿兰，成为一名警察是他从小的梦想。阿兰却眉目紧蹙，说：“我爸就是一名警察，他说欠了我妈一辈子的债，还也还不清，所以一直以来都反对我将来也找一个警察。”谢恒满腔的热情瞬间被打压了下去，双目黯淡无光。“傻瓜，别担心，我们可以先斩后奏嘛，领了证我再带你回家，反对自然就无效咯。”阿兰掩嘴笑了。

有了女友的鼓励，谢恒杀出重围，成为南京市公安局监管支队的一名警察医生。他没有向阿兰声张的是，支队新成立了一个“艾滋”病区，专门羁押身患艾滋病的在押人员。在选调人员的时候，他义无反顾地报了名。因为社会上有一批“涉艾”人员恃病作案，严重危害了公共安全。而将他们绳之以法，则必须有人付出。做出这样的选择，是异常艰难的。但只有这样的选择，才对得起自己的良心，对得起头顶上的国徽。

原本，他想在他们去民政局领证的前一天告诉她的。

原本，他想她会理解他的选择的。

然而，在他们计划领证的前一天，谢恒在为一名艾滋病犯人输液后拔针时，对方不知出于何故将手一举，输液管被拽，针头反弹，猝不及防地扎穿了他的防护手套……

当晚，他谎称明天单位迎检，无暇分身。阿兰遂重选了日子。

有了第一次，就有第二次、第三次……每次他都有理由推托。阿兰终于忍无可忍，向他发出了最后通牒。

老所长发现谢恒今天有点不同寻常，经常丢三落四，甚至有一次连监室门都忘了锁。他甚是恼火，正欲训斥几句，转念一想小伙子平常做事干净利落，今个这么反常，必定有什么事儿。

他不问不打紧，一问吓了一大跳。谢恒称暂时检查无恙，但还需等待两个月后的复查。小伙子当前最顾虑的并不是自己，而是担心要是和女友领证，一旦最终确认感染，那就毁了她一辈子。而目前女友对他误解重重。

老所长思忖片刻，说：“你把姑娘的电话给我，我去和她解释。”有用吗？

谢恒半信半疑。老所长记着电话，面色突然变得十分凝重，他沉吟了会儿，说：“明天你等待回复。如果她选择分手，你要坦然面对；如果她一如既往，你要加倍珍惜。”

谢恒没有等到次日，晚上，阿兰来了电话，声音哽咽。谢恒的心一阵抽搐，虽已做好了最坏的打算，但一段感情说割舍就割舍，他实难做到。强忍着心头的痛，他用平静的语调说：“阿兰，对不起，祝你以后幸福。”

“傻瓜，你说啥？真想和我分手呀！”阿兰破涕为笑，“谢恒，没想到你这么伟大！这辈子能遇上你，我真幸福！”

谢恒如一条漂泊在大海上的小舟，从波谷一下子被抛向了波峰。转折如此之快，他幸福得几乎快晕厥过去了。“可是——”谁知阿兰接下来的一番话，霎时又把他打回了谷底。

阿兰黯然说，昨天与老所长的通话，不巧被父母全听到了。二老相当恼怒，决定与谢恒谈判。

这是一家坐落于清凉山的茶室，环境幽雅，一面古朴雅致的屏风，把包厢一分为二。

谢恒到达时，阿兰和她妈妈已先他而来了。阿姨看上去没有想象中那般严肃，反倒非常和蔼可亲，她说：“谢恒，阿兰爸爸的态度你也知道了——他虽然是一个警察，但向来反对女儿再找个警察——警嫂的滋味我已尝了二十多年……呵呵，不多说了。除此之外，我们是开明的，女儿找什么样的对象，我们一直都没有去过问，只要她幸福即可。”

阿姨啜了一口茶，接着说：“若不是昨晚那个电话，我和阿兰爸爸直到现在还蒙在鼓里——女儿竟然也找了一个警察。唉，既然你们谈了那么多年，情深意笃，此时再反对，那太残忍了。今天约你来，就是想和你谈谈，我们各退一步，你申请离开艾滋病区，我们不反对你们交往；反之呢，我们也同意，只是从今往后我们就与你们断绝所有的关系。”

阿姨柔声缓气，却句句犹如重锤，狠狠地砸在谢恒的身上。

谢恒的阵脚乱了，思绪四处飘飞，飘飞……

他想起了小时候有一次不慎落水，被一位警察叔叔救起，从此有了一个长大后成为一名人民警察的梦想；他想起了第一次穿上警服，从心底涌起了无上荣光与自豪；他想起了曾有一个万念俱灰的重刑犯，在他的耐心劝导下，重新燃起了生活的希望……冥冥中，他听到一个声音：谢恒，你是一个战斗在“涉艾”前线的勇士，你要坚强！坚强！如醍醐灌顶，他霍然清醒，起身拥起女友，目光坚定地说：“阿姨，我和阿兰永远不离不弃，我也不会离开艾滋病区，因为那是我实现警察梦想、人生价值的地方。如果我和阿兰成婚，不管您和叔叔是否与我们断绝关系，但我们永远不会离开你们，你们永远是我们的亲人！”

“说得好！”蓦然，屏风后有人大声喝彩。

“老头子，怎么样，考核通过了吧？”“爸，怎么样，考核通过了吧！”母女二人不约而同地朝屏风后问。

谢恒凝眸一看，竟是老所长笑吟吟地从屏风后现出身来。

（原载《东方剑》2019 年第 1 期）

今生她是一棵树

邵宝健

甄之闲的老宅后院里，有一棵碗口粗的樟树。这棵树有灵性，只要他把手掌合在树干上，树梢的枝叶就会摇曳。这是他在无意中得到的体验，他从不把这秘密示人。他曾试过，是不是这类树都有这个功能。实践的结果是，除了他家的树，别的同类树都没有如是神奇的反应。他百思不得其解。

时光倒流三十年。甄之闲在读小学二年级时，有天在放学的路上捡到一棵尺许高的小树，树身还有擦伤。是别人无意中把它扔在这里，还是园林管理处的卡车掉落下来的，就不清楚了。反正他把这棵小树带回家，小心翼翼地把它种在后院的墙脚下。不久，小树复活了，枝头发青，有新芽萌发，他开心极了，蹦啊，唱啊。以后的日子里，他对这棵树自然倍加呵护。可以这么说，他是和这棵小树一起长大的。

三十年一晃，甄之闲已经是个中年男子了。后院的樟树也长得高高大大，树冠呈蘑菇状，漂亮极了。他在市图书馆当管理员，工作一向尽职。不知是什么原因，他的婚恋一直不顺畅，谈了几个对象都未能成功，有一个几乎发展到可以发喜帖的程度了，谁料，第二天又黄了。父母双亡后，他就一个人在老宅生活。他除了潜心工作，唯一的安慰，就是这棵树。他时常把手掌合在树干上，树梢就会摇曳生响，似乎在向他聊说家常。由于后院这棵樟树的陪伴，他的单身生活才不至于太寂寞。

这些天，他的心情郁闷得很。因为老宅所处的地段，已被市政列入拆迁范围。按照相关规定，他可以分到同等面积的新宅。这当然是好事啦。问题在于那棵樟树怎样办？他的新宅虽说是底楼，却不再有后院，新宅所处的小区由于景观限制，也无法容纳这棵树。有个在园林管理处供职的老同学知道了甄之闲的苦恼，出了个主意，说："我知道你和这棵树有感情，这样吧，我出面叫花木公司收购这棵树，他们会善待这棵树的，你也能得到一定的补偿。甄君，怎么样？"

"那就拜托了。"甄之闲思前想后，也只好接受这个方案。三十年的一棵樟树，换来一万五千块钞票。他拿到这笔钱，看园林工人把树掘起运走时，默默地流泪。

搬了新居的甄之闲，人却没有往日的精神了。他仍在位于人民公园南侧的市图书馆上班，骑了一辆旧永久，必经公园路。来来往往，他脸上的神情总是淡淡漠漠的，看得出他的心里，还没有脱离失去樟树的悲凉。

半年后，公园路拓宽了，路旁栽了一排排年轻的樟树。他在夜间路过此地，会情不自禁地把手掌合在树干上。当然，不会有哪棵响应他的爱抚。有一次，他在公园路的拐弯口，看到一棵新移植的樟树，很像他孩提时种的那棵树。他用手掌试了一下，嘿，这棵樟树居然向他打起招呼，树梢摇曳，哗哗作响。他兴奋得跳起来，眼眶也湿润了。这意外的发现，使他重新振作精神，他脸上的笑意越来越多，人也变年轻了。

这个夏季，甄之闲照常骑着车在公园路上缓行，上班、下班。路东侧的那片旧宅在一夜之间被夷为平地，要不了多久，一个现代化的商住楼群将在那里现身。工地上的打桩声吭吭不息，好几座高架铁吊塔在忙碌。

这天晌午，当他骑车路过这个地段时，工地那边的一座铁吊塔突然倒塌，那塔梢朝他的方向扑来。他心一愣：这么快就结束啦？！随即连车带人倒在地上。与此同时，啪的一声巨响，大铁臂压塌了围墙，压断了围墙外樟树的大枝丫，携着树身一起压向甄之闲。称奇的是，他正好倒在铁臂和树身的空档里，只是左脚腕被散出的铁片擦了一下，削掉了一小片皮肉。他下意识地将手掌合在树身上，此树的梢头居然摇曳起来。旁人目睹这惊险的一幕，都说多亏这棵树的抵挡，否则他的命早没了。

他去医院作外科处理返回时，人行道上那棵樟树的断枝仍和暴露根系的树桩相连，似乎在等候他见上最后一面。他向城建部门提出一个要求：他不要什么伤害赔偿金，只要这棵救他命的樟树的树桩和一根枝丫。有关方面自然答应了他的要求。

他用枝丫做了支拐杖，出门的时候就带着它。那个树桩，他把它做了一具根雕艺术品，陈列在客厅里。这个大如电视机的根雕，似龙像凤，姿态万千，叹为观止。

有趣的是，有一天，一个小偷在甄之闲不在家的时候，入室偷盗。小偷得手后，正准备撤退时，被客厅里的树桩吓得瘫倒在地。这个树桩居然像巨蛰一样，活动起来，坚硬的触须抓破了小偷的脸。甄之闲回家后，把无还手之力的小偷撵到附近的警署。

在甄之闲四十岁生日的那天，婚介所给他物色了一位单身女性。两人一见面，都有种似曾相识的亲切感。这位相貌清秀的女子在市档案局工作，没有婚史。她的名字叫树芳。

在湖畔茶室约会时，甄之闲问："您名叫树芳，那您姓什么？"

她莞尔一笑："我姓树，名芳，单名。"

他也笑了，笑眼里匿着问："树，有这样的姓？我还是第一次听说噢。"

树芳收起笑意，说："我姓树，不错。甄先生，咱俩初次见面，我没有理由骗您。"

后来，甄之闲和树芳成了伉俪。婚后的生活，很和谐，很甜蜜。

（选自《爱的冬天不会有寒冷》，中国纺织出版社 2019 年 1 月出版）

模拟双规

刘万里

钱书记从会议室走出来，一高一矮两个年轻人拦住他说："跟我们走一趟！"

"你们是谁？"钱书记问。

"去了你就知道了。"高个子年轻人一脸严肃。

"你们知道我是谁吗？"钱书记又问。

"大名鼎鼎的县委书记，谁人不知啊。"矮个子说。

高个子不耐烦地说："少废话，到时有你说的。"

钱书记看见院子里停着一辆车，车上写着"检察院"几个字，他心里咯噔了一下，被推进了车里。钱书记被带进一家酒店了。

钱书记说："你们带我到这里干吗？"

高个子说："你被双规了，我劝你老实点，我们已掌握了证据，坦白从宽，抗拒从严，你要如实一一交代。"

钱书记说："我抗议！把你们证件拿出来。"

高个子掏出证件扬了扬，钱书记屁股离开椅子，伸手要看，矮个子按住他的双肩厉声说："放老实点，坐下！"

高个子把证件揣进口袋里，打开笔记本说："有几个问题，我想核实一下。是你自己交代了，还是我们说？你说跟我们说，这问题性质就不一样了。"

钱书记说："我要打电话，有啥问题，你们……"

高个子夺过手机，顺手关机了。高个子冷着脸说："从现在开始，你跟外界不能有任何联系了。"

钱书记说："我日理万机，下午还有个重要的会议必须要参加！"

矮个子说："那你就好好交代吧。"

钱书记说："我两手空空，两袖清风，至今住着没有暖气没有天然气的老楼，你说我有什么好交代的？"

高个子说：“你别以为我们不知道，你这是掩人耳目。你不仅在南郊有豪华别墅，还在市里、省内以及外省都有房子，你说是不是？”

钱书记擦了擦额头上的汗说：“纯属无稽之谈，你们有证据吗？”

矮个子说：“看来你一点都不老实。”

高个子说：“既然你不配合，那我就问你，你只需回答是，或者不是就行了。”

钱书记鼻子哼了一声，很傲慢。

高个子说：“你利用职务便利，帮助你妻弟承揽凤凰国际大厦、金州花园小学门窗工程、兴利大厦装修工程，你从其中捞了不少油水。”

钱书记说：“打电话通知我的律师来，我拒绝回答你们的一切问题。”

矮个子伸出巴掌要打钱书记，钱书记站起来说：“来啊，有种你就打啊！”矮个子狠狠瞪了钱书记一眼，把手缩了回去，说：“你这是在对抗组织审查，你知道吗？”

高个子说：“没事，不回答表示就是默许了。继续，你利用职务便利，帮助你哥哥承揽公安局监管总队工程、汉漩路工程、城市美化工程、天眼工程、经营同心煤矿提供帮助，你从中分红款。”

钱书记说：“这是毁谤造谣，我清正廉洁，得罪了不少人，他们巴不得我下台呢。我在会议上多次强调：权力是用来为人民谋利益的，不是用来以权谋私的，更不是用来搞腐败的。我是这么说的，也是这么做的。”

高个子摆了摆手说：“你要是这么做，我们也不会找你谈话了。有人举报你买官卖官，还让你的多名亲戚‘吃空饷’。为给亲戚谋利益公然殴打教师，对政府置若罔闻。”

钱书记说：“这是无中生有。”

高个子说：“你为了政绩不惜牺牲群众的生活设施，充当开发商的保护伞，某某房地产公司在本市无法无天。”

钱书记说：“血口喷人！”

高个子说：“为博得丽人一笑，你在安康丽都花园花百余万元购买了一套豪宅，还为情妇购买了一辆新款富康车。”

钱书记说：“这全是毁谤造谣，请组织明察，还我一个清白！”

高个子合上笔记本，走上去，握住钱书记的说：“大舅，你的表现不错，模拟双规基本合格，回去好好再完善一下。过几天巡视组就要来了，到时巡视组找你谈话，千万不要露出什么破绽。”

钱书记说：“我的事，你怎么知道得这么清楚？”

高个子说：“我猜的，贪官大多一样！”

钱书记说：“什么一样？”

矮个子正在玩手机上的游戏，他插嘴说：“天网恢恢，疏而不漏。贪官结局都是一样待在监狱里。”

高个子踹了矮个子一脚：“乌鸦嘴！”

矮个子看见钱书记的脸色变了，立即说道：“亲叔，我在玩反贪游戏，我在抓贪官，我可没说你！”

钱书记的脸色越来越难看，突然一头栽倒在地上。

钱书记送到医院，就死了，医生说他是受了惊吓引发心肌梗死。

（原载《北京精短文学》2019年第5期）

那晚的口令

马金章

那晚的口令，是“广东”“广西”。

那晚，带岗的将我叫醒，交代了口令，我荷枪实弹武装好后低头猫腰钻出猫耳洞。踩着高低不平的山石，迎着扑面的蚊子和流萤，去七八十米处的隘口接岗。

哨位上站岗的是向青。尽管是黑黝黝的暗夜，我距向青十来米处他已发现了我，他压抑着轻咳一声。我轻咳一声回应。我俩是穿开裆裤时就在一起玩泥巴的发小，后来又一起上学，同时入伍，从体形、步态、声音都能准确识别对方，我们省了口令。山岳丛林地作战，情势复杂，为防敌人潜伏，得谨防口令失密。

我走近向青，近得听到了彼此的呼吸声。

回吧。我说。

向青嗯了声，却没移步。他抬手在上衣口袋里摸出个什么东西，递给我。我感到是个折了几折的纸片儿。不由得心一紧：写的什么呢？整天在一起，用得着这么神神道道的？

夜很暗。

他说，明天看。

我将这纸片放进口袋。看着隐身在夜幕中的向青，捉摸不定地猜测，他写的啥呢？

虽是早春，南国的蚊虫却已肆虐起来，它们嗡嗡嘤嘤轮番着向我进攻。偶尔有冷枪冷炮声从远方传来。空气中，弥漫着一股战场上特有的硝烟和着腐烂的气味。站在哨位上，我竟想起了向青当新兵时站岗的糗事儿。

新兵连训练的营房坐落在一个山高林密、野兽出没的山坡上。那天晚饭后向青站第一班岗，天阴得像浸了墨，一会儿又电闪雷鸣下起了大雨。雷电中晃动的树影，厉鬼一样咆哮着向他扑来。又一个雷电中，他看到有个蘑菇形的影子一跳一跳沿山道向他蹿来。妈呀，这是啥大头鬼啊！他惊叫一声抱着枪跑回营房。他结结巴巴地将看到的大头鬼给班里的新兵讲了。我和几位新战友好奇，便要探个究竟。当我们走到营房大门口时，看到那个大头鬼一跳一跳进了炊事班的厨房。我们跟过去一看，厨房里，站着水淋淋的炊事班长，他身边，放着一口直径一米多的大铝盆。原来，班长去山下小镇买铝盆，回来路上遇到了大雨，他灵机一动，将铝盆举在头上当雨伞打着回来了。

当初这个胆小鬼，上战场前，竟第一个向连队交了“请战书”，还在《战地诗报》发表了诗歌《初春》，诗中写道：我愿用鲜血，染红一片碧绿的小草；浇灌一簇，含苞待放的杜鹃。

我发现，两个黑影向这里移动。我握紧了枪，短促向对方发问：

口令？

广西。回令？对方答问。

广东。

原来，连长和带岗的来查哨。连长叮嘱我注意敌情后走了。

他们走后，我竟琢磨起今晚的口令来，反复在心里念叨几遍广东、广西后，像哥伦布发现新大陆一样兴奋地在心里说，广东，广西。这是班师回国的隐喻吧。

想到这里，我往祖国的方向望了一眼。

果然被我预测对了。我这班岗还没站到时间，就被通知撤岗。营长简短传达了上级首长有关班师回国的命令，部署了我连和二连交替掩护大部队撤退的任务。意想不到的是，黎明时，向青在掩护部队回撤时触地雷牺牲了。

到了国境线，看到界碑我方一侧欢迎我们凯旋的边民，泪水禁不住模糊了我的双眼。

到达休整地后，我急忙展开向青给我的纸片，只见上面写着：如果我牺牲了，请帮我照顾好紫嫣。我知道，你也暗恋着紫嫣。

部队归建原驻地后，我请了探家假。看望紫嫣时，面对泪水涟涟的她，我仅将刊有向青《初春》诗歌的《战地诗报》交给了她。

探亲回部队后，我曾试图给紫嫣写信，将向青的托付和我对她的暗恋之苦告诉她，但总是写了开头，就再也写不下去了。两年后，我得到了紫嫣结婚的消息。便将一百多份没写下去的残信，装订了，封存进一个厚厚的牛皮纸袋。

后来我复员回家，娶妻生子，安家立业。说来也巧，家居之所竟和紫嫣一个小区。我住的楼层，与她的楼房相邻。我居南，她处北。我在二单元六层，她在三单元五层。她的阳台上，种着各种花草，我站在北窗，经常看到她在阳台上修剪侍弄花草的身影。她家阳台上，好像天天都开着花儿。她将家，一年四季都营造成了姹紫嫣红的春天。

每逢这时，我便想起向青那首《初春》的诗，想起我和向青交接岗哨的那个战地夜晚，想起那道意味深长的口令："广东""广西"。

（原载《小小说选刊》2019年第2期）

名　校

陈来峰

去局长办公室的时候，局长正在开会。几位副局长正襟危坐地端着茶碗津津有味地听局长演说。

高老师只能悄悄地退了出来，他打了半天的草稿又咽回了肚子里。

在教育局的院子里转了几圈，累了，高老师最后蹲在一棵大树下眼巴巴地看着局长办公室，生怕局长会飞走。

外边艳阳高照，很快到了正午。终于局长和那些副局长说笑着款步走了出来。高老师刚琢磨几句准备好的腹稿，一眼没注意，发现局长和那些领导们一头扎进了轿车，风驰电掣而去。车屁股吐出一串串烟雾来。

高老师悔得直跺脚。恨只恨自己为什么不闪电般地将局长拦住，就那两句话不会耽搁多长时间的。

高老师垂头丧气地往回走，路过一家烩面馆的时候他的肚子不争气地咕咕叫出了声儿。高老师放下电动车，要了一碗烩面往里面拼命地加了两勺辣椒，咧着嘴滋溜滋溜吃起来。

高老师平时不吃辣的，今天他就是要突破一次，好好地惩罚一下自己。想着想着，他眼睛里竟然噙满了泪花。

要说高老师的事业，那也算是顺风顺水。自打师专毕业后，他就被分到了七里乡初中，凭着自己的敬业精神和钻研劲头，他所教的班成绩年年在县里排头名。后来，局长亲自点名将高老师调到了县二中，这二中可不是一般的学校，在当地算是赫赫有名的学校，多少老师都哭着喊着想进来哪！

正当大家羡慕高老师高升的时候，高老师又红运当头了。到二中一年多，高老师演讲和管理的才能又凸显了出来。在学校的多次活动中，他都是独当一面的人物，不仅将活动办得有声有色，还得到了局领导的多次赞誉。这样，高老师就不叫高老师了，而摇身一变成了高主任，学校办公室主任。不信，当你每天经过二中大门口的时候，时常能听到广播里高主任那嘹亮的声音来。

一大碗烩面很快见底儿，连汤儿都没剩一点。高老师摇摇晃晃地推车出来，好像喝醉了酒一样。

这时，衣兜里的电话突突突地欢叫起来，高老师抬头看看日头，厌烦地摸了摸口袋，又任性地跨上了车子。电话声很快又叫起来，而且是一声高过一声，就像路边树上的蝉鸣，令人心烦。

高老师摸出手机刚想掐断，却扫见是父亲的电话，心里便咯噔一下。

父亲在电话里大着嗓门喊，说你个熊孩子尾巴翘什么翘！你爹的电话也不接了是吧！你当个小头头儿就不再是你了呀！……

没等父亲说完，高老师就哭着嗓子圆着说，我正开会呢！回头我再打给你。便气咻咻地挂断了电话。

没等父亲再打过来，高老师便关掉了手机。

想想昨晚父亲的电话就打来了，高老师硬着头皮就是没接。那电话声跳来跳去真闹心。

关掉了手机，高老师正准备返回去，肩膀被重重地拍了一下。回头看是以前的同事王云生，人家现在可是局里的小领导了。王云生神秘地笑笑压低声音说："咋了兄弟？听说你最近一直找局长呢，是不是也想高升啊？"

高老师脸唰地红了，他抹了一把汗头摇得拨浪鼓似的说："哪儿哪儿啊！我可不想，总之，说来话长，有机会我再给你详说。你先给我透露一下什么时间能找到局长大人啊！"

王云生摇摇头，说局长大人忙得很哩！找他的人可不止你一个。这样吧，你明天一大早来，这不刚招的一些教师，明天上午谈分配的事情，局长肯定要来啊！

高老师千恩万谢，挥手告别。

第二天天刚擦亮，高老师便起了身，想当年自己高考的时候也起过这么早。时光啊！真是快，转眼自己工作都十年了。

站到局长办公室门口的时候，局大院还没几个人影。等到局长扛着肚子摇晃着身子走来的时候，高老师正蹲地上打盹儿。

局长说："这不是二中高主任吗？你找我有事儿？"

高老师惊醒，连忙挤着笑道："局长大人还记得我啊！幸会幸会。"

局长说："这叫什么话！你是名校的名角儿，我咋会不记得你啊！什么事，进来说。"

进屋屁股没坐稳，高老师就愁眉苦脸地说："局长，你……你还是把我调走吧！再调回我原来的学校也行，我……"

局长拍着肚子惊恐地望着他，说："高老师你脑子没问题吧！这二中可是名校啊！多少人排着队都进不来哪！好好的你……"

高老师说："正因为是名校，才有那么多的学生挤破头想进来，他们到处找关系，光俺村里每年都有好多人找我，我给人家拒绝了，又惹来俺爹的一顿骂，我……我不知道得罪了多少人啊！……"

高老师的声音在空中回荡，眼里还含着泪花。

（原载作家网 2019 年 3 月 5 日）

神　　道

肖建国

那些年，为了谋生，我曾在渑池的大寺沟住过一段时间。

这地方沟深林密，丘壑纵横，有点野气。

大寺沟住有十来户人家，主种小麦、高粱，副业养羊。就这十来户人家，还分成三派。村东头几户姓黄，养的是黑山羊。村西头几户姓牛，养的是成都麻羊。中间有两户，是兄弟俩，姓白，只种地，什么都不养。

为啥分成三派呢?

据说在二十世纪八十年代，有一部电影很火，人们常常是看过一遍又一遍，还要撵着看，这电影就是《少林寺》。撵着撵着，牛家的后生把黄家的闺女，撵到了麦地里。两人正忙活着，不想被看电影的人发现了。那黄家闺女羞慌之下，一口咬定是牛家后生强奸她。黄家小子们一听，抄起木棍，学着少林和尚的打狗棍法，一阵乱棒将牛家后生打死。

这仇，就此结下。

两姓人同住一个村里，同吃一口井水，你不理我，我不理你。互相防范，暗中较劲。

那羊就是较劲的结果。黄姓的黑山羊体形高大，毛色纯黑，可圈养可放牧，一年两胎，生长很快。牛姓的麻羊，毛色棕红，四肢粗壮，体躯较长，很受羊贩子的喜爱。一个村，两种羊，即使混在一起，便可一眼认出。

但这两种羊也真是奇怪了，它们好像也知道两家主人有仇，无论是吃草、饮水，还是撒欢儿、交配，从不越界。有时隔界对望，都是咩咩叫上几声，不知是在对骂，抑或是诉说衷肠。

这界，就是居住村中间白氏兄弟的几间房屋。像隐形的长剑，将东西两头拦腰斩断。白氏兄弟是外迁户，从不掺和村里事务，独自干自己的活，吃自己的饭。对牛黄两姓，不偏不倚，自成一派。

我到大寺沟居住的那年春天，正逢白老大死去婆娘，是难产。婴儿想出来，可伸出的却是脚。那年头，医疗条件有限，白老大眼睁睁地看着老婆和肚子里的婴儿，在自己面前痛苦死去。

白老大发疯了，没日没夜地哭，哭得密林深沟里的狼都跟着一起哀号。黄家来了，送来一只黑山羊；牛家也来了，送来一只麻羊。白老大擦擦眼泪，连连叩首，将羊都接下。然而，半个多月后，白老大又很坚决地将两只羊送回了各家。

从此，白老大不再说话，只是闷头干活，把一身的力气全撒在了庄稼地里。

那年秋天，大寺沟的狼特别多，时不时都会叼走几头羊。一天晚上，狼竟然成群结队窜进村子，从东西两头向羊圈里的羊发起攻击。刹那间，村子里的呐喊声、狼嗥声、鸡飞狗跳声、羊咩声，响成一片，黄姓、牛姓和白氏兄弟，都操起家伙，携手作战，共同打狼。

一场恶斗下来，死了几头狼，但黄姓有只刚下了崽的母羊被叼走，失去妈妈的小羊羔咩咩叫个不停。没有了母亲的乳汁，它只有活活饿死。检查牛姓的羊，有只快分娩的母羊，被吓得趴在地上，再也站不起来。

牛姓老人摸摸羊肚子，凭经验，知道里面的小羊已夭折。要赶紧把死在肚子里的小羊取出来，否则母羊也有生命危险。道理都懂，可这活没人干过。

大伙正焦急呢，白老大来了。

白老大一进羊圈，那羊就挣扎着向他频频点头，并发出痛苦的叫声。白老大一看，这羊正是他养过半个多月的羊。白老大的眼泪立马就涌出来。他让牛姓人找来一小块肥皂，将右手认认真真洗过，再涂上满满的皂泡，然后很小心地顺着母羊的阴户伸了进去。

白老大手细长，在肥皂的润滑下，很顺利地抓到了已死在羊肚子里的小羊。那头母羊深知白老大来救它，很配合地收缩着小腹，一吸一呼间，小羊被白老大顺利取了出来。

这一过程看得牛姓人、黄姓人都目瞪口呆。

白老大想了想，交代黄姓人赶紧去把那只失去母亲的小羊羔抱过来。白老大此举，是想把黑山羊的后代交给麻羊妈妈来照管。

可这能行吗？

任何养羊的人都明白，母羊从不会舔舐非亲生的羊羔，更不消说给它喂奶了。大家都用怀疑地目光盯着白老大。

等黄姓人把小羊羔抱过来后，白老大小心翼翼地将它塞在了母羊的身下。母亲咩咩叫了几声，先看看自家的主人，再看看黄姓人家，最后把目光落在了白老大身上。

白老大一声不吭，只使劲地点点头。

那母羊便在白老大的点头之中，伸出了鲜红的舌头，一口口舔舐起这非亲生的羔羊……

（原载《短篇小说》2019 年第 7 期）

逃　犯

李　靳

一大早，柳雨就踏上了逃往山里的征程。客车一路上爬坡下沟，穿涧过洞，他头次进山，眼睛一直注视着处处悬崖峭壁的窗外。

下了车，他在一片荒山野岭中登高下低，转到中午才找到表姐所说的亲戚家。这是个坐落在十万大山皱褶中的古老村落，荒凉偏僻。可对他来说，这就是世外桃源，越荒凉原始的地方才越有安全感。

亲戚是村革委会主任，正在开干部会，布置生产。

他说明来意，亲戚在干部会上就帮他找活儿。立时就站起个中年汉子问他，你会不会盘火炕？他马上说，会。午后他就被这个队长领回去了。在路上，他心里直敲小鼓，能砌好墙吗？怕什么，没吃过猪肉没见过猪跑嘛！

他这个被县中学开除回乡，戴着坏分子帽子日日被批斗，未婚妻也和他拜拜了的年轻人，摇身一变就成了泥瓦匠。

队长将教小学的女儿王大妮留下给他当小工，大妮给他搬来砖块，和好泥，找来瓦刀，他就开始砌火炕了。他抠抠索索砌了几层后，大妮提醒他，忘了留烟道了。他哦了一声，拆了又重砌。大妮将他推一边说，你的手比脚还笨，你递砖吧，我来砌。那大妮比他砌得好得多，扭脸对他说，你学泥瓦匠没毕业吧？一看就知道是个冒牌的。

晚上，大妮给做的是喷香的绿豆杂面条，金黄的玉米面窝头，炒的蘑菇菜。他半生都没吃过这么好吃的饭。大妮对正吃饭的父亲说，你找来的这个泥瓦匠，手艺还不错。

父亲笑了笑说，不错是不错，就是这墙砌得有点不齐整。

活儿未完工，他就在这家住下。王大妮的妹子王二妮拿着两册语文书找她姐姐。

姐姐，这个字怎么念？

姐姐看了下，挠了挠头，对她妹妹说，你先拣认识的念吧，不会的做个记号，闲了我给你查字典。

柳雨接过书说，我来教你吧。王大妮吃了一惊，问，你认字？

柳雨就笑，说，也就算认识几个。

大妮马上拿出四册语文，说，这篇课文生字太多，你给念一遍吧。

他念罢，大妮忽闪着两只大眼睛，盯着他看了好大会儿，将他脸都看红了。说，你是初中毕业还是高中毕业？

他说，都是吧。

王大妮像哥伦布发现了新大陆，突然间眼睛一亮，惊喜地跑出去了。找到村主任说，你家那个亲戚不是泥瓦匠，是个大知识分子，让他在咱大队教学吧。省得你三番五次往公社要教师，几年也没要回来一个。

柳雨又当上了老师，校长就是王大妮。两人管理的小学校有二十来个学生，分四个年级，课程都叫他自己包了，大妮只管抓后勤，给他做饭，洗衣服，闲下来也坐到教室里当他的学生。

星期天，柳雨要去逛山。王大妮自告奋勇，说，我给你当保镖。

山上有土匪？柳雨惊讶地问。王大妮说，不是土匪，是比土匪还厉害的野狼。土匪只是劫你的钱财，可野狼想的是你身上的肉。

柳雨问：这山上还有狼？大妮说，你说狼都生活在动物园的铁笼子里？告诉你，这深山里才是狼的老家。说罢递给他一把柴刀，自己扛了个背篓，两个人就厮跟着一同进山了。

上到一个山头，两人累得气喘吁吁，坐在石头上休息。柳雨看了下周围，说，大妮儿呀，你看这些石头，都可以做磨刀石，比我们那儿卖的石质要好多了。大妮就说，那你就扛些回去卖钱吧，扛走半架山也不会有谁管你。

王大妮手指山坡说，这山上到处是宝，哪样也比石头值钱。看这些青草棵，都是中药材。这是柴胡，那是地黄，这棘针丛，是山茱萸，那矮树棵儿，是枸杞，山崖洞里还有名贵中药五灵脂。到了夏天，这里到处有蘑菇、木耳、蕨菜、山韭菜，遍山野果。说着就学银环唱起豫剧：“在这里，一辈子，我也住不烦哪……”嗓音特别入耳耐听。

你能在这山中长住吗？大妮问柳雨，随后又替他回答，你根本不愿在这山旮旯里当社员。山外人到这儿，是来挣钱的，在砖厂打坯，那活儿太重，你根本干不了；做木工，你一没有工具，二没有技术；当泥瓦匠，你根本不是那块料，连个墙都砌不齐；在这儿当代课老师，每月这几元钱，几个工分，能挣啥钱？对了，你是来……

柳雨惊醒地问，你说我是来干啥的？

王大妮说，山外的男人来这儿做木匠，当泥水匠的，走时都会拐走一个山里姑娘。你不是这个打算？

柳雨舒了一口气，笑了，说，有那么便宜的事儿吗？

王大妮火辣辣地看着他，说，怎么没有？有！你要是想拐走我，我就跟你走。说后并不害羞，而是两眼直勾勾地望着他要答案。

柳雨解嘲地说，我要那么干，还算个人吗？我好赖也算是个知识分子吧？王大妮说，嘁，臭老九有啥值得炫耀的，心里那段弯弯肠子谁也能给你捋直。

柳雨去那边小解，瞬时就狼狈地跑回来，一路惊叫，蛇，一条大蛇！

什么蛇，天气这么冷，它能出蛰吗？说着一同去看了下，是条蛇蜕，有两米多长，胳膊粗细。这样大的蛇确实吓人，小狗小猫它都会一口吞下。在这远离人烟的深山中，经常会发生争斗杀戮的事情，丛林规则就是弱肉强食，优胜劣汰，适者生存。

这也是中药材。王大妮下手将蛇蜕摘下，团了团放进了背篓里。

晚上躺在床上，柳雨满脑子都是大妮，怎么也赶不走。这山里的女人啊，一点也不比平原的女人差。只是山风吹糙了她们的皮肤，日光晒红了她们的脸庞。可那粗犷的性格，壮硕的身材，灵巧的双手，善良的心肠，具有平原女人所没有的特殊魅力，完全征服了这个饱受创伤的山外男人。

他带着甜蜜的微笑，自己也不知道啥时候睡着的。

（原载《小小说月刊》2019年第8期）

水　鬼

曾冠华

严喇叭在公婆潭看见水鬼了。

水鬼从水里浮出，爬上春牛用竹子搭的鱼掠，捡鱼吃，吃饱了它便抖着满身的黑绿绒毛，大腹便便地潜回水中。严喇叭描绘水鬼时，一副神经兮兮的模样，大伙猜测她撞邪了。大伙觉得，她明显有损人的意思，以水鬼说春牛。土围人谈公婆潭色变，只有春牛敢奔公婆潭戏水，更绝的是他潜下水久久不冒头，一露出水面，手里便会举着尺把长的大鱼，然后游往潭边把鱼送上岸。敢跟水鬼抢食，春牛不是水鬼胜似水鬼。严喇叭那张臭嘴里长不出象牙，可说出来的话语总充斥异味，讨人生厌。平时，亮开膀子晒得黑不溜秋的春牛只穿大短裤，打着赤脚忙来忙去，他那比湄江石头还光的身影晃得土围村人眼晕。春牛弟妹多，生活的担子像湄江石头那般沉，他不早当家，爹娘会活活累死。一回，严喇叭插秧比春牛娘慢了，她出言不逊骂春牛娘穷鬼抢功劳。春牛抛下肩上的秧担子，一脚把严喇叭撂倒，吓得严喇叭从此远远见他都绕路走。就是这样的状况，偏偏严喇叭的千金水凤喜欢春牛。严喇叭不肯，苦苦哀求女儿作罢。水凤说："对亲娘那么维护的男人，一定厚待自家媳妇。"看来，严喇叭想让水凤嫁城里去攀高亲，好享大福的美梦要破灭。

湄江水道自瑶山而来，在土围村下游不远的古樟山崖前撞出公婆潭。湄江养人，虾多鱼肥。春牛精通鱼道，沿公婆潭前的斜水道往上垒坝子做鱼掠装鱼换钱，卖不完的提回家，一半送人。

严喇叭恨死春牛了，她指桑骂槐吆喝。早晨的土围村，像波涛汹涌的公婆潭，热闹非凡。严喇叭一边脚下匆匆，一边叫嚷："水凤死妹儿呀，死哪儿去了——"严喇叭起床，发现女儿屋里没了人。水凤像天上掉下的林妹妹，美得人见了都惊叹。城里来的男知青说这一生能跟她好上一回，跳老桥也在所不惜。就那点德行，水凤鄙视城里男人。

春牛一等一的耕田种地好把式，比干活，土围没人是他的对手，更甭提那些刚来的、脸白手嫩的知青了。

有一回，知青唐梦拦住水凤。在土围，严喇叭撒起泼来鬼见愁，春牛出手鬼见怕，这两个人随便依仗谁，都足够给水凤壮胆气，她掐起细腰笑说："你能个啥？不就给我娘塞过两张粮票吗？它从你牙缝里挤出来，不代表它能生出更多的粮食。春牛虽然拿不出粮票，可他有足够的力气种出吃不完的红薯芋头，养活一堆娃。"

唐梦觉得受到侮辱，他昂头大声说："我爸是武装部长，我不用种红薯芋头便能养活娃。"

水凤听到他的来头后还是怵了一下。但是，这是土围，她便毫不示弱说："土围有水鬼，春牛哥出马，怕不怕他让水鬼吃了你？"

唐梦依然大声说："我爸一枪崩了它。"

儿戏似纠缠，水凤觉得没意思透了，灵机一动，她伸手指着前方大叫："你背后有水鬼！"这招蛮灵，把唐梦吓得顿时惊慌，撒腿就跑。

唐梦是严喇叭眼中理想的女婿人选，她不会轻易让他跑掉。水凤失踪，严喇叭预感这次出大事了，立马上门叫唐梦回城找他爸去。

于是，便有了大队通知，说春牛不务正业，上山打猎下水潜鱼搞私捞，专破坏大集体，影响极坏，这股歪风得刹住。

来人抓不着春牛，连水凤也如人间蒸发。有人说，看见春牛和水凤从崖上跳下了公婆潭。严喇叭蔫了似的一屁股跌坐地上。见状，唐梦又撒腿跑回城去搬救兵。

三天过去，生不见人死不见尸，土围公婆潭闹水鬼吞了两青年的事件，一时间弄得沸沸扬扬。武装部长亲自出马，且从水库工地上调来炸药包，他一声令下，便见人把点燃的一个炸药包投进了水深、漩多、浪急的公婆潭。结果，没有炸出水鬼，水面除了一片鱼儿翻白，浮上来的还有一对比箩口大的巨型老甲鱼。雄甲鱼背着雌甲鱼死不舍弃，它们身上长满毛茸茸的苔藓，此刻，已了无生气。

“水鬼个鬼。”幸亏没炸到人，武装部长沉着脸不满地批评儿子唐梦说，“这事过去了，是你的她不会跑，不是你的要不来。”然后挥手收队，走人回城。

次日早上，春牛背起水凤，满身伤地从被炸坏一角的公婆潭古樟山崖洞里艰难爬出来，他露脸那刻，迎着清晨的第一缕阳光，紧接着回头跟水凤互相对眼，然后两人幸福满满地笑了……

（原载《广西文学》2019年第6期）

秋 意 浓

付桂秋

起风了，雨滴敲打玻璃噼啪作响。

她走到窗前，撩起窗帘向下观看。借着路灯橘红色的光晕，她看见白亮的雨线斜斜地抽打下来，密集而迅猛。

不知他是否安全到家了。她想打个电话，可刚拿起茶几上的手机，又放下了。说什么呢，说你惦记他？那就不该不顾他的感受，用那样的态度激他离开了。可该解释的已经说了多次，城里长大的他是不会真正懂得你的无奈的。他儒雅世故，如果不是触及他的底线，是不会断然拒绝的。可话又说回来，如果他真正爱你、体谅你，也就不会这么轻易走掉了。

看来，小雨的出现，探出了他爱自己的程度。两人的缘分或许该画上句号了。

可一想到今后的日子里他将不复存在，她忽然就忐忑起来，内心虚无，空落，止不住落泪。

可又有什么办法呀！她怅然地歪在沙发上，陷入深深的焦虑中。

和他认识半年了，人确实不错，可满打满算不足二百天的感情，怎么能和兄妹三十二年的感情相提并论呢？如果非要二选一，她就必须忍痛选择后者，那些是打折骨头连着筋的人哪，她无法割舍。就像大嫂说的——没有我们这些人，哪会有你的今天。所以她才一直女汉子似的往前冲，好让自己有能力回报他们，以伺心安。

就比如上次，五哥打电话说在她单位大门外呢。她急忙跑出去，见五哥坐在马路牙子上低头抽烟。原来，他小舅子卖菜的三轮车被扣了。五哥说，关键是迈出这步不易，如果车拿不回来，他就再不敢出来做事了，日子咋过？以后咱不去大马路卖就行了呗。人家官能做到你这个级别的，咋还不给安排几个家人？你倒好……早前，哥可是一直压服你嫂子了，今天你可务必给活动活动，别让你嫂子心寒，哥也没话说。

在家人眼里，她这个县人大办公室副主任就是天大的官儿、万能的人，借不上光都亏死了。五哥话说到这分儿上，她无论如何也得应下。她只好找同学，再找城管队长。人家说卖菜的不听劝还骂人，影响很不好。她就和同学一起过去，请人家吃了五百八十元的午餐，又交了六十元的存车费，这才取出价值三百 二十元的三轮车。

今天，他下班买菜直接过她这儿来，按她的口味做了清蒸武昌鱼、烧芸豆和紫菜汤。因为有雨，本打算留下来明早送她上班的。

饭后两人坐沙发上，他把她搂在怀里，嘴在她脸上逡巡时，说这个周末想带她去见父母。她摸着他的耳朵幸福地笑了，说，看来傻媳妇终是要见公婆的。不过小雨要来城里上学，得住我这儿，我先安顿好他再去你家吧。

他一把推开她站起身，说住这儿可不行！这我绝不同意。

她想不到他反应会如此强烈，就解释说，我大哥没念几天书，他都知道不能让孩子输在起跑线上。乡下教学质量差，他让我把对他的回报全给他儿子就行了。还说孩子周一早上来，周五晚上回家，一周就住四天。我咋说不让来呀？

他高声道，就实话实说不方便。你得学会拒绝！你想想，那孩子住这儿，你就不能去我那儿了。你这就一个单间，我来咋住？我们的生活不就被他牵着走了吗？结婚是不是也得跟着？再说，孩子来了父母就得常来。看你那侄子，自家屋里还站着撒尿，他还到处弹烟灰，随地吐痰。你不一直跟屁股后收拾吗？不嫌累？还有他媳妇，大嗓门哇啦哇啦的，随便往床上坐，卫生巾明晃晃往纸篓里一扔，还有……

她被他的话羞辱得面红耳赤无地自容了，愤然道，够了够了！我家人是没素质，可我就是山沟儿里长大的，不管他们咋样，那也都是我的亲人。父母早逝，是哥姐们供我上学才有今天的。否则，我跟他们一样！这是我的家，我有权做主。忍受不了，你就给我出去！

现在她已深信，两个人生活在一起，不光要兴趣相投，学识、身份相近，两个家庭门当户对的背景比爱情更重要。因为无论你如何努力，看似超越了出身阶层登堂入室了，可你的大后方，总会在某一时刻泄了你的底气。

冷战快一个月了，谁都没首先打破僵局，微信也都缄默着。可每个夜晚，对他的回忆总会浮出水面，甜蜜又伤感，哀愁便会潮水般袭来。她以前从没有过如此强烈的感受，如果知道失去他会这般心痛，开始就该学着拒绝。

这天她胡乱吃一口，就歪在沙发上休息了。

天凉了，她把绒毯裹了裹。忽听有微信消息进来，一看是他的头像上来了，眼泪就不争气地滚落下来。他只打了八个字：国庆假期去海南吧。

大哥的电话紧跟着进来，说，放假早点回来！

她想了想，说，不回了。

大哥说，这是你家！一个人咋过节？我也想明白了，不该让小雨给你添麻烦。

她忽然热泪滚滚，哽咽着说，谢谢你大哥。

大哥说，你一人过节，大哥不放心哪。

她含泪笑了，说，大哥，我有男朋友了。

窗外，秋意正浓。

（原载《铁岭日报》2019年5月13日）

喊　泉

张中杰

韩家坑村山清水秀，民风淳厚，是个两千多岁的古村。北去百里，黄河逶迤东去。

村虽一马平川，吃水却不便。祖祖辈辈，近千口人的村，都到村东四十五度坡下“喊泉”挑水吃。

“喊泉”名副其实。传说那条大河源头往南有道龙脉，龙眼潜伏于地下深谷之中，非喊不流。确切地说，非韩爷喊不流，任你是村里的还是村外的人。韩爷祖上代代能“喊”泉，世代单传。别人问他传了多少代，韩爷笑笑，望着喊泉说已有九代了。

每日清早，东方尚露鱼肚白，一二十个青壮后生排队挑着铁皮水桶，跟在五十开外的韩爷身后，前往千米之外山下的喊泉。行至泉边，韩爷先在两谷前对山林行跪拜之礼，然后吸一口气，闭目念念有词。五分钟后，韩爷围一米见方的泉水坑绕行一圈，边绕边以手搭喇叭形：“哟嗬嗬！”

那洪钟般响亮的声音，瞬间传遍四野，在群山林涛之上回荡。

铿锵激昂，如吟似唱，韩爷“喊”泉，有一种悲壮仪式感。神奇的事情随之发生了，但见两谷之间，一股细流潺潺而下，蜿蜒向泉坑而来。众人拿起水舀依序开心取水。

韩爷有两个儿子，韩井和韩水。他有心教传秘诀，奈何二人均表示无心向学。韩爷为此忧心忡忡。眼看韩爷日渐年迈，“喊”泉不能后继无人，但一直让韩家义务为村民“喊”泉，也着实过意不去。村里一商量，干脆每家出点份子钱。老大韩井这才勉强答应。韩爷眉头也才有一丝舒展。

韩井“喊”泉，一嗓未喊，风云突变。韩井与韩水二人去东侧山后自留田里深耕腾茬种秋，竟有一个惊天发现——自家地下，竟然埋着一座金矿。

接下来的日子，韩井兄弟两个忙得脚不沾地，找人勘探做预算，通关节，办手续……他们在筹备着开矿赚大钱，把学喊泉一事早抛到九霄云外。韩爷刚燃起的一丝希望瞬时化为乌有，一筹莫展。

尚未规范的法律漏洞，私下开矿让韩家兄弟在短短的时间里暴富。他们倒也知恩图报，也算是对老爹韩爷的一份孝心——他们在村正中挖了一口百米深井，建起大水塔，为家家户户免费通上了自来水。村民皆大欢喜。韩爷却不领情。他却去喊泉挑水吃。可是，喊泉也不领他的情，任凭他声嘶力竭，喊哑了嗓子，却再也喊不出一滴水。

此后，怪事一桩接一桩：山上的枣树、梧桐、槐树开始一片一片枯萎。村民中有恶心呕吐的，有腹痛血便的，也有陆续低血压休克的；韩水也被查出肝炎和黄疸……

韩家坑村这是怎么了，被恶魔缠身了吗。整个韩家坑村，开始人心惶惶。

事情很快惊动了县里，县里上报市里，市里上报省里，省里防疫专家紧急援持，连夜调查，真相很快大白：重金属超标。喊泉的承压水层被挖断了，罪魁祸首就是韩家兄弟私开的金矿。

一纸文书责令韩家两兄弟停止开采，立即将矿关停，把矿坑用装载机填平恢复耕田。把开矿挣的钱捐出来为村民看病，还韩家坑村的青山绿水。

把喊泉的水再“喊”出来。韩井、韩水没再敢有任何异议，韩水身体不好，韩井责无旁贷地接受了父亲的喊泉秘传，代替韩爷带村民们去喊泉喊水。

“哟嗬嗬……”三天三夜，韩井把眼睛喊红了，把喉咙喊出了血。在他激越的呐喊声中，沉睡了数月的喊泉终于醒了，那股清亮的泉水又从两谷之间哗然而出。一天天过去，那些枯萎的树木，如遇神助，日渐又泛青了，枝叶舒展开来，漫山遍野又变得郁郁葱葱。

“哟嗬嗬……”每天一早，韩爷与韩井的浑厚的嗓音呐喊在山谷飘荡，响遏行云。与以往不同的是，尾声加上了众后生“嘿哟嘿”的和声，一咏三叹，煞是壮观。县文化部门还专程拍了影像资料，成功申报“喊泉”仪式为“非物质文化遗产”项目。

喊泉的水又清又甜又旺，汩汩不绝，十里八乡的乡亲们挑水队伍越来越长了。

再后来，由于泉水量大，“喊泉”上了自动罐装生产线，成为畅销的矿泉水品牌。

（原载《百花园》2019年第4期）

涵 元 阁

岑燮钧

舜江府有个著名的涵元阁，旧主据说是前清的一个大员。少爷是个书痴，收罗了不少海内孤本。暮年，少爷膝下荒凉，曾不止一次对仆人谢玉良说：

“不知涵元阁会落在谁手？倘也是个爱书的，我也放心了。”

“老爷，你放心，有我一天在，我就不会让涵元阁丢失一本书。”

少爷曾跟着一个高人，学会了古书修复。谢玉良是书童，自然也懂七八分。少爷过世后，涵元阁捐给了舜江大学的图书馆，他就成了古籍部的修书匠。他有一手当年跟着少爷混的绝技——“借尸还魂”法，能把整个旧书纸更换，让原来的墨迹附着在新的纸张上。这一技法，江湖罕见。眼见得谢玉良也渐渐老去，就让他带了一个徒弟——龙志安。

龙志安是个年轻人，学古典文献的。修古书是一件精细活儿，须坐得冷板凳。拆线，清洗书页，处理虫眼和书病，替换册页，重新装订，那可不是一件简单的事，一天糊不了几页。尤其是“借尸还魂”的技法，那可是秘密，不轻易传人。入了这行，就得守着这个活儿。龙志安虽不敢怠慢，却也没多少热情。

谢玉良闲了时，就给龙志安讲当年的事。“我是答应了老爷的，他守一辈子，我也守一辈子。”谢玉良像义仆一般，忠心耿耿，仿佛这藏书楼就是他的旧主一般。

可惜，形势逼人。日本人攻下了上海，舜江府也危在旦夕。舜江大学西迁，搬走了涵元阁的一半藏书——车马颠簸，已不能再多带了。

“师傅，你跟我们一起走吧。”

“我老了，跟不了你们年轻人了。这半楼藏书，耗费了我老爷的一世心血，宋元孤本，尽在其中，你要好生看管，剩下的，我守着。”

“师傅，你要好好的，等我们回来！”龙志安眼睛红了。

龙志安一走，谢玉良有好一阵失魂落魄。剩下的半楼藏书，虽不是珍本，却也是燕子衔泥，好不容易收集起来。他记得很清楚，有一回，太阳下山，老爷还没回门。他一路寻过去，在舜江桥下，只见老爷坐在石阶上，守着一地的旧书，不知所措。原来，书太重，他用手杖扛在肩上，谁知下桥时，一颠一颠，咔嚓一声，手杖折了，书散了一地。

日本人进城的那一夜，谢玉良住在涵元阁。他提着一盏马灯，前前后后仔细查看。他听到了外面的兵荒马乱，把灯芯旋得只剩一点点，一灯如豆，却又不绝如缕。他上楼下楼，坐立不安。过了会儿，他听到了外面日本兵一队队经过，感觉楼都在震动，那靴子仿佛就踏在古书上一般。

终于有一天，一个日本人进入了涵元阁，身后跟着两个侍卫，还有一个翻译。翻译官说，太君想上楼参观参观这江南著名的涵元阁。谢玉良说，涵元阁除了一堆破书，又没什么好看的。

“破书？我就是要看破书！”日本人说着半生不熟的汉语。

“把书柜都打开！”翻译撂下一句话。谢玉良徘徊不前，侍卫厉声喝道：“打开！”谢玉良没法，他只得一一打开。“下去！”日本人把他赶走了。

谢玉良躬着背，在楼下坐也不是站也不是。他迟钝的耳朵变得特别灵敏，上面的些微声响都牵动着他的心。他几乎说得出每一个书柜里的书的来历，其中最东边一柜的最上层的一套书，少爷第一次用“借尸还魂”法把书病严重的册页替换掉。看着旧墨迹重新附着在新书页上，少爷说有了这门绝技，古书可以不朽了。前几日，谢玉良检视书柜，发现这一套书竟然没有“西迁”，这让他肩头一沉。

日本人走下楼来，捧着一函旧书。谢玉良眼睛直了，他伸出手去，想把那函书夺回来，侍卫把他挡住了，他喊：“书不下楼——不能拿走啊！”这一说，仿佛是提醒了日本人：“你的，知道，孤本在哪里？”谢玉良装糊涂道：“我只是个管门的，什么孤本不孤本？”谢玉良意欲再上去拦回时，侍卫一把把他推倒了。

第二天，涵元阁门口的牌子换成了“东亚文化联谊处”，日本兵已经站上了岗。

谢玉良再也不能进入涵元阁。他撑着手杖，绕着涵元阁一圈圈地走。涵元阁虽不高，却仿佛是九层高台一般。他几乎每天都要沿着涵元阁外边的小路，绕着往里看，走近了看，站在高处看，透过花墙看，或者远远地看。他看见涵元阁旁的银杏树，一天一天变黄，叶子一天少似一天，终于变成孤零零的一株。他又看着它慢慢返青，长出新叶。他就这样一圈一圈绕着涵元阁，日本兵换了一茬又一茬，有时诧异地看看他，有时又习以为常。他的背越来越驼，他的痰越来越多。他总是对着对面的药膏旗不住地咳嗽，对着“东亚文化联谊处”，一次又一次吐痰，却总是吐不干净，如骨鲠在喉一般。

他终于病倒了，时好时坏。他梦见路上鼓乐喧天——龙志安回来了。

那一天，他发着低热，真的看见了一个瘦削的男子，握住了他的手：“师傅，我回来了！”他愣愣地看了半天，两行浊泪流了下来。半晌，他的精神好了些，就让龙志安扶着，去看了四年多没有进去的涵元阁。他抚摸着楼梯，一步一步撑上去。涵元阁已打扫一新，只是珍本尚未归位。他翻到一本很破的古书，对龙志安说：

“你‘借尸还魂’一下吧。”

走时，他回头看了看那株银杏树，金黄的叶子三三两两地悠然飘下。

五更时分，谢玉良死了。他双目紧闭，似乎没什么痛苦。

龙志安哭着赶来，把那本刚刚替换好册页的古书放在他的胸口。

（原载《小说月刊》2019 年第 4 期）

瓜 长

罗俊士

宋柱人高马大，面庞白里透红，二十六岁了，还是光棍一条。原因只有一个，寡妇娘没能耐把那三间茅屋翻盖成青砖蓝瓦房。他是个麦秸火脾气，举凡同龄人娶妻或生子，就把眉头拧成笤帚疙瘩，还骂骂咧咧。有人说：“你竞选队长呗，有官衔了，就会有姑娘巴结你，何愁娶不到媳妇？”

这年底，又要依照惯例评议队长。现任队长如果达不到一半人赞成，就要被淘汰，竞选新队长。宋柱买了四盒“大前门”香烟，散发给大家，却白花钱，因为赞成老队长继任的手臂举成了树林，竞选那道程序被省略了。“都他娘的下眼皮肿！”宋柱的粗话直炸人耳蜗。好多人不看他，只看老队长耿林杉那张慈眉善目的脸，听他说些土不拉几的暖心窝子话。

春节过后是元宵节，元宵节一过，气温转暖，宋柱心血来潮，想当瓜长。夜里，他避开人眼去了耿家。耿队长爱抽旱烟，宋柱投其所好，送来一兜秋末从自留地里收回的烟叶，耿队长乐得胡子直翘。队里每年都在堤南河上沿种瓜，耿队长看在宋柱可怜兮兮的分儿上，自作主张让他当了瓜长。

瓜长既然带着“长”字，即意味着有职有权。宋柱每天缠着耿队长要人，人要到了，由他发号施令，指挥一帮社员干活。挖瓜沟，往瓜沟里撒粪，埋瓜沟，再往暄松的瓜沟里浇水，点种瓜籽。哪项活儿都得有人干，干就得干好，宋柱指指画画，不威风八面，也四面威风。

瓜苗长出来，瓜秧越掩越长，需要派人在掰秧杈的同时压瓜秧，阻止瓜秧疯长，否则结瓜就少了。隔尺把远挖个半拃来深的小坑，然后将一截瓜秧摁下往上面压土，这就叫压瓜秧。未压瓜秧的空白处很快就会开花，瓜花落，微小如星粒的雏瓜就露脸了。

这天清晨，宋柱去找耿队长，让他派人搭庵子。那么多雏瓜，得有人日夜守候，以免人畜毁坏。

上午搭好庵子，下午，宋柱又缠着耿队长让他派人搭凉棚。

耿队长没好气地说："锄地当紧，还是搭凉棚当紧？不就在地上栽四根杆，上边绑些木棍，扔些树枝、茅草和蒲草吗？你自力更生得了！我这个当队长的不一样跟社员同样出大力，流大汗，在摽着膀子锄地吗？"

"好好好！我一个人干！"宋柱理屈，不得不放低架子。

次日，凉棚搭好，他闲着无事，索性把地边挠挠，撒了些菜籽。菜长出来，会随瓜果分给各家。作为瓜长的他，既然有这个权，就能让大家得那个利。

五黄六月，瓜说熟就熟了。西瓜皮厚，熟了也闻不出香味。甜瓜皮薄，香味弥漫，老远就能闻到。宋柱昼夜守在瓜地，娘只得每顿送饭给他。

娘说："柱，你当瓜长有两个多月了，有没有姑娘看上你啊？"

宋柱把脑袋摇成了拨浪鼓："没没没，咱村的姑娘我挨个儿数过，都远走高飞，嫁人了。"

"唉！你要早几年当瓜长就好了。"

"早几年我没当回事，现下是有点晚，走着瞧呗。"

娘刚走，来了一位四十多岁的瘸腿女人。她哭丧着脸说："口渴的嗓子直冒烟，给切块西瓜中不？"

"中！你等着，我这就去薅个西瓜，让你解渴。"

他薅来一个大个儿"种瓜"，打开切几块，又端来个笸箩，搁地上，说："你把瓜籽吐笸箩里。"

宋柱恪守着一条不成文的规矩，谁来瓜地也不准随便吃瓜，但"种瓜"可以就地吃，把"种瓜"籽吐在笸箩里，然后洗净晒干，留待下年种新瓜。

"种瓜"数量有限，一般都是耿队长带社员过来集体开吃。

瘸腿女人边大口啃瓜，边噗噗噗地吐籽，几块瓜很快啃完，她抹抹嘴，冷不丁问：“你干吗割草？”

凉棚外有腰来高一堆草，上边那层已经被晒蔫了。

宋柱说：“就为让瓜果见长。”瓜地里的草不允许外人进来乱割，怕踩断瓜秧，更怕有人往箩筐里藏甜瓜。

“把这堆草给我中吗？”她是二里外小史庄的，专门给队里牲口割青草，挣工分。

“中啊！我正嫌这堆草占地方呢。”

改天再割草，他索性用蒲席盖着，以免晒干。

次年，宋柱还是瓜长。见天给他送饭的不再是娘，而是一位个头高挑的漂亮女子，她是瘸腿女人的女儿。宋柱结婚成家了。

（原载作家网 2019 年 8 月 12 日）

二叔的画

呼庆法

王大年出生在豫北太行山区的隆虑镇上，由于收的山货天然、绿色，在城里很有销路，为了扩大超市营生，王大年就想买几处临近的宅院做仓储。那些进城的邻居和同学，都暗暗笑王大年是个傻货。这荒废的院落本来就是山里的石头盖的，也没啥值钱的，荒废也是荒废，自然都愿意卖给王大年。

这年夏天，村里来了十几个外地人，他们在王大年超市购物时，说是北京美院的教师，被这里的太行风光所吸引。这里的山，奇、绝、险峻，一层断崖一层绿带，蕴含着无尽的美学意韵，有着强烈的审美意境，很适合写生，为此想在这里住下进行写生创作，问王大年超市附近有没有农家院出租，费用不是问题。

王大年见有生意做，当然乐意，就把刚收购的宅院清洁收拾了一番，让他们住了进去。

住的问题解决了，关键就得解决吃饭问题。画家们提出让王大年一并提供餐饮，按天收费，王大年爽快地答应了。

画家们住下后，每天上山下山，进进出出很忙，王大年一边照顾超市，一边照顾画家们，有点忙不过来，就让从教师岗上退下来的二叔过来帮忙。二叔在隆虑镇上也算个文化人，和画家们容易沟通，二叔就负责了画家的接待及小院的管理。

画家们有画油画的，有画水彩的，总之经他们这么一描摹，小村的风光就收进了他们的作品。画家们白天上山写生后，二叔就把小院收拾得利利落落，画家们丢弃的颜料，二叔就捡起来，收集到一起。

二叔天天和画家们在一起，画家们作画的构图、素描、光影、着色，慢慢浸染得二叔也有了作画的冲动。

二叔就趁画家们出山的空闲，用收集来的颜料，按照自己的理解，在纸上作画。二叔作画，没有什么心思，就为了好玩，画完了就放在床头的高柜上，供自己寂寞时欣赏。

这些写生的美院教师里，有个名叫呼天民的画家，最近要参加一个国际油画展览，苦于在作品上始终没有较大的突破，很是烦恼。这天就早早收了画板，返回住地，一个人闲着无聊，就走进了二叔的屋内。

二叔正在用心地作画，见呼天民突然进来，不好意思地笑笑。呼天民看着二叔，示意他继续作画，他站在二叔身后仔细观摩，二叔的画风是那种淳朴得不含一丝人为雕琢的写实，很让呼天民吃惊。他越看越欢喜，这不正是自己苦苦求索的突破吗？

呼天民取来画布、整盒的油彩，让二叔痛痛快快地画。并把二叔高柜上所有的画作统统取走，好好研磨。呼天民沉浸在二叔的画作里，不断地比画、思索，像突然有了灵感，一幅崭新风格的太行风情油画，被一气呵成，恢宏地呈现出来。

呼天民的油画在国际大赛中被评为金奖，并在美术界引起了轰动。都说呼天民的油画是对以往风格的完全突破，大胆的用色和光影的呈现，都打破了传统。呼天民在发表获奖感言时，提到了太行隆虑镇，提到了二叔——一个画油画的农民。

后来在呼天民的影响下，二叔的油画还被选了几幅，在北京参加了油画大展，并被美术馆收藏。

小镇沸腾了，越来越多的美院学生涌进了小镇。二叔也一下成了名人，前来观摩二叔油画的人越来越多。王大年喜出望外，专门腾出一个房间，展览二叔的画作。

二叔依然是那个二叔，依然勤快地收拾着画家们的院落，闲了依然画画。向二叔索画的人越来越多，有的甚至开出了天价，很快，二叔发财了的消息就传遍了小镇。

对别人的询问，二叔只是默默地笑笑。

年底，在镇小学召开的表彰会上，二叔被请上了台，原来二叔把卖画的钱给学校捐建了一个图书室，并为每个孩子捐购了一套文具。

二叔说："我是个退休教师，每月都有工资。我不是什么画家，画画只是我的业余爱好，希望孩子们好好学习，早日走出大山。"

台下传来雷鸣般的掌声，台上二叔已是热泪盈眶。

（原载《湛江文学》2019 年第 2 期）

放　映　员

陆惠明

阿建把最后一卷胶卷搬到船上后，就发动机帆船，开始他的放映之旅。每次下乡，阿建起码十天半个月才能回来。

阿建的机帆船开在乡村的河道里十分显眼，机帆船的船舱是全封闭的，一方一方的玻璃窗盖得严严实实。每到一处还没进村，就有小孩子欢呼雀跃地在河岸上高喊："今天哪里放电影啊？"

阿建在啪啪啪的发动机声里高声回答："北察。"

孩子们就飞奔着回村，一路上大声地高呼："北察放电影了，今天北察放电影嘞！”

田里干农活的大人听见了，就冲自家的孩子叫道：“快去告诉你哥，让他回头叫你新嫂子来吃晚饭。”孩子答应着飞奔而去。

晚上看电影是件十分隆重的事情，比过节还隆重。

阿建在广场上支起雪白的幕布，架起放映机。孩子们络绎不绝地从家里搬来凳子抢位置，然后围在阿建边上看热闹，直到大人们呼喊着让他们回家吃晚饭。

天擦黑，广场上聚满了人，电影开始了。小孩子们在嬉闹，大人们坐在凳子上边看电影边聊天，小青年们躲在暗处打情骂俏。

电影放到一半，翠花急急忙忙来到放映机前：“阿建，阿建，帮我叫一下小月，小孩子一转眼就不知道去哪里了。”

阿建点点头，马上在广播里喊道：“小月小朋友，小月小朋友，听到广播快到银幕底下，你妈妈急着在找你……”

翠花是个寡妇。她男人暴病而亡，留下小月与她相依为命。人们常说寡妇门前是非多，但翠花心里只有小月，谁去与她乱搭讪，免不了碰一鼻子灰。

第二天，小月突然发高烧，赤脚医生对翠花说，你赶快送她去城里的医院。翠花抬头看看天，抱着小月急得额头上直冒汗。城里离这里有十公里路，而且都是小路，她怎么抱得动小月。她六神无主地经过广场的时候，看到了阿建站在船头看着她。阿建见翠花面如纸灰，迅速跳上岸来问，怎么啦？

翠花像见到了自己男人似的眼泪就流下来了，小月病了，医务室让我马上去城里看病，城里这么远，我、我……

阿建伸出双手，从她怀里接过小月，说，快上船，我正好要回城里，我捎你去医院。可翠花心里明镜似的，阿建昨晚上刚下乡来，怎么可能正好要回城里呢！然而此时她还能有啥好办法啊？

小月的病很重，经过医生的全力抢救终于脱离了危险。阿建没事就往医院跑，给她买水果，烧鱼汤。二十天后，小月出院了。阿建开着他的机帆船送她们回去。当晚又在北察的广场上放电影。

但北察的人都知道阿建是送小月回来才到北察放电影的。吃晚饭的时候，翠花来叫阿建去她家吃晚饭。阿建不好意思去。翠花很生气，一生气她就把烧好的饭菜全搬到船上，带上小月一起到船上吃晚饭。翠花说，以后到这边放电影要么到我家吃，要么我们到船上吃。

北察的人都愣了，想不到翠花竟然如此地泼辣，敢作敢当。好事的就调侃阿建，你家大老婆要是知道你在外面养小的，非打断你的腿。阿建听了嘿嘿地笑。后来人们才知道，阿建是个光棍儿。

本来阿建两个多月来放一次电影，后来就改成一个月不到就来放电影，周边的都说北察人真幸福。

再后来，阿建每次来都要拎着水果去翠花家，吃好晚饭然后去放电影。人们都问他，放好电影去哪里啊？阿建嘿嘿地笑，船上呗！大家就一起起哄，干吗不去翠花家啊？

后来翠花和阿建就住到一起了。可谁也没想到的是，阿建遭人匿名检举，说他生活作风有问题，利用放电影勾引小寡妇。单位领导找阿建谈话，说要开除阿建。翠花听了咬牙切齿，她最听不得有人乱嚼舌根，一怒之下就冲到阿建单位与领导吵了一架。然后拉着阿建就去民政局登记。

那一年，翠花三十三岁，阿建四十八岁。阿建和翠花的生活开始走上了阳光大道。可让人意想不到的是，五年后，翠花突然中风，一病不起，生活不能自理，语言严重障碍。阿建不离不弃，一直陪伴左右，直到头发雪白。

小月读了小学，读初中。读了初中上高中，上完高中上大学。这些年阿建对小月总说一句话，好好学习，你妈有我呢。

那年，北察的村口来了辆豪华的轿车，车上下来一男一女，他们径直走到翠花的家，见了翠花叫妈，见了阿建叫爸。村里人很快就认出来了，这姑娘是翠花的女儿小月，从读大学出去就没回来过，听说是出国深造去了。大家都想知道她这次回来干吗？

小月看着病床上的妈，再看看苍老的阿建，说，妈，我这次回来是接你们去城里的，我想给你做康复治疗。爸，这些年辛苦你了，以后我们一起照顾我妈。

阿建点点头，又摇摇头，看着那男的，不停地眨着眼睛。小月忙说，他是我的同学，也是我的男人，叫宇星。

阿建开心地咧开嘴对翠花说，小月长大了，也有人疼了，这下你该放心了吧！翠花虽然不能说话，但她的脸上洋溢着幸福的笑容。

（原载《小小说月刊》2019年7月）

红军战士001

曾立力

湘江一战，部队伤亡惨重，急需补员。通讯股长领来个背微驼、头发花白、五十开外的新兵。一身灰布军装鼓鼓囊囊、皱皱巴巴，双手缩在胸前抱根扁担，神情木讷，哪像个红军战士？倒像个挑夫。

碰巧参谋长路过，参谋长上过军校，受过正规的军事训练，对条令条例要求严格，看不得队伍里不正规的现象。问："识字不？"那人摇头。旁边有人代答道："大字墨墨黑，小字不认得。"这在当时红军队伍中较为普遍。参谋长说："电话兵，简单的阿拉伯数字还得认识。"要考考。

考考就考考。参谋长写了个"1"字，这人看好一阵后方从牙缝里迸出两字："扁担。"参谋长在后面加上两个0，他摸了摸后脑勺说："一根扁担、两箩筐。"再写：001，答："两箩筐、一扁担。"参谋长摆手，态度也摆在那儿。

通讯股长连忙上前解释："这人是从中央苏区一路抬机器过来的，湘江一战机器没了，坚决要求参军随大部队走。老区的群众觉悟就是高，可靠！"参谋长听罢丢下句："我的同志哥呀，洞洞幺都不晓得，那是要出问题的！"走了，没说留与不留。部队正缺人，去一线连队，年纪偏大，便留在了电话班。他在兴国老家是篾匠，长年累月的篾匠生涯使得他的背有些驼，大伙便都喊他兴国驼子，或洞洞幺。

深更半夜部队疾进，奉中央革命军委命令攻打通道。枪刺在冷月下迅速移动，闪耀着铁青色的光芒，兴国驼子浓烈的叶子烟辣味，飘散在深夜的寒风里。天亮时部队刚进入攻击位置，一号阵地的电话就不通了。派他第一次单独去执行任务，不知他怎么弄的，结果把二号阵地也给弄没了声音。参谋长在指挥所里大为光火，当场就把话筒给摔了，掏出驳壳枪，机头大张，吼着要执行战场纪律。贻误战机，那是要枪毙的。所幸遇到的是股民团，部队发起攻击后一触即溃，没给战场态势造成多大影响。战斗一结束，参谋长痛下决心，绝不能再留。只是部队一直在敌人的围追堵截下跳来跳去，不断转移，不好立马打发他走。

他像个做错了事的小媳妇，见谁都低眉顺眼，一声不吭地随队伍行进。部队一歇脚，他就叼杆烟袋，忙着给同志们编草鞋。他打草鞋前，总要把稻草捶了又揉，揉软，再掺上些烂布条麻筋。打出的草鞋不易磨脚打泡，又结实又跟脚。给自己编了个竹背篓，里面常背有未完工的草鞋和布条麻筋。有多少同志在他手中领过草鞋？参谋长脚上穿的也是。每领一双草鞋，他都会找人记上个数字，慢慢琢磨。那段时间他在队伍里只是个编外的老百姓。

让他重新成为一名红军战士，是在攻打娄山关的战斗中。那天的战斗异常激烈，非战斗人员都扑上去了。突然与总部的通话中断了，参谋长情急下只好派他去查线。他像个小孩似的高兴得蹦了起来，向参谋长行了个标准的军礼："保证完成任务！"

这次参谋长不但很快就听到了总部首长的声音，还看到他押着两个俘虏，背着捆电话线回来了。原来敌我双方的电话线缠一块了，都在查线，两个烟枪兵被他制服，顺便还割了敌人几里路的电话线。

自此，他便到处搜集些通信器材到竹背篓里。红军长期流动作战，无后勤依托保障，常为个小零件急得要命，竹背篓解决了大问题。乃至后来兄弟部队通信不畅，也来竹背篓里找。

因而，名声在外。上至军团长，下至普通战士，都晓得咱队伍里有个兴国驼子，有个百宝箱样的竹背篓。

红军抵达宝兴后，忙着作翻越雪山的准备。竹背篓里自然添了些辣椒、盐、烟叶等御寒的物品，足有百把斤重。同志们劝他扔掉些暂且不用之物，他说件件都是宝贝，没准哪天就能用上。都是他长征路上一步一步背过来的，舍不得丢掉。

大雪山海拔4500米，高寒缺氧，气候恶劣，雪花漫天飞舞。大伙都头昏眼花，胸闷气短。队伍中不断有人掉队、跌倒，许多战友在身边倒下就再没起来，与雪山融为一体。兴国驼子表现出惊人的体力与耐力，肩负竹背篓，像峰瘦小的骆驼，嘎吱嘎吱地踩着千年积雪，始终跟随着队伍吃力地往上爬，一步也没挪下。

途中，同志们多次要替换他，都被他拒绝。他吭哧吭哧喘着粗气说，背在自己肩上他才放心。眼看就要爬到山顶，刮来阵狂风，他一脚踏空，跌倒，雪雾裹挟着他和竹背篓滚下万丈深崖。瞬间便被茫茫白雪所淹没，了无踪影，雪地上只留下副线拐。

翻过雪山，大伙在山脚下为他垒了座衣冠冢。没甚遗物，仅埋下那副线拐。题写墓碑时却被难住了，一时谁也记不起他的大名。

参谋长思忖片刻，抽出把刺刀，在墓碑上刻下“红军战士001”几个大字。而后抹了把发红的眼睛，硬是没让眼泪流出来。即下达刚刚收到的总部电令：全军作攻击前进，一路向北！向北！！

（原载《株洲日报》2019年6月23日）

借一步说话

刘正权

秦嫂做陪护，算得上老资格。丙肝这病却是第一次听说，丙肝病人更是第一次陪护。

检查结果出来，秦嫂看见那个男人在病房走廊上一瘸一拐地走了不下十个来回，好几次都把护士车给碰翻了。男人左脚踩短得厉害，一动步，整个身子就向左边倾斜，乍一看，失事飞机般要栽倒地上似的。

秦嫂为他担心，男人真栽倒地上，病床上的女人怕是爬不起来了。

顶梁柱呢，这个稳不住身子的男人，却能稳住病床上女人的心。

十个来回后，秦嫂看见男人趁着走廊空无一人时，一瘸一拐地截住了查房完毕准备下夜班的主治医师大陈，陈医生，借一步说话。

是夜间，那句事无不可对人言的口头禅没从大陈嘴里蹦出来，白天，秦嫂可是听大陈挂在嘴边的。

这一步借得有点远，男人身子左倾得只差要贴在大陈肩膀上。进电梯，下楼，如果没猜错，男人把脚步借到大陈家里了，大陈家就在住院部后面的家属楼。

男人一瘸一拐的身影，是过了大半小时后才再度出现在秦嫂眼前的。

秦嫂不说话，陪护只需要手脚勤快就行，嘴巴太勤快，不是好事。

男人很以为有功的模样，冲女人说，都搞定了，你安心养病，医生答应给你用特效药，一个星期就能出院，我回去找钱。

找钱？特效药？秦嫂一怔，这不是能用得起特效药的人家。

不是欺穷，秦嫂自己就是穷人，穷人知道穷人的难处。

特效药，医生不会轻易承诺给病人开的，那得有相当经济实力做后盾，除非是医生患者之间另有猫儿腻。

男人走后，输完液的女人沉沉进入梦乡，嘴角还挂着一丝没能绽开的笑。苦笑，秦嫂这么给定义的。

丙肝的治疗，从护士口中得知，目前国内有效的药物只有干扰素，在急性丙肝的恢复期，选用干扰素每次300万单位，每周三次，皮下注射，持续一年，甚至更长时间，也才70%以上的患者可获痊愈。

这算什么特效药，秦嫂嘀咕着，对大陈有了不满。

好在女人病情确实好转了些许，腿脚上生出力气，食欲也有了。

男人再一瘸一拐踱进病房时，忍不住冲秦嫂嘚瑟，能不给特效药？我可是……

男人做了个数钱的动作。

尽管男人表情很大气，但从他默算医院每天开出的账单眉目，秦嫂知道，男人口袋的钱，支撑不了女人住院的底气。

回去养病吧，女人盘算自己家底，说我问过医生，这病，不是一爪子就能抓下来的。

那，回去？男人一瘸一拐的找大陈开了出院证明。

稍微有点医德的人，不会在这个时候给开的，正要紧关头呢。

秦嫂愤然了，尽人事知天命，大陈怎么可以这样，拿了人家的钱不尽人事。

得讨个说法！

秦嫂气冲冲地到了大陈办公室，刚要砸门，一个男人半弓着身子倒退着出来，手里捏着一个字条，陈主任，您放心，交代的事，我一准照办。

字条上，很熟悉的一串数字，气头上的秦嫂没多想，脚下带响踏进办公室。

麻烦把门带上，咱们借一步说话。大陈冲秦嫂做个手势。

大白天，事无不可对人言的！秦嫂冷笑，干吗借一步说话？门还是给带上了。

怕自己揭发他收红包？肯定是！做陪护，总能窥探出医患之间一些隐私。

大陈办公桌上，一个红包果然虚位以待，等着秦嫂的审视。

这个，你拿着！大陈目光从秦嫂脸面移到红包上。

封口费？秦嫂不屑，我怕拿了睡不着觉。

不拿，你更睡不着觉。大陈笑，不想知道给你红包的缘由？

当然想！

那个男人，不是要给他老婆用特效药吗？

知道，你用了干扰素！秦嫂故意把“干扰素”三个字咬得很重。

干扰素不过是治疗丙肝的常规用药，你又不是第一次做陪护，这名字还听少了？大陈一点不避讳，干扰素这种药，很多科室都能用上。

那真正的特效药是……秦嫂有点不懂大陈弄什么玄虚了。

索、非、布、韦！

很贵吧？秦嫂看大陈一字一句说得那么费劲。

贵得超乎你想象！

秦嫂不往下问了，确实很多药物贵得超出秦嫂的想象，几十万一支的都有。

不然老百姓嘴里会有天价药的感叹，不然古话里会有黄金有价药无价一说。

你意思我帮你退回给他们？秦嫂听话听音。

千万别，那样会挫败他们治病的信心。

那你意思？秦嫂百思不得其解了，难不成是要跟我见面分一半？

有个电影,《我不是药神》你看过吗？

听人说过，不就是从印度代购买抗癌药的事吗？秦嫂心里一激灵，莫非？

对，大陈笑，这两千元，你帮那对夫妻买一瓶印度产的索非布韦片，对他们的病很有帮助的。你的电话，我已经给刚才那人了，他会主动联系你的。

做好事，有时候也得借一步说话。秦嫂眼里升起了雾，那个一瘸一拐的男人的身影，因有了这瓶药，能在女人面前挺立好久的。

（原载《小说月刊》2019年第1期）

晴朗的天空

左　岸

天蓝得分不清是海洋还是天空，有几朵棉花糖似的白云聚散不定。人行道里侧高大的法国梧桐树下有铁质的休闲椅，而青年小伞就坐在休闲椅上正聚精会神地阅读一本长篇小说，读到精彩处不由得握紧拳头独自叫好。

突然，一老人走至离小伞半米的地方，一个趔趄摔倒，看在眼里的小伞扔下书本，急忙躬身察看老人情况，只见老人口歪眼斜，嘴里直吐白沫，八成是中风了。

情况紧急，小伞迅速用手机拨打了120指挥中心，其间小伞脱下自己的风衣给老人盖在身上，同时用纸巾给老人擦掉呕吐污物，等待救护车。

不足十分钟救护车赶到。小伞与护士一起将老人扶上担架，临了，医护人员问小伞是不是家属，小伞摇摇头，不过还是上了救护车。

目睹刚才发生的一切，路人们表情非常复杂地慢慢散去。其中一个四十开外的女人没有离开，她走到休闲椅，拿起那本书看了看，不禁惊愕了一下，持书的双手一阵轻微的颤抖。

她决定手持书留下等待那位年轻人回来取走这本书。

天色已晚，华灯初上。匆忙的人们一拨一拨地从她身边走过，没有发现那位年轻人回来取书。

月至中天。人群、高楼、立交桥、树丛、花朵、汽车组成的黑暗河流、远方的山，都笼罩在黑色里，甚至众多星星像白色的米粒布满天空，仍然没有书主人的影子。

她小心翼翼捧着这本书决定回家。

第二天，人们发现这条长椅上坐着一位温文尔雅的女人，手拿一本书，不住地左顾右盼，人们三五成群从她身边走过，她以注目礼回敬。不知不觉米黄色的披肩悄悄落下秋天第一片法桐树叶子，她依然不为所动，暮色中她宛如一尊泥雕。

第三天，一大早她又如约来到这条长椅，这回她总结自己的不足，也许她去餐厅吃午饭的时候，年轻人来寻过书，错过还给他的机会，所以，她带来盒饭，就地解决。

第四天，她回顾自己昨天的种种情景，找出破绽，有了，自己去了两趟厕所，或许那位年轻人就是抓住这个时段，从她身边走过，唉，都是自己马虎大意，她不断撇撇嘴谴责自己。

第五天，大抵十点，一位年轻母亲怀抱一个婴儿坐在她的右侧，她想与她搭讪，但是对方不理会，不一会儿，她嗫嚅地说，大姐，你帮俺照看一下，俺要去方便一下。她爽快地应允。不承想，她足足等了三个小时，那位母亲依然没有回来。于是她想到可能是把孩子遗弃了吧，她电话报了警。警察来了，她说明情况，警察便把婴儿抱走。一场意外小插曲的结束，天空又迎来一轮月亮，像新出浴的新娘。她又恋恋不舍挽着月光回家。

已经在铁椅上等候足足半个月了，她仍没见到那个施救老者的年轻人，人行道方砖上落叶随风起落，像一些蟾蜍不断跳起落下，椅子背后却悄悄袭来菊花淡淡的香味，牵引她的思路朝身后墙角寻去，一些薄薄的冰片似的霜信心十足地潜伏在那儿。她随口吟诵：霜打菊花开，风寒蟋蟀来。

当她吟完后渐渐抬起头，发现有个年轻人立在她眼前，她开始惊讶，有几秒钟的断电，但很快整理好思绪，凭女人自觉，他就是书的主人，小伞也看见他那本书正在眼前坐在椅子上的女人的怀里。

女人平静地说，我始终预感你会回来的。小伞也觉得有点不可思议，这么长时间了，自己与那本书还能重逢！

小伞很激动，眼含泪水。谢谢你，谢谢你，老师！我应该谢你才对。被叫老师的女人深情地望着小伞说，我从你身上看到文学作品的价值。那女人把书轻轻放在椅子上，询问小伞的名字，然后打开这本名为《晴朗的天空》的书的扉页，郑重写下：献给这本书的第一读者：小伞。落款：梅寒窗。

小伞接过书一看，我的天！自己崇拜的著名作家就在自己的眼前。

（原载《辽宁日报》2019年4月18日）

拴毛线绳的钥匙

曹化君

弟弟打来电话，母亲天天闹着去停车点。

弟弟的电话越来越频，每次都是这句话。

这些年，母亲的记忆力衰退得厉害，而且常出现幻觉，总闹着去停车点接我。

我原本打算把母亲接来和我一起住，省得她天天牵肠挂肚的了。弟说，你得上班，母亲万一跑出去了怎么办？住在老家，乡里乡亲的都认识，可以帮忙照应着。我一想也是，便依了弟。心想，以后勤往老家跑着点儿就是了。

一天，才要上床歇息，弟打来电话，兜头就说，母亲找不见了。

我赶到老家时，已近零点。村子里的人东跑西钻，夜空里漾满一束束昏黄的手电筒光，一声声纷杂的脚步声，呼唤声，犬吠声，我原本惶恐悲凄的心情更加紧张和疼痛。

一个多小时后，终于在公路边寻着了母亲，她坐在水泥地上，哭成泪人儿，抽抽噎噎地说，闺女不要我了……

那一刻，我发誓一定带母亲回城，哪怕以辞去工作为代价。

母亲却出乎意料地乖。

母亲一定是害怕我不要她了，把她赶回老家去吧，所以不敢给我添一丝乱。有时还讨好似的急慌着帮我做一些开关门窗、抹桌子、递筷子之类的活计。

为了帮助母亲恢复记忆，一有空闲，我就陪母亲做游戏。

我发明了一种“找名字”的游戏，母亲特别喜欢。用一些硬纸板，剪成一个个两寸多长的小卡片，在每张卡片上写上包括我名字的各种汉字，就像小孩子认字用的卡片，胡乱地摊在桌上，让母亲从中挑选出我名字的三个字。

母亲一张张地翻，一个个地认，看到我名字里的一个字，便欢天喜地地喊找着了找着了，然后更加起劲地找下一个。这些曾经像左右手一样熟悉的字，随着母亲记忆力的减退而变成依稀故人。找齐我名字的三个字，母亲有时甚至要花费一两个钟头的时间，但她一点儿不急躁，自始至终兴致盎然。终于找齐了，便又从左到右给它们排顺序，排好后就津津有味地念，一遍一遍，仿佛饮一杯香醇的美酒，每一道皱纹里都泛着醉意。

这样的游戏，不用我陪，母亲自己便可玩儿，没个够，专心投入的样子，仿佛对我说，忙你的去吧。

母亲住到我这里的一个多月里，从没耽搁过我的事儿，而且让我的生活变得异常生动，快乐，幸福。

正当我沉浸于“母亲很快就会好起来”的美梦里时，母亲突然不见了。

是在十几里以外的一户乡下人家找到的母亲。那户人家的黑漆木门以及门的朝向和老家的一模一样。母亲想她的老屋了。

第二天，恰好周末，陪母亲回老家。走到家门口，母亲突然从衣袖里摸出一把钥匙，钥匙上系着一根红色毛线绳。

猛然想起，头天中午去抽屉里找东西时，不经意翻腾出这把我上学时挂在脖子里的钥匙，

拿给母亲看时，母亲仿佛受了刺激似的，突然急躁起来，并说起胡话。才要哄弄母亲时，手机响起，接完电话，母亲就不见了。算起来，这把拴毛线绳的钥匙有几十年的时间了，母亲竟然还记得。这样想时，心里又不禁地欣喜起来。

打开门锁，母亲却在门前的石阶上坐下来。母亲很不情愿地走进屋里，心神不宁地站了一会儿，就又到大门外的石阶上坐着去了。

太阳快要落山的时候，我喊母亲返城。母亲却拗着不走，而且又说起胡话来。弟说，要不先让母亲在家住两天，看不住的时候，你再来接。

一连三天，没有弟的电话。第四天，我忍不住拨了过去。弟喜滋滋地说，母亲安生得很哩，一天到晚在家门口坐着。

第十一天，弟在电话里说，母亲安生得很，放心吧。弟给我说了一件事。

一天，母亲把钥匙丢了，找到晌午也没找到，饭也不吃，只一门心思地找钥匙。弟便找来一把废弃的钥匙，拴上一根红色毛线绳，给了母亲。母亲喜得跟花儿似的，拿了钥匙就嘟囔着往外走，到大门前的石阶上坐着去了。

问弟，母亲嘟囔些什么？弟学着母亲的腔调说，闺女上学忘了带钥匙，我

得在家等着，要不进不了家，会冻感冒的。说完，弟哈哈笑起来。

我的眼泪流下来。

自从见了那把拴着红色毛线绳的钥匙，母亲自始至终念叨的，都是这句话。

（原载《北方人》2019 年第 6 期）

刻在头发上的字

王举芳

父亲越来越沉默了。常常把自己关在屋里，不跟人说话，谁要是前去敲门，父亲就大声吼。他和妻很无奈，也都束手无策。

父亲或许是在用这样的方式怀念母亲吧。一个月前，母亲去世后，父亲把母亲的照片放大，摆满了房间。

母亲是个苦命人。六岁那年，因为家境贫寒，被卖给了戏班子。后来连姓都随了戏班老板。母亲勤奋好学，加上身段、唱腔都好，深得老板和戏迷们的喜爱。当年的父亲是个落魄的书生，被下放到农村，处境凄凉。一日戏班去那个村里唱样板戏，父亲一眼看中了娇美俊俏的母亲，心生爱慕。正值青春年华的母亲见了楚楚可怜的父亲，心底陡然生出心疼，两人便有了来往。

开始，母亲的戏班居无定所，辗转南北，与父亲聚少离多。后来母亲到了省里的京剧院，父亲却没能回省城，一家人依旧是聚少离多。

印象中，父亲对他和母亲一直是疏离的。小时候，每次看到别的孩子被父亲领着、宠着，他就眼馋得不行，便盼望父亲回来。父亲回来，却总是冷冷的一张脸，不管母亲做了多么丰盛的饭菜，不管他把第一名的成绩单举得有多高，父亲的脸都像得了肌无力，看不出任何表情。

他曾经怀疑自己不是父亲的亲生孩子，他曾多次问过母亲，母亲每次都无比坚定地告诉他：你是父亲和母亲的亲生儿子！但他还是将信将疑。这样的怀疑曾让他的童年、少年时光黯然失色。那时他恨父亲。但随着年龄越来越大，他发现恨少了，对父亲温和了许多。

父亲年轻的时候就喜欢写字、画画，他买来笔墨纸砚给父亲，父亲的脸上终于露出了难得一见的笑容。

太阳好的时候，父亲会出门去散步，大多数时间依旧闭门不出，神神秘秘地不知道在忙什么。

父亲去世很突然。前一天晚上还好好的，第二天早晨妻子喊父亲吃早饭，迟迟没人应答。他急了，猛敲父亲的门，依旧没有人应答，他感觉不好，喊了人帮忙撬开门。躺在床上的父亲已经没有了气息，但很安详，神态像睡着了一样。

办理完父亲的后事，他开始整理父亲的遗物。父亲的东西很少，就几张字画。字画对他来说也是珍贵的，他拿到装裱店裱好挂在屋里，时常擦擦、看看，他发现父亲在的日子竟都是暖的，虽然父亲很少笑很少与他们亲近。

他一直让父亲的屋子维持着原来的样子。有时他坐在父亲的书桌前，翻掀父亲看过的书；有时他拿起父亲用过的笔，在父亲遗留下的纸上涂涂画画。这样的时候，他感觉父亲的目光像阳光一样温暖。

那天他又画画，觉得纸下有什么东西，把纸拿开，原来是个放大镜。“父亲什么时候眼睛不好的呢？”他自言自语着拿起放大镜，才发现这个放大镜是一百倍的。“一定是父亲患了眼疾才不愿意出门的，我太疏忽了。”他充满了自责。把放大镜放回桌子上，在书的缝隙间发现一个精致的小盒子，用锦缎包着。一层层剥开锦缎，打开盒子，盒子里不是稀罕东西，是两绺头发。他拿起其中一绺的一根头发对着太阳看，没看出有什么特别。父亲为什么会珍藏这两绺头发呢？他猛然想起了放大镜。用放大镜再看，头发上居然有字：“今天儿子十八岁。”他又拿出一根头发来看：“儿子三十岁生日快乐。”他又拿出另一绺头发中的一根来看：“吾妻吾爱生死相依”，再拿一根：“爱妻八月十五我想你。”

他看着看着潸然泪下。父亲的脸是冷的，心里对他和母亲的爱原来那样浓，那么热。父亲，是把情刻在了心上。

看父亲的日记才知道，在头发上刻字是父亲掌握的一门绝技，其中的技法历经无数次失败，数十年的苦心钻研、摸索。他不想让父亲的绝技失传。

他像父亲一样，写字、画画，尝试微雕艺术，先从练习蝇头小楷开始，再到芝麻粒大小的字，一直练了好几年。他发现做微雕不仅手法上要练，还需要不断修炼自己的内心，不断提升自己的境界。

发雕是微雕中最难掌握的。想做好很不容易。首先选用青壮年的头发，把弧形的头发处理成平面，再固定、磨刀、雕刻。刻一个字不到半分钟，但成功率很低，一百多根头发中只有两三根能刻成。他全神贯注一刀刀刻着，小心翼翼。他用父亲的方式体会父亲隐藏在心底的亲情。

多年后，他做的发雕像父亲一样精致。清明节那天，他把自己精心雕刻的两根发雕放在父亲和母亲的坟前，一根上面刻着“铭记父母恩”，另一根刻着“无声的爱厚重永恒”。此时的他真正明白了父亲把他和母亲的头发带在身边的意义：头发由血液供养而成，带着亲人的头发在身边，无论人在哪里，都和亲人血脉相连，不离不弃。而刻在上面的字，包含着父亲浓烈的思念和深情。

（原载《意林（少年版）》2019 年第 1 期）

王 聪 儿

汪建波

王聪儿持刀挺立寨头，犹如一尊雕像，整整一个晌午，纹丝不动。

副将金善武呈一碗粥，愁眉中挤着笑，嘴里不敢说话。金善武追随王聪儿多年，深知大帅正在酝酿退敌良策，万万打断不得。

进川数月，战事一直不利，由梁山县城转战袁坝驿，官军来势凶猛。王聪儿率部退守联兴寨，方才有了短暂的喘息之机。

二人挺立之际，一颗炮弹击中王聪儿站立处的崖石，击飞的石屑乱飞。金善武眼疾手快，扔掉粥碗，闪身护在跟前，王聪儿方才无恙。

王聪儿虽一介女流，却精通排兵布阵，率十万白莲教众纵横驰骋于鄂、陕、豫、川四省，两年多来所向披靡。此次折戟袁坝驿，实乃四川都督阿穆鲁是个厉害角色，这个大清武状元出身的统领，太难对付。

金善武刚才的表现，王聪儿极为满意。山下炮击不断，王聪儿未予理会，联兴寨三面悬崖，与平坝相连的东北侧，也是山路崎岖，只需布下百十人的守兵，官军想要上寨，妄想。

金善武禀告王聪儿，余部万余困守山寨，粮草尚能维持三五日，若无补给，到时候恐不战自败。王聪儿仍在凝神沉思。又是半个时辰，王聪儿猛然看到崖头巨石上的石刻，顿时有了主意，召金善武近前耳语一番。

次日清晨，寨下官军营地一阵骚乱，昨日攻寨的一队军士，离奇身亡于营地，身上无利刃击杀迹象，医官查验，也无暴病兆痕。莫名损兵百余，阿穆鲁勃然大怒，兵营里更像炸了锅的蚂蚁。

阿穆鲁急令继续攻寨，以转移属下的注意力。一日下来，寨未攻破，军士筋疲力尽。谁料，到了第二天，攻寨军士同样莫名身亡。

恰逢此时，一游方道士途经兵营，被卫兵当作奸细，捕送至阿穆鲁帐前。道士自称峨眉弟子，说此地有人开罪了神灵，需要远离联兴寨五十里，方可无忧。

阿穆鲁哪能轻信，强令道士明示。道士拂须轻叹道，天机不可泄露。阿穆鲁气急败坏，先是威逼，后是利诱，道士方才战战兢兢地道出玄机：联兴寨东北十里有座神仙庙，供奉着铁拐李等过海的八仙，联兴寨仙气氤氲，是八仙清修之地，寨上石雕“神仙要到联兴寨”可为证，尔等冒犯，岂有不惩之理。

道士说罢，满头大汗，疲惫不堪。少顷又道，我道破天机，理应受罚，随即倒地气绝。

阿穆鲁将信将疑，差人将道士抬出账外扔到荒野后，令军士全线进攻。一时间，炮弹冰雹般飞泻山寨，义军躲避不及，伤亡不小。

这天晚上，恰逢农历十五，皓月高悬。官军营地军士惊呼，有仙人入寨。阿穆鲁出帐仰望，惊得一个趔趄，但见神仙庙方向，八仙们踏在云端，朝联兴寨飘然而去。铁拐李的铁拐闪着银光，与月光交相辉映；何仙姑长裙飘逸，头冠斑斓；蓝采和穿着破蓝衫，光着脚丫子……

撤，后撤十里，不，五十里。阿穆鲁的命令刚下，三万军士似是脚底抹油，丢盔弃甲四散逃窜，一杯茶工夫，营地里人去帐空，一片狼藉。

五十里外的山脚下，阿穆鲁垂头丧气地生着闷气，狼狈不堪的军士们横七竖八地躺在地上，无精打采，溃不成军。

天亮时，头日攻寨的军士安然无恙。阿穆鲁顿知上当，大呼有诈，赶紧整军回师袁坝驿。行到半途，前锋回报，联兴寨的义军不见了踪影，去向不明。

阿穆鲁策马进寨，寨前石雕“神仙要到联兴寨”映入眼帘，石雕下方一股清泉流至寨下，攻寨军士饮用的就是这股泉水。

官军搜遍山寨，终于发现一名义军伤兵。伤兵泰然自若，道：大帅王聪儿易容有术，会做孔明花灯，区区八仙把你们吓得魂飞魄散，可笑，可悲，可恨。

说罢，仰天狂笑，拔剑自刎。

（原载《小小说选刊》2019 年第 5 期）

香港人阿丘

汤礼春

香港人阿丘在我们小区算个名人，小区人人都知道他。其实阿丘其貌不扬，是个又黑又瘦的老头儿，打扮也不像电影里的那样花里胡哨，而是穿着朴实，就像个老农民一般。

阿丘的出名并不因为他是个香港人，而是因为一件小事。

那天，阿丘拿了双脱了底子的鞋，拿到小区修鞋摊修好后，任皮匠开口就要五十元钱。这叫阿丘吃了一惊，他用那蹩脚的普通话说：“我的邻居老王昨天也到你这里修了皮鞋，也是脱了底，你怎么才收了十元钱，而要我五十元钱呢？”

任皮匠也很吃惊，他根本没有想到这个香港人会问，便随口说道：“老王那皮鞋能跟你的比？你的皮鞋是香港货，金贵些！”

任皮匠正暗自为这灵机一动的回答而得意，却不料阿丘却一本正经地说：“不是那样的啦！我和老王一起去汉正街买的皮鞋啦，一样的啦！”这一来叫任皮匠有些恼羞成怒了，他想都没想，冲口而出道：“你是香港人，钱比我们多，当然要多收点钱啦！”

这句话让阿丘愣了一阵，想了半天才回过神来，道：“天下哪有这种说法啦，钱多就应该多收？再说，我的钱也不是大水漂来的，也是辛辛苦苦打拼挣来的！”

但不论阿丘怎样说，任皮匠就是咬定要收五十元钱，否则就要把阿丘修好的鞋再破坏掉，阿丘也死活不干，还拉着任皮匠要去派出所讲理。

这一来，就惊动了小区不少人，都围上来看热闹，有七嘴八舌说任皮匠不对的，也有的说：现在五十元钱当个啥，想不到一个香港人也这么抠门！

这一来，香港人阿丘便被人背地里叫成了香港人老抠。

中国人好事。自阿丘和任皮匠在小区闹了一场风波后，关于阿丘的一些底细就被人广为传扬。有人说阿丘虽说在香港不算有钱人，只是个普通的劳动者，拼搏了一生、穷其积蓄，总算在香港买了一套仅五十余平方米的小房子。但某一天，他却突发灵光，将香港的房产卖了近四百万，然后到大陆老家，花了二百万元就买了个三居室。然后剩下二百万就可阔阔绰绰养老了。这样看来，阿丘在我们这里也就算有钱人了。他为啥还要这么抠呢？

说起阿丘的抠门，我可是亲眼见过的。我在小区内摆个水果摊，那天，我正在将烂了一点的苹果挑出来，阿丘走来了，指着那一堆烂苹果问咋卖。我惊愣道：“你要？便宜卖给你，这一堆两元钱。”

阿丘立时掏出两元钱来递给我，并喜滋滋地将烂苹果往塑料袋里装。我忍不住道：“老话说宁吃仙桃一口，不吃烂桃一筐，你好好的苹果不买，干吗要买这烂的呢？”

阿丘却说：“这苹果只是烂了一点，我不买，你到后来肯定要丢掉，不是浪费了嘛！我买回去后，将烂的地方剜去，然后放在水里煮着吃，还不是一样有营养！”

不久后，小区里又传说香港人阿丘每天到附近医院做义工。我听说后更连连摇头，说像阿抠那种人怎么可能去做义工呢？我不信！然而没想到，几天后，我还真在医院撞见了他。

那天，我刚把水果摊摆上，就听旁边摊位的任皮匠连连发出呕吐声，我赶紧过去问任皮匠哪里不舒服，却不料任皮匠只望了我一眼，就一头栽倒在地上，昏死过去。我赶紧掏出手机，想给他的家人打个电话，但又一想：任皮匠的老婆瘫在床上有几年了，唯一的儿子又是个智障。于是我只有赶紧拨120急救电话。一会儿，救护车呜呜地到了。我赶紧和护士一起将任皮匠抬上了车。

救护车直接开进了医院急诊室。我刚坐下来喘了口气，这时一个护士过来了，递给我一个单子说："刚才你送来的病人是脑溢血，马上就要做手术，你赶紧去先交五万元钱。"

天老爷，五万元钱！这叫我哪里拿得出来呢？我的境况比起任皮匠也好不到哪里去！再说，即使我拿得出来，这个坑难道该我来跳吗？我正在那里不知该如何处理才好，蓦地香港人阿丘出现在了我的面前，我问阿丘在医院干什么，阿丘说，在家闲得慌，就来医院做义工。阿丘又问我来医院干什么，我就把任皮匠生病的事照实说了。没想到阿丘二话没说，从怀中掏出张银行卡来，说："汤先生，你不要着急，我这里有钱，赶紧去给任皮匠交钱吧！"

我顿时为阿丘这一举动弄得瞠目结舌，阿丘像脱胎换骨突然变了个人似的。

接下来的事更让我吃惊呢！任皮匠出院后，阿丘不仅为任皮匠支付了全部的医疗费，还一下子拿出了一百万元交给了社区居委会，说要成立一个"扶老基金"，专为困难的老人解决问题。

在"阿丘扶老基金"成立的那天，居委会专门召开了一个座谈会。阿丘在会上深情地说：我原来在香港是做旅游行业的，打拼了几十年，日子一直过得很拮据，是香港回归祖国后，我的生活才变得好转起来。所以，我不能忘本，我要感恩祖国，我要回报大陆的乡亲……

这以后，香港人老抠在我们小区又变回了香港人阿丘，还有人叫他为香港人阿优呢！

（原载《西安晚报》2019 年 3 月 9 日）

詹 一 刀

徐均生

"詹一刀酒量惊人。"这话是朋友说的。朋友很多年前认识詹一刀，一起喝过酒。朋友还说："他喜欢白酒，喜欢慢慢地喝，还喜欢谈天说地。"这个我信，凡是喝酒的人都喜欢说话，都喜欢把自己知道的天下奇闻告诉对方。

詹一刀是我的主刀医生，那晚我因胆结石突然疼痛致胆囊穿孔，推进手术室就把胆囊切除了。詹一刀给我切除胆囊时我们还不知道对方是老乡，而且是相距很近的老乡。这样一来，出院时我就对詹一刀说："待我身体恢复了，请你喝酒。"詹一刀很爽快地答应了，还说："跟老乡喝酒，说说家乡话也是很幸福的事。"

然而，由于这或那的一些琐事，一直没有时间跟詹一刀喝酒，就在切除胆囊一周年之际，忽然想到了这个约定，于是约他周末喝酒，他当即答应了。我特意询问了认识詹一刀的一位朋友，朋友就对我说了开头这番话。

朋友问我："你准备怎么喝？"我如实说："一来感谢他把我已经穿孔的胆囊切除了；二来是老乡嘛，说说话。当然，这酒一定要让他喝足，最好是让他醉。"老乡之间喝酒有这种不成文的规定，第一次见面喝酒，都要拿出十二分的诚意，用尽全部的酒量。当然，每个人的酒量有大小，不能强迫对方一定要喝多少，但是，必须喝到十分的酒。

朋友说："你的酒量没法跟他喝的，起码要三个对付他一个，否则，你非喝醉不可！"我说："醉了也就醉了，难得的嘛！"是的，难得，嘴巴里这么说，心里却在想：这酒怎么喝？我对付不了他，那再叫几位老乡吧。这酒总应该让他喝痛快的，让他醉，否则就没味道了。

请詹一刀喝酒的事，跟老婆一说，老婆很赞成："你是应该好好感谢他，那天如果不是他及时果断地给你切除胆囊，后果不堪设想。"我说是的是的。老婆说："这样好了，我也去吧。万一他不肯喝酒，我敬他应该会多喝几杯吧。"我说："那当然，目的是让他喝足喝高兴，喝醉更好！"

酒就这样开席了，约了三五个老乡作陪，结果老乡里也有认识他的。这样就不用多客气，这酒肯定会喝得很顺畅。然而，我只能说然而了，詹一刀竟然不肯喝酒！除了开席时老乡们一起碰杯喝了一小口外，后来怎么也不肯喝了。这下子我纳闷了，只好向他发问。

"你今天身体不好吗？"詹一刀回答："身体很好。""那你为什么不喝酒？"詹一刀笑笑，没回答。我振振有词地说："我知道从某种意义上来说，你救过我命，我绝对不可以这样对你说话的，问题在于我们是老乡，既然你也认可了我这个老乡，你总不能不给我面子吧。你，喝吧，老乡同志！"见詹一刀又笑笑，我爽快地说："这样好了，我喝光，你随意！"说着，我把杯里的白酒一口喝光，可詹一刀还是不举杯，还是不喝。

詹一刀这副样子，我能高兴吗？不高兴，绝对不高兴！不过，我还是耐着性子问："晚上值班吗？"詹一刀回答："不值班。"我又问："明天值班吗？"詹一刀回答："这两天都休息。"我的声音提高了，"既然不值班，你看在老乡的面上，是不是应该喝一点呢？"詹一刀还是笑笑，什么话都没有。

老婆举着酒杯出场了："詹医师，我的身体不太好，你也是知道的。他住院时我跟你说过的，你还联系专家让我去看的是吧，我是不好喝酒的，但今天这酒我是一定要喝的。来，我敬你，你随意我喝光！"老婆很痛快地把酒喝完了，詹一刀的嘴巴象征性地碰了一下酒杯，等于没喝！

这下子我生气了，真的生气了，我说："詹老乡，我真的是好心好意请你来喝酒的，你竟然只喝了一小口就不喝了，这也就算了，现在我老婆敬你酒了，你竟然还是不喝，你，你，你这算什么呀？是不是看不起我啊？！各位老乡你们评评理，他怎么能这样的呢！"

詹一刀还是不喝，站起来端了一杯豆浆，说："以后有机会请你喝酒，现在我把豆浆喝完。"说着，詹一刀把一杯豆浆一口喝下去了。

我拉下了脸，也不瞧他一眼。这时候，有位老乡说话了："你就理解他吧，他不是不想喝，他是不敢喝啊！"我鼻孔里"哼"了一声："谁信？"老乡说："你可能不知道吧，他两个手机一年四季不离身，全是开着的，从来不关机。你知道为什么吗？"我问："为什么？"老乡说："无论在什么时候，都有可能让他突然上手术台，你说他现在能喝酒吗？"

忽然，只能用"忽然"两字来形容，忽然我的心被震撼了，真的，那一刻，我的心却特别平静，也特别想喝酒。我喝醉了，是老乡送我回家的。回家后，老婆深有感触地对我说了一句话："如果詹一刀没有这样的职业操守，那晚你的命就危险了。"

（原载《羊城晚报》2019 年 1 月 28 日）